江聰平校注

許渾詩校注

中華書局印行

自序

往時讀許用晦丁卯集。愛其風神俊爽。吐屬高華。律度整密。每欲蒐羅舊文。詳加校注。而力有未逮焉。後旅食倥傯。雖置之行篋。無暇專覽。侵尋幾近三年。學愧未進。而瑣務益繁。斯事遂寢。歲次戊申。余卒業師大國文研究所。旋南來承乏本院講席。時浣花集校注業已付鋟。授詩餘暇。偶復取丁卯集一爲吟詠。動有微悟。筆而識之。結轖漸通。興不可遏。於是鈎稽詩話。參以經史。暨佛老類書方志隨筆雜記等等有關典籍。不憚悉舉而考釋之。閱時二載。原集始竣。因復勤加采摭。以補其遺篇。至前後諸章。旨趣相貫。私衷方爲之稍愜焉。計斯編自去春脫稿。至今補注者不下四百餘鐵。而挂漏訛愆。知所未免。每一披閱。殊覺惶慚。惟必俟片言無遺。恐致殺青靡日。倘博雅君子惠而教之。正其謬誤。而增所未備。是則余所厚望焉。

中華民國六十二年歲次癸丑上元東官江聰平識於臺灣省立高雄師範學院

許渾詩校注目錄

東官江聰平校注

丁卯集卷上

七言雜詩

丁卯集卷下

五言雜詩

丁卯集補遺一

五言絕句

丁卯集補遺二

七言絶句

丁卯集補遺三

五言律詩

七言律詩

丁卯集補遺五

五言排律

許渾傳略

按兩唐書無許渾傳。茲參合宋計有功唐詩紀事、尤袤全唐詩話、元辛文房唐才子傳，暨其他有關典籍，次許渾傳略如左。

許渾，字用晦，唐圉師之後，家丹陽（今江蘇丹陽縣，在鎮江縣南）。文宗太和六年李珪榜進士，爲當塗（今安徽當塗縣）、太平（今山西汾城縣）二縣令。少苦學勞心，有清羸之疾，至是以伏枕免。久之，起爲潤州（故治即今江蘇鎮江縣）司馬。宣宗大中三年，拜監察御史，歷虞部員外郎，睦（故治即今浙江建德縣）、郢（故治即今湖北鍾祥縣）二州刺史，所至有善政。嘗分司朱方（在江蘇丹徒縣東南），買田築室，後抱病退居丁卯橋（在鎮江縣城南三里丁卯港）側村舍，暇日綴錄所作，因以名其集。

渾樂林泉，亦慷慨悲歌之士，登高懷古，已見壯心，故所作風神俊邁，猶強弩初張，牙淺弦急，俱無留意耳。早歲嘗遊天台，仰看瀑布，旁眺赤城，辨方廣於非烟，躡石橋於懸壁，登陟兼晨，窮覽幽勝，朗誦孫綽古賦，傲然有思歸之想，志存不朽，再三平昔，彷徨不能去。以王事不果，有負初心。後晝夢登山，有宮闕凌虛，問之，乃崑崙也；既入，見數人方飲，招渾就坐，至暮而罷。一佳人出箋求詩，未成夢破。後吟曰：『曉入瑤臺露氣清，坐中唯有許飛瓊。塵心未盡俗緣在，十里下山空月明。』異日復夢至山中，佳人曰：『子何題余姓名於人間？』渾遂改第二句爲『天風吹下步虛聲』

，佳人曰：『善矣。』渾才思翩翩，仙子所愛，夢寐求之，一至於此！昔子建之賦洛神，人以徒聞虛語，以是謂迂誕不信矣。未幾遂卒。有詩二卷傳世。

渾詩華藻豐贍，工於騁勢，集中警句，俯拾卽是。如：『早潮低水檻，殘月下山城』，『樹色隨關迥，河聲入海遙』，『石燕拂雲晴亦雨，江豚吹浪夜還風』，『溪雲初起日沈閣，山雨欲來風滿樓』，氣象意境，無一不佳，故論者謂渾律詩爲近體正則，後學津梁，非出偶然也。乃后山、光憲，詆之於前，升庵、修齡，訾之於後，以一己私好而妄加貶抑，不可信也。韋莊題許渾詩卷云：『江南才子許渾詩，字字清新句句奇。十斛明珠量不盡，惠休虛作碧雲詞。』語確情眞，端己信可謂知人矣。

附注：

△用晦，唐才子傳、浙江通志並作仲晦。

△據新唐書宰相世系表，圉師爲安陸（故城在今湖北安陸縣北）許氏，渾爲其後，亦應出於安陸，書錄解題乃謂渾爲丹陽人，觀集中送王總下第歸丹陽詩，有曰『憑寄家書爲回報，舊居還有故人知』，則安陸其原籍，丹陽乃其僑寓之地也。

許渾丁卯集二卷

（據常熟歸氏藏影宋寫本）

丁卯集卷上

七言雜詩

淩歊臺

宋祖淩高樂未回。三千歌舞宿層臺。湘潭雲盡暮山出。巴蜀雪消春水來。行殿有基荒薺合。寢園無主野棠開。百年便作萬年計。嵒畔古碑空綠苔。

（校）

△淩高　高字原缺，據全唐詩補。淩高，王安石唐百家詩選作高高。全唐詩校：『淩，一作功。高，一作歊。淩高，一作高臺。』

（注）

△淩歊臺　原注：『在當塗縣西，宋高祖築。』按西，全唐詩校作北。

△行殿　猶言行宮，天子行幸所止處也。

△寢園　史記叔孫通傳：『先帝園陵寢廟，羣臣莫能留。』漢書韋玄成傳：『各有寢園，與諸帝合凡三十所。』王維敕賜百官櫻桃詩：『纔是寢園春薦後，非關御苑鳥含殘。』

△嵒　通巖，俗作岩，山巖也。

(箋)

△楊愼曰：『許渾凌歊臺詩曰：「宋祖凌歊樂未回，三千歌舞宿層臺。」此宋祖乃劉裕也。南史稱宋祖清簡寡欲，儉於布素，嬪御至少，嘗得姚興從女，有盛寵，頗廢事，謝晦微諫，即時遣出，安得有三千歌舞之事也？審如此，則是石勒之節宮，煬帝之江都矣。』（升菴詩話卷一）

△王世貞曰：『「湘潭雲盡暮烟出（時本皆作山），巴蜀雪消春水來」，大是妙景。然讀之，便知非長慶以前語。』（藝苑卮言卷四）

△胡震亨曰：『渾凌歊臺詩：「湘潭雲盡暮山出，巴蜀雪消春水來。」以地理考之，湘潭當作江潭。按凌歊臺在今當塗黃山，直踞大江之上，西望大江上源，則博望山與梁山，稱爲天門者，兩崖中豁，楚、蜀遠通，其水眞有從巴蜀雪消而來之勢。稍東，直瞰牛渚磯，磯水深黑不測，是云江潭。而潭上諸山，疊疊環峙，薄暮嵐消山見，則暮山雲盡而出，尤對岸眞景之的的者。宋人郭功甫姑熟詩：「牛渚對峙凌歊臺，長江倒掛天門開。」從來題詠者，大都不出此二景，而渾獨善爲之，最爲工盡。若湘潭去此甚遠矣，可因字之偶誤，遂謂渾詩果爾乎？昔賢如用修、弇州，並不疑湘字爲譌，欲改「暮山」山字從煙，那有是處？用修又襲方回之說，以宋祖裕節儉，渾「三千

歌舞」一句爲誣，譏渾無史學，不知宋二武皆稱祖（武帝高祖、孝武帝世祖），地志稱孝武登此臺置離宮，而本紀亦載其幸南豫章者再，校獵姑熟者一，與地志合，是嘗嗤高祖裕爲田舍翁者，三千歌舞宜有之，無史學竟屬何人耶？「百年便作萬年計」，又似約略孝武後人借南苑三百年癡想，概入之以盡宋事，要使寬展耳。古作者使事，別有深會在，未可輕議。』（唐音癸籤卷二十三）

△金聖嘆曰：『前解：寫宋祖縱心肆志，只一未字已盡，言祖初因長夏畏暑，故築層臺納涼，然則暑去涼生，自應還朝聽政，乃因三千歌舞，樂此不欲復去，於是更月改歲，遙遙只住臺端。三四正極寫之也。雲盡煙出，言天下已見夏徂秋盡也。雪消春來，言天下又見臘盡春回也。若問行在何在？則還在淩歊臺上，避暑未歸，是可發一大笑也。後解：夫宋祖代晉初有天下，其百凡創業垂統，豈不自謂我爲始皇帝哉？他日子孫代立，而自一世二世至於千世萬世。人有同情，畏暑惟均，則於此處能無行殿？此固其巖畔豐碑，自敘斯志，其文見在，可捫而讀也。其又焉料身死之後，不惟後人不成坐殿，連自家亦已無主。嗟乎嗟乎，荒薺野棠，一春事畢，豪人遠計，萬載無休。人不云乎，後之視今，猶今之視昔，登斯臺者，夫亦可以少悟矣。』

驪山

聞說先王醉碧桃。日華浮動鬱金袍。風隨玉輦笙歌迴。雲卷珠簾劍佩高。鳳駕北歸山寂寂。龍旗西幸水滔滔。娥眉沒後巡遊少。瓦落宮牆見野蒿。

（校）

△（題）　全唐詩校：『一作途經驪山，一作望華清宮感事。』

△動　原校：『一作艷。』

△旗　全唐詩校：『一作輿。』

△娥眉　原校：『一作貴妃。』全唐詩作貴妃，校云：『一作娥眉。』

（注）

△驪山　在陝西臨潼縣東南。一曰麗山，亦曰麗戎之山。周幽王死於山下，秦始皇葬此。其麓有溫泉，唐明皇屢幸之，置溫泉宮，後改名華清宮。白居易長恨歌：『驪宮高處入青雲，仙樂風飄處處聞。』驪宮，卽華清宮也。

△碧桃　尹喜內傳：『老子西遊，省太眞、王母，共食碧桃紫梨。』

△鬱金袍　御袍也。貢師泰詩：『中使傳宣捲珠箔，日華偏照鬱金袍。』

△玉輦　漢官儀：『光武封禪，乘玉輦而謝書生，登靈臺而望雲物。』盧照鄰長安古意：『玉輦縱橫過主第，金鞭絡繹向侯家。』

△劍佩　文中子：『衣裳襜如，劍珮鏘如，皆所以防其躁也。』珮，佩或字，見玉篇。賈至早朝大明宮呈兩省僚友詩：『劍佩聲隨玉墀步，衣冠身惹御爐香。』

△鳳駕　天子之車駕也。武三思奉和春日游龍門應制詩：『鳳駕臨香地，龍輿上翠微。』

咸陽城東樓

一上高城萬里愁。蒹葭楊柳似汀洲。溪雲初起日沈閣。山雨欲來風滿樓。鳥下綠蕪秦苑夕。蟬鳴黃葉漢宮秋。行人莫問當年事。故國東來渭水流。

(校)

△(題)　文苑英華作咸陽城西樓晚眺，校云：『西，集作東。』東樓，全唐詩校：『一作西門。』

△行人二句　原校：『一作行人莫問前朝事，渭水寒光日夜流。』光，全唐詩校作聲，云：『一作光。』

(注)

△咸陽　在陝西長安縣西北。讀史方輿紀要：『在九嵕之南，渭水之北，山水皆陽，故曰咸陽。』

△溪雲句　全唐詩注：『南近磻溪，西對慈福寺閣。』按磻溪在陝西寶雞縣東南，源出南山，合成道宮水，北流入於渭。

△山雨句　何焯曰：『仲言詩：「江暗雨欲來，浪白風初起。」第四偷其語，縮作一句。』

(箋)

△唐汝詢曰：『咸陽本人煙輻輳之所，今所見惟蒹葭楊柳，儼然一汀洲也。況雲雨淒其，偏乎樓閣，蟬鳴鳥集，宮苑荒涼，豈復當年巨麗哉！獨渭水東流，猶爲舊物耳。』

△沈德潛曰：『咸陽何地，而竟如汀洲耶！』

△金聖歎曰：『仲晦東吳人，蒹葭楊柳，生性長習，醉中夢中不忘失也。無端越在萬里，久矣神形不親，今日獨上高城。忽地驚心入眼，二句七字，神理寫絕，不知是咸陽西門，眞有此景，不知是高城晚眺，忽地遊魂。三四極寫獨上、獨字之苦，言雲起日沈，風來雨滿，獨立城頭，可哭也；二句只是一景，有人乃言山雨句勝於溪雲句，一何可笑！秦苑也，秦人其何在？吾徒見鳥下耳，然而日又夕矣。漢宮也，漢人其何在？吾徒聞蟬鳴耳，然而葉又黃矣。孔子曰：「逝者如斯，不舍晝夜。」今人問前人，後人且將問今人，後人又復問後人，人生之暫如斯，而我猶羈萬里耶？』

△王堯衢曰：『（首句）：從上城寫起，以愁字爲根。（二句）：此地人煙輻輳，非比汀洲，而今所見蒹葭楊柳，儼然卻似汀洲，荒涼可歎。（三句）：雲自溪中而起，時已薄暮，而不覺日之西沈。（四句）：雨未及來，風先吹動，山樓景色宛然。（五句）：秦上林苑，當年何等巨麗！今但見鳥之夕宿而已。（六句）：昔日之漢宮，秋色甚麗，今見蟬聲夕唱而已。（七句）：秦苑、漢宮，同爲消歇，當年盛事，無有復存者，故莫須問也。（末句）：隴西郡，渭水所出，東流長安，惟此是秦、漢之舊物而已。』又曰：『前解寫上咸陽城樓，後解懷古情深矣。』

京口閑寄京洛友人

吳門煙月昔同遊。楓葉蘆花並客舟。聚散有期雲北去。浮沈無計水東流。一樽酒盡青山暮。千里書回碧樹秋。何處相思不相見。鳳城宮闕楚江樓。

(校)

△(題)　閑寄，全唐詩閑下有居字。京洛友人，全唐詩校：『一作兩都親友。』

△宮　原校：『一作龍。』全唐詩作龍，校云：『一作宮。』

△樓　全唐詩作頭，校云：『一作樓。』

(注)

△京口　今江蘇省鎮江縣治。通典州郡典：『潤州因京峴山在城東，故稱京口。』

△京洛　謂洛陽也。周平王東遷都此，東漢光武帝亦建都洛陽，故云京洛。

△吳門　今江蘇省吳縣地之別稱。張繼閶門即事詩：『試上吳門看郡郭，清明幾處有新煙。』

△鳳城　杜甫夜詩：『步蟾倚杖看牛斗，銀漢遙應接鳳城。』按趙次公杜詩注云：『秦繆公女弄玉吹簫，鳳降其城，因號丹鳳城；其後號京都之城曰鳳城。』

(箋)

△金聖嘆曰：『追述昔年同遊，用吳門字詳其地，煙月字詳其景，又恐蒼茫失記，再用楓葉、蘆花、客舟字，細細畫之，猶言今日思之，分明昨日也。無奈有聚必散，去者一時竟去，有浮必沉，居者至今蹉跎，於是閒居相寄，遂更不能自持也。一樽酒盡，言獨酌惘然，千里書來，言數行快

綏，青山暮之爲言，意中設有一晚，碧樹秋之爲言，擬來當在歲暮也。相思不相見者，楚江固思鳳城，鳳城亦思楚江，鳳城固不見楚江，楚江亦不見鳳城也。』

傷李秀才

曾醉笙歌日正遲。醉中相送易前期。橘花滿地人亡後。菰葉連天雁過時。琴倚舊窗塵漠漠。劍橫新塚草離離。河橋酒熟平生事。更向東流奠一巵。

（校）

△橘　文苑英華作菊。

△雁　原校：『一作客。』文苑英華作客，校云：『集作雁。』

△橫　文苑英華作埋，校云：『集作橫。』

△橋　文苑英華作陽，校云：『集作橋。』

（注）

△易前期　文選沈休文別范安成詩：『生平少年日，分手易前期。』注：『言春秋既富，前期非遠，分手之際，輕而易之，言不難也。』

△琴倚句　晉書王徽之傳：『獻之卒，徽之奔喪不哭，直上靈牀坐，取獻之琴彈之，久而不調。

嘆曰：「嗚呼子敬！人琴俱亡！」』

△劍橫句　史記吳太伯世家：『季札初使北過徐，徐君好季札劍，口弗敢言，札心知之，爲使上國，未獻。還至徐，徐君已死，乃解劍繫徐君冢樹而去。』

（箋）

△金聖嘆曰：『日正遲，則是暮春也，乃橘花滿地，菰葉連天，自夏徂秋，爲日曾幾？而人生變故，遂有此極，是爲極大驚痛也。易，容易也。猶言今雖暫別，後當卽晤，豈言未畢耳，而人已速化。琴倚劍橫，用王猷、季札事最精當，然詩意乃謂古今人各自有其平生，如彈琴，自是二王平生，贈劍，自是徐、季平生。今我與李，則自以痛飲爲平生者，然則何必步趨古人，又欲彈琴贈劍。只今河橋酒熟，便可更盡一巵，與一二兩醉字，成章法也。』

冬日登越王臺懷歸

月沈高岫宿雲開。萬里歸心獨上來。河畔雪飛楊子宅。海邊花盛越王臺。瀧分桂嶺魚難過。瘴近衡峯雁卻回。鄉信漸稀人漸老。只應頻看北枝梅。

（校）

△看　原校：『一作醉。』

△北　全唐詩作一，校云：『一作北。』

（注）

△越王臺　在廣東省治北越秀山上。讀史方輿紀要：『越秀山，府治北，一名越王山，聳拔二十餘丈，上有越王臺故址，尉佗因山築臺，因名。』韓愈詩：『樂奏武王臺。』即此。

△楊子宅　柳亭詩話：『嶺南無雪，漢章帝時，番禺楊孚嘗移洛陽松柏歸，種之宅畔，其年霏雪盈樹，人皆異之，因目其所居曰河南。許用晦詩：「河畔雪霏楊子宅，城邊花發越王臺。」楊子，指孚也。孚字孝先，爲議郎，著交州異物志。丁卯集又有酬王秀才自越見訪：「煙深楊子宅，雲斷越王臺。」』

△瀧　奔湍也。韓愈瀧吏詩：『始下昌案瀧。』注：『水湍峻爲瀧。』

△桂嶺　在廣東曲江縣西四十里。明一統志：『桂嶺，桂水所出，其山多桂，故名。』

△衡峯雁回　按湖南衡陽縣南一里，有回雁峯，乃衡山七十二峯之首。相傳雁至衡陽不過，遇春而回，唐宋以來，詩人遂以爲故實。王勃滕王閣序：『雁陣驚寒，聲斷衡陽之浦。』秦觀詞：『衡陽猶有雁傳書。』峯下有雁峯寺。

對雪

雲度龍山暗綺城。先飛淅瀝引輕盈。素娥冉冉拜瑤闕。皓鶴紛紛朝玉京。陰嶺有風梅艷散

◦寒林無月桂華清。剡溪一醉十年事。忽憶棹回天未明。

(校)

△綺　全唐詩作倚，校云：『一作綺。』

△先　全唐詩校：『一作光。』

(注)

△度龍山　鮑照數劉公幹詩：『胡風吹朔雪，千里度龍山。』

△淅瀝　雨雪聲。文選謝惠連雪賦：『霰淅瀝而先集，雪紛糅而遂多。』

△素娥　文選謝莊月賦：『引玄兔於帝臺，集素娥於后庭。』翰注：『常娥竊藥奔月，月色白，故曰素娥。』按龍城錄載明皇與道士鴻都客，八月望日遊月宮，見素娥十餘人，皆皓衣乘白鸞，舞笑於大桂樹下，又聽樂音清麗，遂歸製霓裳羽衣曲。是素娥不僅指嫦娥也。

△皓鶴　謝惠連雪賦：『皓鶴奪鮮，白鷴失素。』韋莊對雪獻薛常侍詩：『皓鶴襹褷飛不辨，玉山重疊凍相連。』

△玉京　道書言天上有黃金闕，白玉京，爲天帝所居。葛洪枕中書：『玄都玉京，七寶山周圍九萬里，在大羅天之上。』魏書釋老志：『道家之源，出於老子，其自言也，先天帝生，以資萬類，上處玉京，爲神王之宗。』李白詩：『遙見仙人彩雲裏，手把芙蓉朝玉京。』

△陰嶺　山北爲陰，故稱陰嶺。祖詠望終南餘雪詩：『終南陰嶺秀，積雪浮雲端。林表明霽色，

城中增暮寒。』

△桂華　劉孝綽對雪詩：『桂花殊皎皎，柳絮亦霏霏。』

△剡溪二句　世說新語任誕：『王子猷居山陰，夜大雪，眠覺，開室，命酌酒，四望皎然。因起彷徨，詠左思招隱詩，忽憶戴安道。時戴在剡，卽便夜乘小船就之，經宿方至，造門不前而返。人問其故，王曰：「吾本乘興而行，興盡而返，何必見戴！」』按剡溪在浙江省嵊縣南，曹娥江之上游也，以王曾訪戴於此，故又名戴溪。

送蕭處士歸緱嶺別業

醉斜烏帽髮如絲。曾看仙人一局棋。賓館有魚爲客久。鄉書無雁到家遲。緱山住近吹笙廟。湘水行逢鼓瑟祠。今夜月明何處宿。九疑雲盡綠參差。

(校)

△嶺　全唐詩校：『一作氏。』

△綠　唐百家詩選同。全唐詩作碧，校云：『一作綠。』

(注)

△處士　有學行之士而隱居不仕者。

△緱嶺　即緱氏山，在河南偃師縣南四十里。列仙傳云：『王子喬者，周靈王太子晉也，好吹笙，作鳳凰鳴，道士浮丘公接以上嵩高山。三十餘年後，求之於山上，見桓良曰，告我家於七月七日，待我於緱氏山巔。至時果至，乘白鶴駐山頭，望之不得到，舉手謝時人，數日而去。』

△別業　營第宅園林於他處曰別業。李白詩：『我家有別業，寄在嵩之陽。』

△烏帽　即烏巾，隱者所服也。李商隱詩：『白衣居士訪，烏帽逸人尋。』白居易詩：『酡顏烏帽側，醉袖玉鞭垂。』

△曾看仙人一局棋　陶潛搜神後記：『嵩高山北有大穴，嘗有一人誤墮其中，尋穴而行，計可十餘日，忽見草屋中有二人對坐圍棋，局下有一杯白飲，墜者告以飢渴，棋者曰：「可飲此。」遂飲之；棋者曰：「從此西行有天井，但投身入井，自當出，若餓，取井中物食。」墜者如言，半年許，乃出。歸洛下，問張華，華曰：「此仙館大夫，所飲者玉漿也，所食者龍穴石髓也。」』

△鼓瑟祠　謂湘妃廟也，在湖南岳陽縣西南洞庭湖中君山上。楚辭遠遊：『使湘靈鼓瑟兮，令海若舞馮夷。』錢起湘靈鼓瑟詩：『善鼓雲和瑟，常聞帝子靈。馮夷空自舞，楚客不堪聽。逸韻諧金石，清音發杳冥。蒼梧來怨慕，白芷動芳馨。流水傳湘浦，悲風過洞庭。曲終人不見，江上數峯青。』按湘靈，舜妃娥皇、女英也。舜南巡，二妃從征，溺於湘水，故民爲立祠於水側。見水經注。

△九疑　山名，在湖南寧遠縣南六十里。水經注：『九疑山，羅巖九舉，各導一溪，岫壑負岨，

巽嶺同勢。遊者疑焉，故曰九疑山。山南有舜廟。』述異記：『九疑山，隔湘江，跨蒼梧野，連營道縣界。』方輿勝覽：『亦名蒼梧山。其山有朱明、石城、石樓、娥皇、舜源、女英、蕭韶、桂林、杞林九峯。』

與韓鄭二秀才同舟東下洛中親友送至景雲寺

三十六峯橫一川。綠波無路草芊芊。牛羊晚食鋪平地。鵰鶚晴飛磨遠天。洛客盡回臨水寺。楚人皆逐下江船。東西未有相逢日。更把繁華共醉眠。

（校）

△韓鄭　全唐詩無韓字，校云：『一作韓鄭。』

△友　文苑英華作朋，校云：『集作友。』

△橫　文苑英華作同，校云：『集作橫。』

△鵰鶚　全唐詩校：『一作鵝鴨。』

△磨　全唐詩作摩，是也。

△把　文苑英華作競，校云：『集作把。』全唐詩校：『一作藉。』

（注）

△三十六峯　在河南登封縣北嵩山，其峯凡三十有六，故云。

（箋）

△金聖嘆曰：『寫景雲寺前，一川橫開，三十六峯，平浮波上，此便是洛中人送東下客，席散分手，揮淚下船之處，眞爲詩中有畫也。牛羊鋪地妙，鷗鷺摩空妙，物各有性，人各有懷，固非能強之必去，亦安可強之暫留，更不明東下何故，而已意言俱盡矣。五六寫別後縱橫分散，其事如此，眞是一場草草。因更感而再留少時。』

長安歲暮

獨望天門倚劍歌。干時無計老關河。東歸萬里慚張翰。西上四年羞卞和。花暗楚城春醉少。月涼秦塞夜愁多。三山歲歲有人去。唯恐海風生白波。

（校）

△獨望二句　原校：『一作每望青雲憶薜蘿，長安九陌獨悲歌。』

△三山二句　原校：『一作蓬瀛有路未知處，漲海悠悠空碧波。』

（注）

△天門　君門之尊稱。杜甫宣政殿退朝晚出左掖詩：『天門日射黃金牓，春殿晴曛赤羽旗。』

△倚劍歌　戰國時，齊人有馮諼者，貧乏不能自存，聞孟嘗君好客，躡屩而見之，置傳舍。居有頃，倚柱彈其劍歌曰：『長鋏歸來乎，食無魚。』孟嘗君遷之幸舍，食有魚矣，復彈其劍歌曰：

『長鋏歸來乎，出無車。』遷之代舍，出入乘輿車矣，又彈其劍歌曰：『長鋏歸來乎，無以爲家。』孟嘗君乃使人給其食用以奉母，無使乏，於是馮諼不復歌。事詳戰國策齊策及史記孟嘗君傳。韋莊東遊遠歸詩：『扣角干名計已疏，劍歌休恨食無魚。』

△干時　謂求合於當時也。蔡邕陳太丘碑文：『不激訐以干時，不遷貳以臨下。』

△東歸萬里慙張翰　晉書張翰傳：『張翰，字季鷹，吳郡吳人也。齊王冏辟爲東曹掾。翰因見秋風起，乃思吳中菰菜、蓴羹、鱸魚膾，曰：「人生貴適志，何能羈宦數千里以要名爵乎？」遂命駕而歸。』按用晦家居丹陽，而久羈長安，既無術以干時，又未能適意東歸，故曰『慙張翰』也。

△卞和　春秋時，楚人和氏（卽卞和）得璞於楚山中，以獻厲王，王以爲誑，刖其左足；武王卽位，復獻之，又以爲誑，刖其右足；及文王立，乃抱璞泣於荊山之下，王使人問之，曰：『臣非悲刖，寶玉而題之以石，貞士而名之爲誑，所以悲也！』王乃使人理其璞，果得玉焉，遂命曰和氏之璧。見韓非子和氏。

△三山　卽三神山。史記秦始皇紀：『海中有三神山，名曰蓬萊、方丈、瀛洲，僊人居之。』又封禪書：『此三神山者，其傳在渤海中，去人不遠，患且至則船風引而去。蓋嘗有至者，諸僊人及不死之藥皆在焉，其物禽獸盡白，而黃金銀爲宮闕。未至，望之如雲，及到，三神山反居水下，臨之，風輒引去，終莫能至云。』

贈茅山高拾遺

諫獵歸來綺季歌。大茅峯影滿秋波。山齋留客掃紅葉。野艇送僧披綠莎。長覆舊圖棋勢盡。遍添新品藥名多。雲中黃鵠日千里。自宿自飛無網羅。

（校）

△滿　全唐詩校：『一作入。』

（注）

△茅山　在江蘇句容縣東南四十五里，跨金壇縣界，卽句曲山。漢茅盈與弟固、衷自咸陽來，得道於此，世號三茅君，因名山曰茅山。有三峯，曰大茅、中茅、小茅；大茅峯有華陽洞，卽三茅君得道處也。

△拾遺　唐諫官名，有左右之分，左拾遺屬門下省，右拾遺屬中書省，掌供奉諷諫，以救人主言行之遺失。

△諫獵　漢書司馬相如傳：『嘗從上至長楊獵，時天子方好自逐壄獸，相如因上疏諫。』杜甫贈汝陽郡王璡詩：『袖中諫獵書，扣馬久上陳。』

△綺季　卽綺里季，商山四皓之一。後漢書周燮傳：『吾既不能隱處巢穴，追綺季之跡。』注：『綺季、東園公、夏黃公、甪里先生，謂之四皓，隱於商山。』嵇康琴賦：『榮期綺季之疇。』

注：『翰曰：綺季，綺里季也。』

△長覆舊圖棋勢盡　南史蕭惠基傳：『宋文帝時，羊元保爲會稽，帝遣褚思莊入東宮與元保戲，因置局圖，還，於帝前覆之。』盡，悉也，備也。

△黃鵠千里　黃鵠，大鳥也，仙人所乘。見玉篇。商子畫策：『黃鵠之飛，一舉千里。』

李秀才近自塗口遷居新安適枉緘書見寬悲戚因以此答

遠書開罷更依依。晨坐高臺竟落暉。顏巷雪深人已去。庾樓花盛客初歸。東堂望絕遷鶯起。南國哀餘候雁飛。今日勞君猶問訊。一官唯長故山薇。

（注）

△塗口　在湖北武昌縣南六十里，地濱大江，當塗水入江之口，故名。陶潛有過塗口詩。

△新安　郡名，隋置，治歙，唐仍之，即今安徽歙縣治。

△顏巷　論語雍也：『子曰：「賢哉回也，一簞食，一瓢飲，在陋巷，人不堪其憂，回也不改其樂，賢哉回也。」』白居易自題小艸亭詩：『陶廬閑自愛，顏巷陋誰知？』

△庾樓　在江西九江縣治後，濱大江，其磯石突出江干百許步，相傳晉庾亮鎮江州時所建。按晉書庾亮傳有秋夜登南樓事，然亮時江州鎮武昌，不在湓城，李白詩所謂『清景南樓夜，風流在武昌』，是也。自白居易詩云：『潯陽欲到思無窮，庾亮樓南湓口東。』後遂因之傳訛。

△東堂　晉郤詵以對策上第拜議郎，遷雍州刺史。武帝於東堂會送，問詵曰：『卿自以爲何如？』詵對曰：『臣舉賢良，對策爲天下第一，猶桂林一枝，崑山片玉。』帝笑，侍中奏免詵官，帝曰：『吾與之戲耳，不足怪也。』見晉書郤詵傳。演繁露云：『東堂者，晉宮之正殿也。』

△遷鶯　詩小雅伐木：『伐木丁丁，鳥鳴嚶嚶，出自幽谷，遷於喬木。』謂鳥出谷而遷升高木。後因以喬遷賀人之遷居，亦以稱仕途之升遷。張籍詩：『滿堂虛左待，衆目望喬遷。』李中送夏侯秀才詩：『況是淸朝至公在，預知喬木定遷鶯。』

△故山薇　宋之問詩：『好采舊山薇。』鄭谷潯陽姚宰廳作詩：『縣幽公事稀，庭草是山薇。』

贈蕭兵曹

廣陵堤上昔離居。帆轉瀟湘萬里餘。楚客病時無鵩鳥。越鄉歸處有鱸魚。潮生水國蒹葭響。雨過山城橘柚疏。聞說攜琴兼載酒。邑人爭識馬相如。

（校）

△（題）　全唐詩作贈蕭兵曹先輩。

△昔　全唐詩校：『一作欲。』

△瀟湘　全唐詩校：『一作湘南。』

△客　唐百家詩選作澤。

△鄉　全唐詩校：『一作江。』

△處　全唐詩校：『一作去。』

△國　全唐詩作郭，校云：『一作國。』

△城　全唐詩校：『一作村。』

△說　全唐詩校：『一作道。』

△兼　全唐詩校：『一作還。』

△邑人爭識　原校：『一作卬人休羨。』

（注）

△兵曹　官名。唐制：府置兵曹參軍，州置司兵參軍，縣但曰司兵；掌軍防、門禁、田獵、烽堠、驛傳諸事。

△廣陵　郡名，故治卽今江蘇江都縣。

△瀟湘　二水名，在湖南省境。

△楚客病時無鵩鳥　文選賈誼鵩鳥賦序：『誼爲長沙王傅，三年，有鵩鳥飛入誼舍，止於坐隅，鵩似鴞，不祥鳥也，誼既以謫居長沙，長沙卑濕，誼自傷悼，以爲壽不得長，廼爲賦以自廣。』句云無鵩鳥，反其意而用之也。

△鱸魚句　用晉張季鷹思鱸事。詳長安歲暮詩注。

△馬相如　謂漢司馬相如也。按相如字子卿，成都人，少好書，學擊劍，慕藺相如之爲人，口吃而善著書。景帝時，爲武騎常侍，病免。武帝時，以獻賦爲郎，通西南夷有功，尋拜孝文園令，又以病免。所作有子虛、上林、大人等賦，詞藻瑰麗，氣韻排宕，爲漢代之詞宗。

題舒女廟

山樂來迎去不言。廟前高柳水禽喧。綺羅無色雨侵帳。珠翠有聲風繞幡。粧鏡尙疑山月滿。寢屏猶認野花繁。孤舟夢斷行雲散。何限離心寄曉猿。

（注）

△舒女　陶潛搜神後記：『臨城縣南四十里有盎山，百許步有舒姑泉，俗傳有舒氏女與父析薪於此，女坐泉處，忽牽挽不動，父遽告家，及再至，惟見淸泉湛然，其母曰，吾女好音樂，乃作絃歌，泉湧洄流。今人作樂嬉，泉卽湧出。』白居易達理詩：『舒姑化爲泉。』卽用此事。按舒姑泉又名舒姑溪、舒溪，在安徽石埭縣南，靑弋江之上游也。

△幡　同旛，幟也。

姑孰官舍

草生官舍似閒居。雪照南窗滿素書。貧後始知爲吏拙。病來還喜識人疏。靑雲豈有窺梁燕。濁水應無避釣魚。不待秋風便歸去。紫陽山下是吾廬。

（注）

△姑孰　今安徽當塗縣治。元和志：『姑孰水，在縣南二里，姑孰城因此名。』

△紫陽山　在安徽歙縣城南，高百九十仞，周四十里，一名城陽山，以山在城南也。見讀史方輿紀要。

△吾廬　陶潛讀山海經詩：『衆鳥欣有託，吾亦愛吾廬。』

（箋）

△金聖嘆曰：『一二，如對不對，賦比興殆兼有之。三，寫貧，應雪照素書。四，寫閒，應草生官舍。如自悔，又如自喜，爲頓挫之筆也。五六，對法參錯，神態頓挫，言窺梁豈是青雲之器，避釣不爲濁水之遊，今吾爲避釣者乎？抑窺梁者乎？七八，寫不能一朝更居，眞神游塵壒以外，豈特敝屣之云而已。』

凌歊臺送韋秀才

雲起高臺日未沈。數村殘照半巖陰。野蠶成繭桑柘盡。溪鳥引雛蒲稗深。帆勢依依投極浦。鐘聲杳杳隔前林。故山迢遞故人去。一夜月明千里心。

（校）

△韋　全唐詩校：『一作韓。』

△高　全唐詩校：『一作層。』

△巖　原校：『一作蘿。』

（箋）

△金聖嘆曰：『通解用意，乃在日未沉一未字。夫人生既稱七十古稀，則亦大都六十以來，然則三十蚤是半生也。頗見世之勞人，年且過斯，尙無一就，棲棲久客，欲有所圖，於是旁之人，亦從而詒之曰：「如公年，正未正未耳！」嗟乎！雲起高臺，豈非明明日欲沉，下欲字即穩耶？今偏定要下一未字，然而殘照半陰，時已至此，蠶則已繭，鳥則已雛，桑則已盡，稗則已深，甚欲自謾，終謾不得，年晚心孤，眞是不能重讀也。五，猶望見帆。六，乃但聞鐘矣。故山迢遞，故人獨去，一夜月明，思人乎？抑自思乎？』

臥　疾

寒窗燈盡月斜暉。珮馬朝天獨掩扉。淸露已凋秦塞柳。白雲空長越山薇。病中送客難爲別。夢裏還家不當歸。唯有舊書書未得。臥聞燕雁向南飛。

（校）

△疾　全唐詩作病。

△空　全唐詩校：『一作應。』

△舊　全唐詩作寄，校云：『一作舊。』

（注）

△（題）　全唐詩注：『時在京師。』

（箋）

△兪陛雲曰：『詩家體格，淸詞麗句，各擅其長。此詩因臥病有懷而作，前半首稍用字面，餘皆宛轉言情，淸而有味，勝於麗而無則也。首二句言月斜燈暗，病榻易醒，正早朝車馬，晨搖玉佩之時，而已則掩關寂寂，只自悲耳。三四言滯迹秦關，已秋寒楊柳，遙憶鄉山薇蕨，空待歸人，用已字空字，動蕩其句法，語氣乃開合生姿。五六言送客已難爲別，況是病中，還家方遂素心，乃在夢裏；皆推進一層寫法，彌覺可傷。收句言鄉書欲寄，而驛使稀逢，感春燕秋鴻之來去，枕上聞聲，惟有以一片鄉心，託南飛之羽耳。』

送嶺南盧判官罷職歸華陰山居

曾事劉琨雁塞空。十年書劍似飄蓬。東堂舊屈移山志。南國新留煑海功。還掛一帆青海畔。更開三逕碧蓮中。關西舊友應相問。已許滄浪伴釣翁。

（校）

△似　原校：『一作任。』
△屈　原校：『一作有。』
△海畔　唐百家詩選作草上。
△舊　原校：『一作親。』
△應　原校：『一作如。』較勝。

（注）

△嶺南　道名，唐貞觀初置，以在五嶺之南，故名。有今兩粵及安南之地。治廣州，卽今番禺縣。後分爲嶺南東、嶺南西兩道，今粵中之地，尙有嶺南之稱。

△判官　官名，唐置，爲節度、觀察等使僚屬。

△華陰　卽今陝西華陰縣，以在華山之北，故名。

△劉琨　字越石，晉魏昌人。初爲范陽王虓司馬，從破東平王楙。永嘉元年，爲幷州刺史，在晉陽，嘗爲胡騎所圍，琨乃乘月登樓淸嘯，賊聞之，皆淒然長嘆，又奏胡笳，賊有懷土之切，遂棄圍而走。愍帝時拜司空，都督幷、冀、幽諸軍事。元帝稱制江東，遣使勸進。建武初，與段匹磾共討石勒，功勳卓著。後爲匹磾所害，追謚愍。

△書劍　古時文人隨身之物。高適人日寄杜二拾遺詩：『一臥東山三十春，誰知書劍老風塵。』李山甫方干隱居詩：『早晚塵埃得休去，且將書劍事先生。』

△移山　古有北山愚公，年九十，欲平太行、王屋二山，或笑之，公曰：『我死有子，子又生孫，孫又生子也，而山不加增，何苦而不平？』操蛇之神聞之，告之於帝，帝命夸娥氏二子，負二山，一厝朔東，一厝雍南。見列子湯問。庾信哀江南賦：『豈冤禽之能塞海，愚叟之可移山。』

△煑海　漢書鼂錯傳：『吳王（濞）即山鑄錢，煑海爲鹽，誘天下豪傑。』文選左思吳都賦：『煑海爲鹽，採山鑄錢。』

△三逕　逕，同徑。三輔決錄：『蔣詡字元卿，舍中竹下開三徑，唯求仲、羊仲從之遊。』陶潛歸去來辭：『三徑就荒，松菊猶存。』後人本此，輒以三徑喻隱士所居。

△關西　指函谷關以西之地而言。東漢楊震，華陰人，時稱關西孔子。岑參詩：『弓抱關西月，旗翻渭北風。』

△已許滄浪伴釣翁　楚辭漁父：『漁父莞爾而笑，鼓枻而去，歌曰：「滄浪之水清兮，可以濯吾纓；滄浪之水濁兮，可以濯吾足。」遂去，不復與言。』按：清，喻明時可脩飾冠纓而仕也；濁，喻世昏暗也；可以濯吾足，言宜隱遁也。杜甫詩：『兼泛滄浪學釣翁。』韋莊詩：『又擬滄浪學釣翁。』句法近似，而用晦意較果決。

將度故城湖阻風夜泊永陽戍

行盡清溪日已蹉。雲容山影水嵯峨。樓前歸客怨清夢。樓上美人凝夜歌。獨樹高高風勢急

○平湖渺渺月明多。終期一艇載樵去。來往使帆凌白波。

(校)

△故　全唐詩校：『一作固。』

△永　全唐詩校：『一作水。』

△怨　全唐詩校：『一作愁。』

(注)

△故城湖　故，當作固，全唐詩校是也。按固城湖在江蘇高淳縣西南。江寧府志云：『北通丹陽、石臼二湖，與當塗、宣城分界，俗又謂之小南湖。』

△永陽　永，當作水，全唐詩校是也。按安徽宣城縣北宛溪邊有水陽鎮，與江蘇高淳縣接界，水陽江本宛溪中流，以流經此鎮，故謂之水陽江。

△嵯峨　險峻突兀之貌。王筠矚望山海詩：『奔濤延瀾汗，積翠遠嵯峨。』

△凝歌　徐引聲謂之凝。見文選謝朓鼓吹曲『凝笳翼高蓋』李善注。白居易長恨歌：『緩歌謾舞凝絲竹。』

緱山廟

王子求仙月滿臺。玉簫清轉鶴徘徊。曲終飛去不知處。山下碧桃春自開。

(校)

△求仙　全唐詩作吹簫，校云：『一作求仙。』

△簫　全唐詩校：『一作笙。』

△春自　全唐詩校：『一作無數。』

(注)

△(題)　緱山，即緱氏山，在河南偃師縣南。此詩所詠，當爲周靈王太子晉（即王子喬）吹笙乘鶴事，見列仙傳。簫，當從全唐詩作笙，用晦送蕭處士歸緱嶺別業詩『緱山住近吹笙廟』，及登故洛陽城詩『可憐緱嶺登仙子，猶自吹笙醉碧桃』之句，可爲注脚也。又東漢王喬，曾爲葉縣令，有雙鳧化爲神術，後漢書本傳謂或云即古仙人王子喬，則當是另一事，與此無涉。

(箋)

△謝登山曰：『錢起湘靈鼓瑟詩：「曲終人不見，江上數峯青。」青城山道士題麻姑山仙都觀詩：「萬仞峯巒插太清，麻姑曾此會方平。一從宴罷歸何處？玉殿珠樓空月明。」與此詩意度相似。』

秋　日

琪樹西風華簟秋。楚雲湘月憶同遊。高歌一曲掩明鏡。昨日少年今白頭。

（校）

△（題） 全唐詩作秋思，校云：『一作秋日。』

△華 全唐詩作枕，校云：『一作華。』

△月 全唐詩作水，校云：『一作月。』

（注）

△高歌二句 李白將進酒：『君不見高堂明鏡悲白髮，朝如青絲暮成雪。』又：『岑夫子，丹邱生，將進酒，杯莫停！與君歌一曲，請君爲我傾耳聽！』二句意蓋祖此。

鄭侍御廳翫鶴

碧天飛舞下晴莎。金閣瑤池絕網羅。品響數聲風滿樹。岸移孤影雪凌波。緱山去遠雲霄迥。遼海歸遲歲月多。雙翅一開千萬里。只應棲穩戀喬柯。

（校）

△一 字原缺，據全唐詩補。全唐詩校：『一作欲。』

△穩 全唐詩作隱，校云：『一作穩。』

（注）

△侍御 即侍御史。周曰柱下史；秦改爲侍御史，亦曰柱後史；兩漢亦有侍御史。所掌爲律令、刻印、齋祀、廐馬、車駕等事。其後自魏晉以迄於元，均置侍御史，所掌多爲糾察非法，推彈雜

事；又歷代侍御史之特有職掌者則冠字以稱之，如漢時以侍御史出督州郡盜賊運漕軍糧，謂之督軍糧侍御史；宣帝時齋居決事，令侍御史二人治書，謂之治書侍御史；魏時以二御史居殿中，察非法，謂之殿中侍御史等皆是。治書及殿中侍御史，歷代多置之，明代始廢。

△瑤池　仙境也，相傳爲西王母所居。神仙傳：『崑崙閬風苑有玉樓十二層，左瑤池，右翠水。』

△遼海句　搜神記：『遼東城門有華表柱，忽有一白鶴來集，言曰：「有鳥有鳥丁令威，去家千歲今來歸，城郭如故人民非，何不學仙去，空見冢壘壘。」』按丁令威本遼東人，學道於靈虛山，後化鶴歸遼。元稹詩：『遼海若思千歲鶴，且留城市會飛還。』卽用此事。

南庭夜坐貽開元禪定二道者

暮暮焚香何處宿。西巖一室映疏藤。光陰難駐跡如客。寒暑不驚心是僧。高樹有風聞夜磬。遠山無月見秋燈。身閑境靜日爲樂。若問自餘非我能。

（校）

△庭　全唐詩作亭，校云：『一作庭。』

△是　全唐詩作似，校云：『一作是。』

△自　全唐詩作其，是也。

（箋）

△金聖嘆曰：『明宿西巖，又故問何處，妙。於大化中有此海，於此海中有此洲，於此洲中有此鄉，於此鄉中有此庭，人亦生斯，老斯，哭斯，歌斯，略不動念耳。若復起心試問，只今坐處眞是何處？未有不茫然弱喪者也。風月，境也，任從有無卽靜；聞見，身也，不隨風月卽閑；若問其餘非我能，殆於銀椀盛雪，不容纖塵矣。』

朱坡故少保杜公池亭

杜陵池榭綺城東。孤島回汀路不窮。高岫乍疑三峽近。遠波初似五湖通。楸梧葉暗瀟瀟雨。菱荇花香淡淡風。還有昔時巢燕在。飛來飛去畫堂中。

（校）

△綺　全唐詩校：『一作倚。』

△中　原校：『一作空。』

（注）

△少保　官名。唐書百官志：『少師、少傅、少保各一人，從二品，掌曉三師德行，以諭皇太子。』

△杜陵　亦曰樂遊原，在今陝西長安縣東南。秦爲杜縣；漢宣帝築陵葬此，因曰杜陵，並改杜縣曰杜陵縣。其東南又有一陵，差小，謂之少陵。

△三峽　即瞿塘峽、巫峽、西陵峽也。地當長江上游，介川、鄂兩省之間。三峽相連，長七百里；重巖叠嶂，隱天蔽日，非亭午夜分，不見曦月。中以瞿塘爲最險，巫峽爲最長，西陵又有夷陵之稱，蓋江流過此而下，水漸夷平也。

△五湖　即太湖。史記河渠書：『於吳則通渠三江五湖。』集解：『韋昭曰：「五湖，湖名耳，實一湖，今太湖是也。」』王同祖太湖考引虞翻曰：『水通五道，謂之五湖。』溫庭筠利州南渡詩：『誰解乘舟尋范蠡，五湖煙水獨忘機。』

△畫堂　堂以彩畫爲飾，因稱曰畫堂。三輔黃圖曰：『未央宮有畫堂甲觀，非常室。』溫庭筠詩：『蘭芷承雕輦，杉蘿入畫堂。』

秋日早朝

宵衣應待絕更籌。環佩鏘鏘月下樓。井轉轆轤千樹曉。鑰開閶闔萬山秋。龍旗盡列趨金殿。雉扇纔分拜玉旒。虛戴鐵冠無一事。滄江歸去老漁舟。

（校）

△（題）　全唐詩校：『一作秋日候扇。』

△鏘鏘　全唐詩校：『一作珊珊。』

△旗　全唐詩作旗，校云：『一作輿，一作旟。』

△列　全唐詩校：『一作引。』

△拜　全唐詩作見，校云：『一作拜。』

△滄江歸去老漁舟　原校：『一作滄江歸老釣漁舟。』

（注）

△宵衣　謂天未明而衣也。唐書劉蕡傳：『任賢惕厲，宵衣旰食，詎追三五之遐軌，庶紹祖宗之鴻緒。』按宵衣旰食，言寢食不遑也。

△更籌　夜間計時之具也。唐書百官志：『司門郎中、員外郎各一人，掌門關出入之籍及闌遺之物，晝題時刻，夜題更籌。』

△環佩　謂佩玉也。禮經解：『行步則有之聲。』

△轆轤　井上汲水之具也。張籍詩：『橫架轆轤牽素綆。』陸龜蒙詩：『月墮霜西竹井寒，轆轤絲凍下瓶難。』

△閶闔　宮門也。文選張衡西京賦：『正紫宮於未央，表嶢闕於閶闔。』注：『綜曰：「天有紫微宮，王者象之，紫微宮門名曰閶闔。」善曰：「未央宮一名紫微宮。」』王維和賈至舍人早朝大明宮之作：『九天閶闔開宮殿，萬國衣冠拜冕旒。』

△雉扇　即雉尾扇。崔豹古今注：『雉尾扇起於殷世，高宗時有雊雉之祥，服章多用翟羽。周制以爲王后夫人之車服，輿車有翣，即緝雉羽爲扇翣，以障翳風塵也。』唐六典曰：『舊翟尾扇，

開元初改爲繡孔雀。』王建元日早朝詩：『左右雉扇開，踏舞分滿庭。』

△玉旒　禮玉藻：『天子玉藻，十有二旒。』旒，同瑬，冕飾之垂玉也。

△鐵冠　法冠也。以鐵爲冠柱，故云。唐六典：『大事則鐵冠朱衣以彈之。』岑參送魏升卿擢第歸東都詩：『御史鐵冠重繡衣。』

△滄江　謂江也。江水色蒼，故曰滄江。丘爲湖中寄王侍御詩：『晨趨玉階下，心許滄江流。』

滄浪峽

纓帶流塵髮半霜。獨尋殘月下滄浪。一聲溪鳥暗雲散。萬片野花流水香。昔日未知方外樂。暮年始信夢中忙。紅蝦青鯽紫芹脆。歸去不辭來路長。

〔注〕

△滄浪峽　儲光羲詩：『自有滄浪峽，誰爲無事人。』按滄浪，水名，亦作蒼浪。書禹貢：『嶓冢導漾，東流爲漢，又東爲滄浪之水。』皮錫瑞今文尚書考證：『蒼浪葢以青蒼得名。』文選陸機塘上行：「垂影滄浪泉。」李善注引孟子滄浪之水清，云滄浪青色也。』

△方外　世外之謂。莊子大宗師：『孔子曰：「彼遊方之外者也。」』疏：『方，區域也，彼不爲敎迹所拘，故遊心寰宇之外。』後因稱僧曰方外，以其不涉世事也。

登故洛陽城

禾黍離離半野蒿。昔人城此豈知勞。水聲東去市朝變。山勢北來宮殿高。鴉噪暮雲歸古堞。雁迷寒雨下空壕。可憐緱嶺登仙子。猶自吹笙醉碧桃。

（校）

△（題）　全唐詩作故洛城，校云：『一作登故洛陽城。』

△禾黍　全唐詩校：『一作黍稷。』

△去　全唐詩校：『一作注。』

△猶　全唐詩校：『一作獨。』

（注）

△禾黍離離　詩王風黍離序：『黍離，閔宗周也。周大夫行役至于宗周，過故宗廟宮室，盡爲禾黍，閔周室之顚覆，彷徨不忍去，而作是詩也。』離離，垂也，長也。

△緱嶺吹笙二句　參閱送蕭處士歸緱嶺別業詩及候山廟詩注。郎君胄聽鄰家吹笙詩：『重門深鎖無尋處，疑有碧桃千樹花。』

（箋）

△金聖嘆曰：『若云昔人城此，豈知今日？其辭便入徑露。今只云豈知勞，彼惟不知今日，故不自

以爲勞也。云云。三四便承此城字，水聲山勢，是登者瞪目所覩，市朝宮殿，是登者冥心所會，虛實離卽之外，眞是絕世妙文。上市朝宮殿，俱從故城周遭虛寫，此古堞空壕，方實寫故城也。鴉噪雁迷，妙，將謂寫滿眼紛紛，卻正寫空無一人。可憐二字，滿懷欲說仍住，卻反接一緱嶺仙人，曰獨自吹笙，絕世妙文，豈餘子所得臨摹乎？』

△吳摯甫曰：『末刺貴遊不知時變，但解行樂也。』

△高步瀛曰：『用晦覽古之作，後人多病其落套，此作風格獨高，勝於他作。』

聞釋子栖玄欲奉道因寄

欲求眞訣戀禪扃。羽帔方袍盡有情。仙骨本微靈鶴遠。法心潛動毒龍驚。三山未有偷桃計。四海初傳問菊名。今日勸師師莫惑。長生難學證無生。

（校）

△難學　原校：『一作不似。』

（注）

△釋子　僧也。僧爲釋迦之弟子，從釋迦之教化而出生，故名釋子。

△眞訣　李白送賀監歸四明應制詩：『眞訣自從茅氏得，恩波寧阻洞庭歸。』眞訣，眞法也。

△禪扃　謂寺門也。獨孤及思禪寺詩：『攀雲到金界，合掌開禪扃。』

△羽帔　帔，披於肩背之服物也。以鳥羽爲帔，取其神仙飛翔之意。雲笈七籤：『羽帔扇翠暉，玉佩何鏗零。』

△方袍　比丘所著之三種袈裟，皆爲方形，謂之方袍。僧寶傳：『作偈云：多年塵事漫騰騰，雖著方袍未是僧。』

△仙骨句　鄭谷鶴詩：『應嫌白鷺無仙骨，長伴漁翁宿葦花。』意可互發。

△法心　般若經：『於一切法，心爲善導，若能知心，悉知衆法，種種世法由心。』按法，梵語達摩之義譯，一切事物及道理之通名也。

△毒龍　法苑珠林：『西方有不可依山甚寒，山中有池，毒龍居之，沉殺五百商人。槃陀王學婆羅門咒，就池咒龍，龍化爲人，悔過，王捨之。』王維過香積寺詩：『日暮空潭曲，安禪制毒龍。』毒龍，喩一切妄想也。

△三山　古謂海上三神山也，亦曰三壺。拾遺記：『海上有三山，其形如壺，方丈曰方壺，蓬萊曰蓬壺，瀛洲曰瀛壺。』

△偸桃　漢武故事：『東都獻短人，呼方朔曰：「王母種桃，三千歲一結子，此兒不良，已三偸之矣。」』柳宗元詩：『蓬萊羽客如相訪，不是偸桃一小兒。』

△問菊　抱朴子：『劉生丹法，用白菊花汁、蓮花汁、樗汁和丹蒸之，服一年，壽五百歲。』按食菊可以延年，栖玄欲學長生，故處處問訊也。劉禹錫詩：『如蓮半偈心常悟，問菊新詩手自攜

。』

△長生　謂人之壽命長存不失也。老子：『深根固柢，長生久視之道。』莊子在宥：『廣成子曰：「無勞汝形，無搖汝精，乃可以長生。」』

△無生　圓覺經：『一切衆生於無生中，妄見生滅。』最勝王經：『無生是實，生是虛妄，愚痴之人，漂溺生死，如來體實，無有虛妄，名爲涅槃。』按涅槃之眞理，無生滅，故云無生。因而觀無生之理以破生滅之煩惱也。

南海府罷南康阻淺行侶稍稍登陸主人燕餞至頻暮宿東溪

晴灘水落漲虛沙。灘去秦吳萬里賒。馬上折殘江北柳。舟中開盡嶺南花。離歌不斷如留客。歸夢初驚似到家。山鳥一聲人未起。半床春月在天涯。

（校）

△（題）　全唐詩陸下有而邁二字。

△賒　原校：『一作斜。』

△不斷　全唐詩校：『一作漸怨。』

△歸　全唐詩校：『一作鄉。』

△到　原校：『一作別。』

△起　全唐詩校：『一作覺。』

△春　全唐詩校：『一作風。』

（注）

△南海府　南海，郡名，秦置；今廣東全省除西南部外皆其地。治番禺，即今廣東番禺縣。漢仍之。三國吳以後至隋唐之世廢置不常；元廢。按唐制，大州曰府，隸於道。武德改州爲郡，天寶又改郡爲州；是唐時州郡一也。

△南康　郡名，晉置。治雩都，在今江西雩都縣東北；旋徙治贛，在今贛縣西南。唐時廢置不常，元廢。

（箋）

△金聖嘆曰：『一，言水落沙漲，故阻淺也。二，忽折筆出題，言便不阻淺，而此灘到家，尚餘萬里，然則豈堪於此又更阻淺耶！三四，仍折入題，言乃今於此騎馬下舟，都無定策。朝餞南康，暮餞南康，四句詩眞是歸客心頭，一盆炭火也。五六，不斷還留客，是還字好笑；頗驚已到家，是頻字好笑。末句，半床春月在天涯，須知仍是連日宴餞之處也。』

秋晚雲陽驛西亭蓮池

心憶蓮池秉燭遊。葉殘花敗尚維舟。煙開翠扇清風曉。水汎紅衣白露秋。神女暫來雲易散。仙娥初去月難留。空懷遠道無持贈。醉倚欄干盡日愁。

（校）

△心　全唐詩校：『一作爲。』

△汎　全唐詩作泥，校云：『一作泛。』

△初　全唐詩校：『一作終。』

△無　全唐詩作難，校云：『一作無。』

△欄干　全唐詩校：『一作西闌。』

（注）

△雲陽　縣名，後魏置。唐改縣爲池陽，尋復故。故城在今陝西涇陽縣北三十里。

△秉燭遊　古詩十九首：『晝短苦夜長，何不秉燭遊？』

△神女句　文選宋玉高唐賦序：『旦爲朝陽，暮爲行雨。』注：『朝雲暮雨，神女之美也。』

△仙娥　猶云仙女。亦以爲美女之喻。盧照鄰代女道士王靈妃贈道士李榮詩：『臺前鏡影伴仙娥，樓上簫聲隨鳳史。』

題勤尊師歷陽山居并序

師卽思齊之孫。頃爲故相國蕭公錄用。相國致政。尊師亦自邊將入道。因贈是詩。

二十知兵在羽林。中年潛識子房心。蒼鷹出塞胡塵滅。白鶴還鄉楚水深。春坼酒瓶浮藥氣。晚攜棊局帶松陰。雞籠山上雲多處。自斸黃精不可尋。

(校)

△二　全唐詩校：『一作三。』

△塞　全唐詩校：『一作岫。』

△滅　原校：『一作靜。』

△浮　原校：『一作兼。』

△帶　全唐詩校：『一作就。』

△鷄籠山上　全唐詩校：『一作鷄飛山頂。』

(注)

△尊師　道士之尊稱。王昌齡武陵開元觀黃鍊師院詩：『松間白髮黃尊師，童子燒香禹步時。』

△歷陽　山名，在安徽和縣西北四十里。三國志吳志孫皓傳：『天璽元年，歷陽山石文理成字。』

△羽林　禁軍之名稱。唐置左右羽林軍，後改為軍衞，有大將軍、將軍等官。李白侍從遊宿溫泉宮詩：『羽林十二將，羅列應星文。』

△子房　張良，字子房，漢韓人，其先五世相韓；秦滅韓，良悉以家財求客為韓報仇，得力士，

狙擊始皇於博浪沙，誤中副車，乃更姓名，亡匿下邳，尋受兵法於黃石公，佐漢高祖滅項羽，定天下，封留侯。卒諡文成。

△白鶴還鄉　用搜神記丁令威化鶴歸遼事。詳鄭侍御廳翫鶴詩注。

△坼　開也。

△鷄籠山　在安徽和縣西北三十五里。寰宇記：『淮南子云：麻湖初陷之時，有一老嫗提鷄籠以登此山，化爲石。因名。』

△斸　斫也。見說文。

△黃精　文選嵇康與山巨源絕交書：『聞道士遺言，餌朮黃精，令人久壽，意甚信之。』注：『本草經曰：「朮黃精，久服輕身延年」。』

懷舊居

兵書一篋老無功。故國郊扉在夢中。藤蔓覆梨張谷暗。草花侵菊庾園空。朱門跡忝登龍客。白屋心期失馬翁。楚水吳山何處是。北窗殘月照屏風。

（校）

△郊　全唐詩校：『一作荆。』

△暗　原校：『一作靜。』

△花　全唐詩校：『一作芃。』

△菊　原校：『一作杏。』

（注）

△張谷　卽張公山，在江蘇宜興縣東南。相傳張道陵居此，因名。山中有洞曰張公洞，洞口草樹陰翳，三面皆飛巖絕壁，洞門廣逾四尋，深數十丈，迂曲歷百餘磴，磴道險滑，俯僂而下，廣可容百人。大石離立，下聳欲落，石色蒼碧，乳髓滴瀝，奇怪萬狀。道書第五十八福地也。

△庾園　庾信嘗作小園賦以寄其鄉關之思，故連言之。皇甫松大隱賦：『潘尼館裏，嘗聞柰素瓜甘；庾信園中，亦話棗酸梨酢。』

△朱門　謂豪富之家也。杜甫詠懷詩：『朱門酒肉臭，路有凍死骨。』

△登龍　三秦記：『江海魚集龍門下，登者化龍。』世因以龍門喻高名碩望，凡得其接引而增長聲價者，謂之登龍門。李白與韓荊州書：『一登龍門，則聲價十倍。』

△白屋　漢書蕭望之傳：『恐非周公相成王躬吐握之禮，致白屋之意。』師古注：『白屋，謂白蓋之屋，以茅覆之，賤人所居。』按演繁露云：『古者宮室有度，官不及數，則宮室皆露本材，不容僭施采畫，故曰白屋；師古謂白茅覆屋，非也。』

△失馬翁　淮南子人間訓：『塞上之人，有善術者，馬無故亡而入胡，人皆弔之，其父曰：「此何遽不能爲福乎？」居數月，其馬將胡駿馬而歸，人皆賀之，其父曰：「此何遽不能爲禍乎？」

家富良馬，其子好騎，墮而折其髀，人皆弔之，其父曰：「此何遽不能爲福乎？」居一年，胡人大入塞，丁壯者控弦而戰，塞上之人，死者十九，此獨以跛之故，父子相保。故福之爲禍，禍之爲福，化不可極，深不可測也。』後漢書蔡邕傳：『得北叟之後福。』卽用此事。熙晦機奇徑山虛谷陵和尚詩：『人間萬事塞翁馬，惟枕軒中聽雨眠。』

△楚水吳山　賈至送李侍郎赴常州詩：『雪晴雲散北風寒，楚水吳山道路難。』顧宗泰江行詩：『澄江如練客舟輕，楚水吳山新雨晴。』

祇命許昌自郊居移入公館秋日寄茅山高拾遺

一笛迎風萬葉飛。強攜刀筆換荷衣。潮寒水國秋砧早。月暗山城夜漏稀。巖響遠聞樵客過。浦深遙送釣童歸。中年未識從軍樂。虛近三茅望少微。

(校)

△入　全唐詩作就，校云：『一作入。』

△茅山　全唐詩校：『茅，一作南。』

△荷　全唐詩校：『一作征。』

△夜　全唐詩校：『一作曉。』

(注)

△許昌　在河南新鄭縣南。本漢潁陰縣，北齊改曰長社，唐爲許州治。
△刀筆　史記蕭相國世家：『何于秦時爲刀筆吏，錄錄未有奇節。』漢書蕭何傳贊注：『古者用簡牘，故吏皆以刀筆自隨也。』按筆所以記事，謬誤者以筆削而除之，故曰刀筆也。
△荷花　楚辭離騷：『製芰荷以爲衣兮，集芙蓉以爲裳。』孔稚珪北山移文：『焚芰製而裂荷衣，抗塵容而走俗狀。』荷衣，隱者之服也。
△三茅　卽茅山。參閱贈茅山高拾遺詩注。
△少微　星名。晉書天文志：『少微四星在太微西，士大夫之位也，一名處士。』按此以喩高拾遺也。

哭虞將軍

白首從軍未有名。近將孤劍到江城。巴童戍久能番語。胡馬調多解漢行。對雪夜窮黃石略。望雲秋計黑山程。可憐身死家猶遠。汴水東流無哭聲。

（校）

△（題）　文苑英華校：『一作傷河東虞押衙。』
△白首　文苑英華作白昔，校云：『集作白首，一作十載。』
△秋計　全唐詩校：『一作朝筭。』

△可憐　文苑英華校：『一作誰知。』

（注）

△黃石略　謂黃石公三略也。文選李蕭遠運命論：『張良受黃石之符，誦三略之說。』注：『黃石公記序曰：「黃石者，神人也，有上略、中略、下略。」』

△汴水　即汳水。亦曰汴河，又稱汴渠。按汴渠故道有二：一爲古汴河故道，由河南之舊鄭州、開封、歸德北境，經江蘇舊徐州合泗入淮；一爲隋以後汴河故道，由前故道至商丘縣治南，改東南流，歷安徽之宿縣、靈壁、泗縣入淮。

晚自朝臺至韋隱居郊園

秋來鳧雁下方塘。繫馬朝臺步夕陽。村逕繞山松葉暗。野門臨水稻花香。雲連海氣琴書潤。風帶潮聲枕簟涼。西去磻溪猶萬里。可能垂白待文王。

（校）

△（題）朝臺　全唐詩臺下有津字。

△野　全唐詩校：『一作柴。』

△去　全唐詩作下，校云：『一作至，一作去。』

（注）

△朝臺　卽朝漢臺，在廣東省治東北。廣州記：『尉陀立臺以朝漢，圓基千步，直峭百丈，朔望升拜，號爲朝臺。』元和志：『在縣東北二十里，尉陀初遇陸賈處。』劉長卿詩：『陸賈千年後，誰知朝漢臺。』

△磻溪　在陝西寶鷄縣東南，北流入於渭。水經注：『磻谿水出南山茲谷，注於谿中，谿中有泉，謂之茲泉，泉水潭積，自成淵渚，卽呂氏春秋所謂太公釣茲泉也，今人謂之凡谷。水次平石釣處，卽太公垂釣之所，兩膝遺跡猶存云。』

△垂白待文王　垂白，猶言垂老。文王，謂周文王也。按呂尙，周東海人，本姓姜氏，其先封於呂，從其封姓，故曰呂尙，字子牙。年老隱於釣，文王出獵，遇於渭水之陽，與語，大悅，曰：『吾太公望子久矣』，因號太公望。載與俱歸，立爲師，爲文王四友之一。見史記齊太公世家。

(箋)

△廖文炳曰：『首言當秋之時，鳧雁下來，而我繫馬於朝臺之下，已夕陽矣。自此迤邐而至郊園，見村逕繞山，秋葉滿地，柴門臨水，禾氣侵人。已而入室，琴書則雲連海色而潤，枕簟則風帶潮聲而涼，眞稱處士之居矣。顧余猶有念者，隱居幽德俱尊，當若太公之暮年遇主，而此與磻溪，相去萬里，可能垂白而待君臣之遇合哉？言外有惜其不用意。』

寓居開元精舍酬薛秀才見貽

知己蕭條信陸沈。茂陵扶疾臥西林。芰荷風起客堂靜。松桂月高僧院深。清露下時傷旅鬢。白雲歸處寄鄉心。勞君詩思猶相憶。題在空齋夜夜吟。

(校)

△信　原校：『一作成。』

△勞　原校：『一作憐。』

△思　原校：『一作句。』

△在　原校：『一作向。』

△夜夜吟　原校：『一作日日吟。』

(注)

△開元精舍　開元寺，唐開元元年建，在陝西鳳翔縣城內北街。寺內有吳道子畫佛像，王維畫墨竹，蘇軾詩所謂『交柯亂葉動無數，一一皆可尋其源』者是也。

△陸沈　莊子陽則：『方且與世違，而心不屑與之俱，是陸沈者也。』注：『人中隱者，譬無水而沈也。』

△茂陵扶疾　漢司馬相如病免，家居茂陵，用晦因以自況。按茂陵在今陝西興平縣東北。漢武帝葬此，故名。

△西林　卽西林寺，在江西星子縣廬山麓。晉太元中僧慧永建，隋開皇中修，唐時尤盛。此借以

喻開元寺也。

別劉秀才

三獻無功玉有瑕。更攜書劍客天涯。孤帆夜別瀟湘雨。廣陌春期鄠杜花。燈照水螢千點滅。棹驚灘雁一行斜。關河萬里秋風急。望見鄉山不到家。

(校)

△(題)　全唐詩校：『一作留別裴秀才。』

△萬里　原校：『一作迢遞。』

(注)

△三獻　韓愈詩：『卞和試三獻，期子在秋砧。』張子容詩：『似璧悲三獻，疑珠怯再投。』參閱長安歲暮詩注。

△鄠杜　二縣名。鄠縣在陝西長安縣西南，杜縣在長安縣東南。

早發天台中巖寺度關嶺次天姥岑

來往天台天姥間。欲求眞訣駐衰顏。星河半落巖前寺。雲霧初開嶺上關。丹壑樹多風浩浩。碧溪苔淺水潺潺。可知劉阮逢人處。行盡深山又是山。

（校）

△上　原校：『一作外。』

△多　全唐詩校：『一作高。』

△浩浩　全唐詩校：『一作皓皓。』

（注）

△天台　山名，在浙江天台縣北。陶弘景眞誥：『山有八重，四面如一，當斗牛之分，上應台宿，故曰天台。』

△天姥岑　卽天姥山，在浙江新昌縣東五十里。東接天台華頂峯，西連沃洲山。寰宇記：『登此山者，或聞天姥歌謠之聲，道書以爲第十六福地，其最高峯曰撥雲尖。』

△劉阮　謂東漢時劉晨與阮肇也。紹興府志：『劉晨、阮肇，剡人。永平中，入天臺山採藥，經十三日不得返，採山上桃食之，下山以杯取水，見蕪菁葉流下甚鮮，復有胡麻飯一杯流下，二人相謂曰，去人不遠矣，乃渡水又過一山，見二女，容顏妙絕，呼晨、肇姓名，問郞來何晚也？因相款待，行酒作樂，被留半年。求歸，至家，子孫已七世矣。太康八年，又失二人所在。』鄭洪次王蒼雲詩：『自擬仙人識劉阮，浪傳詩句似陰何。』

春日郊園戲贈楊諴評事

十里蒹葭入薜蘿。春風誰許暫鳴珂。相如渴後狂還減。曼倩飢來語更多。門枕碧溪冰皓耀。檻齊青嶂雪嵯峨。野橋沽酒茅簷醉。誰羨紅樓一曲歌。

(注)

△評事　官名。漢置廷尉平，隋改爲評事，屬大理寺，掌平決刑獄，至清末廢。

△鳴珂　唐書張嘉貞傳：『嘉貞爲相，弟嘉佑爲金吾將軍，每上朝，軒蓋騶從盈閭，所居之坊，號曰鳴珂里。』按珂，飾馬之玉也，爲貴人所用；言鳴珂里者，謂貴人車馬常喧闐於其里也。

△相如渴　西京雜記：『相如素有消渴疾，及還成都，悅文君之色，遂發錮疾，乃作美人賦以自刺。』按消渴，病名，卽今所謂糖尿病也。

△曼倩飢　漢書東方朔傳：『侏儒飽欲死，臣朔飢欲死。』曼倩，東方朔字也。

△紅樓　酉陽雜俎：『長樂坊安國寺紅樓，睿宗在藩舞榭。』李白侍從宜春院詩：『紫殿紅樓覺春好。』沈佺期亦有紅樓院應制詩。其時民間亦多紅樓，爲豪家眷屬所居。韋莊長安春詩：『長安春色本無主，古來盡屬紅樓女。』白居易夢遊春詩：『到一紅樓家，愛之看不足。』後因以爲婦女居處之名稱。

晚自東郭回留一二遊侶

鄉心迢遞宦情微。吏散尋幽竟落暉。林下草腥巢鷺宿。洞前雲濕雨龍歸。鐘隨野艇回孤棹。鼓絕山城掩半扉。今夜西齋好風月。一瓢春酒莫相違。

(校)

△竟　全唐詩校：『一作趂。』

△絕　全唐詩校：『一作打。』

(注)

△雨龍　輔行四：『龍得小水以降大雨。』按龍之爲物，有神力，能變化雲雨，故曰雨龍。

與鄭秀才叔姪會送楊秀才昆仲東歸

書劍功遲白髮新。異鄉仍送故鄉人。阮公留客竹齋曉。田氏到家荆樹春。雪盡塞鴻南翥少。風來胡馬北嘶頻。洞庭煙月如終老。誰是長楊諫獵人。

(校)

△仍　全唐詩校：『一作人。』

△客　文苑英華作我，校云：『集作客。』

△齋曉　文苑英華作林晚，校云：『晚，集作曉。』

△月　全唐詩校：『一作水。』

△諫獵人　文苑英華校：『兩人字疑有悞。』人，全唐詩作臣，是也。

（注）

△阮公句　晉書：『阮咸字仲容，任達不拘，與叔籍爲竹林之遊。諸阮居道北，籍、咸居道南，北阮富而南阮貧。』今稱姪曰賢阮，稱人叔姪曰南阮，均本此。

△田氏句　續齊諧記：『京兆人田眞與弟廣、慶三人分財各居，堂前有紫荊花一株甚茂，共議破而爲三，至明旦，卽枯死，眞驚謂二弟曰：「荊本同株，當分折便憔悴，況人兄弟而可離？是人不如木矣！」兄弟相感，復合，荊亦復茂。』

△塞鴻南翥少胡馬北嘶頻　古詩十九首：『胡馬依北風，越鳥巢南枝。』二句祖此，而語意微異，蓋亦不忘故土之喻也。按東北謂之塞，見漢書鄧通傳『盜出徼外鑄錢』句顏師古注。翥，飛舉也，見說文。

△長楊諫獵　詳贈茅山高拾遺詩注。按長楊，古宮名，在今陝西盩厔縣東南。三輔黃圖：『長楊宮，本秦舊宮，漢修飾之以備行幸，宮中有垂楊數畝，門曰射熊館。』

送郭秀才遊天台幷序

余嘗與郭秀才同翫朱審畫天台山圖。秀才因遊是山。題詩贈別。

雲埋陰壑雪凝峯。半壁天台已萬重。人度碧溪疑輟棹。僧歸蒼嶺似聞鐘。暖眠鸂鶒晴灘草。高掛獮猴暮澗松。曾約共遊今獨去。赤城西面水溶溶。

（校）

△灘　全唐詩校：『一作天。』

△共　全唐詩校：『一作舊。』

△赤城西面　全唐詩校：『一作香爐山下』，非。

（注）

△赤城　山名，在浙江天台縣北六里。登天台山者，必先經此，山土色赤，狀似雲霞，望之如雉堞。文選孫綽天台山賦：『赤城霞起而建標。』西有玉京洞，道書以爲第六洞天，名上玉清平之天，卽天台山之南門。山巔有塔，梁岳陽王妃所建。

送張尊師歸洞庭

能琴道士洞庭西。風滿歸帆路不迷。對岸水花霜後淺。傍簷山果雨來低。杉松近晚移茶竈。巖谷初寒蓋藥畦。他日相思兩行字。無人知處武陵溪。

（校）

△對　全唐詩校：『一作野。』

△茶竈　全唐詩校：『一作花崦。』

△雨　全唐詩校：『一作一。』

△無　全唐詩校：『一作誰。』

（注）

△武陵句　用晉陶潛桃花源記武陵人誤入桃花源事。按武陵，郡名，在今湖南常德縣西。張謂詩：『舟移洞庭樹，路入武陵溪。』王之渙詩：『晨、肇重來路已迷，碧桃花謝武陵溪。』

移攝太平寄前李明府

病移嵒邑稱閑身。何處風光貰酒頻。溪柳遶門彭澤令。野花連洞武陵人。嬌歌自駐壺中景。艷舞長留海上春。早晚高臺更同醉。綠蘿如帳草如茵。

（校）

△移　原校：『一作多。』

△何　全唐詩校：『一作幾。』

△景　全唐詩校：『一作日。』

（注）

△太平　縣名，即今山西汾城縣治。
△明府　唐時稱縣令曰明府，如杜甫有會白水崔明府詩、七月一日題終明府水樓詩，李商隱有至崔明府所居詩等皆是。
△貰酒　史記高祖紀：『常從武負王媼貰酒。』韋昭曰：『貰，賒也。』
△溪柳遶門彭澤令　晉陶潛嘗爲彭澤令，又自號爲五柳先生，故云。
△野花連洞武陵人　參閱送張尊師歸洞庭詩注。
△壺中　後漢書費長房傳：『費長房者，汝南人也，曾爲市掾。市中有老翁賣藥，懸一壺於肆頭，及市罷，輒跳入壺中，市人莫之見，唯長房於樓上覩之異焉，因往再拜，云云。翁乃與俱入壺中，唯見玉堂嚴麗，旨酒甘肴盈衍其中，共飲畢而出。』
△海上　白居易長恨歌：『忽聞海上有仙山，山在虛無縹緲間。樓閣玲瓏五雲起，其中綽約多仙子。』

再遊姑蘇玉芝觀

高梧一葉下秋初。迢遞重廊舊寄居。月過碧窗今夜酒。雨昏紅壁去年書。玉池露冷芙蓉淺。瓊樹風高薜荔疏。明日排帆更東去。仙翁應笑爲鱸魚。

（校）

△重廊舊　原校：『一作重來說。』

△瓊樹風高　原校：『一作金井煙分。』

△明日掛帆　原校：『一作從此扁舟。』

（注）

△姑蘇　今江蘇吳縣之舊稱。

夜歸驛樓

水晚雲秋山不窮。自疑身在畫屏中。孤舟移棹一江月。高閣捲簾千樹風。窗下覆棋殘局在。橘邊沽酒半壚空。早炊香稻待鱸膾。南渚未明尋釣翁。

（注）

△畫屏　屏風之飾以彩畫者，詩家每借以形容景物之美。李白贈崔秋浦詩：『水從天漢落，山逼畫屏新。』鮑溶上巳日詩：『世間禊事風流處，鏡裏雲山若畫屏。』

△壚　盛酒器也。陸龜蒙謝山泉詩：『石壚封寄野人家。』

題靈山寺行堅師院

西巖一逕不通樵。八十持盃未覺遙。龍在石潭聞夜雨。雁移沙渚見秋潮。經函露濕文多暗。香印風吹字半銷。應笑東歸又南去。越山無路水迢迢。

(校)

△多　原校：『一作皆。』

△半　原校：『一作欲。』

△東歸又南去　全唐詩校：『一作南來又東去。』

(注)

△龍在石潭聞夜雨　參閱晚自東郭回留一二遊侶詩注。

△靈山寺　在安徽繁昌縣。張芸叟南征錄：『繁昌東界有靈山寺，踞山頂，殿閣重複。』顧況題靈山寺詩：『覺地本隨身，靈山重結因。』

△香印　卽香篆。香譜云：『百刻香，近世尙奇者，作香篆，其文準十二辰，分一百刻，凡然一晝夜已。』按此以香造篆文，燃之以測時者。蕭貢擬迴文詩：『風幌半縈香篆細。』此言煙縷因風縈迴作篆勢也。元稹詩：『香印白灰銷。』

題韋長史山居

一官唯買晝公堂。但得身閑日自長。琴曲少聲重勘譜。藥丸多忌更尋方。溪浮箬葉添盃綠。泉遶松根助茗香。明日鱖魚何處釣。門前春水似滄浪。

（校）

△（題）　全唐詩作湖州韋長史山居。注云：『即皎然舊宅。』

△忌　全唐詩校：『一作忘。』

△盃　全唐詩作醅，校云：『一作杯。』

（注）

△長史　官名。漢書百官公卿表：『文帝二年，置一丞相，有兩長史。』蓋諸史之長也，職無不監；其後太尉、司徒、司空諸公府皆有長史。魏、晉以後，刺史多帶將軍開府者，亦置長史，歷代因之。

贈李伊闕 幷序

前伊闕李師晦侍御。辭秩歸山。過余所止。醉圖二室於屋壁。亦招隱之旨也。因而有贈焉。

桐履如飛不可尋。一壺雙笈嶧陽琴。舟橫野渡寒風急。門掩荒山夜雪深。貧笑白駒無去意。病慚黃鵠有歸心。雲間二室勞君畫。水墨蒼蒼半壁陰。

（注）

△嶧陽琴　嶧陽，山名，在江蘇邳縣西南。山多桐樹，製琴甚良。書禹貢：『嶧陽孤桐。』即指此而言。

△白駒　莊子知北遊：『人生天地之間，若白駒之過郤，忽然而已。』成玄英疏：『白駒，駿馬也；亦言日也。隙，孔也。』郤同隙。按史記留侯世家、漢書魏豹傳，並有『白駒過隙』語。漢書注：『白駒，謂日景也；隙，壁際也。』

重遊練湖懷舊并序

余嘗與故宋補闕次都秋夕遊練湖亭。今復登賞。愴然有感。因賦是詩。

西風渺渺月連天。同醉蘭舟未十年。鵩鳥賦成人已沒。嘉魚詩在世空傳。榮枯盡寄浮雲外。哀樂猶驚逝水前。日暮長隄更回首。一聲鄰笛舊山川。

(校)

△遊練湖亭　全唐詩作遊永泰寺後湖亭。校云：『一作遊練湖亭。』

△一聲鄰笛舊山川　原校：『一作一聲蟬續一聲蟬。』

(注)

△練湖　在江蘇丹陽縣西北，即古曲阿後湖，今名開家湖。形勢最高，納鎮江長山諸水，注於運河。

△補闕　唐諫官名，有左右之分。掌供奉諷諫，有駁正詔書之權。

△鵩鳥賦　詳贈蕭兵曹詩注。按鵩，史記賈誼傳作服；蘇軾詩：『請作服鳥賦，我亦得坎止。』

世亦用爲哀輓文人之辭。
△嘉魚詩　詩小雅南有嘉魚序：『南有嘉魚，樂與賢也；太平之君子，至誠樂與賢者共之也。』
△浮雲　論語述而：『子曰：「飯疏食，飲水，曲肱而枕之，樂亦在其中矣；不義而富且貴，於我如浮雲。」』
△逝水　論語子罕：『子在川上曰：「逝者如斯夫！不舍晝夜。」』孟郊詩：『四時如逝水，百川皆東波。』

（箋）
△金聖嘆曰：『此連天風月，言十年前蘭舟上風月也。曾復幾時，而詩沒人在，一旦至是；一解只寫舊字。五，忽插榮枯度外，以爲頓挫者，言外隱然又見此所懷舊，乃一有才無命，賚恨而沒之人，只因筆墨蘊藉，遂令讀者不覺也。日暮長隄，蟬聲相續者，言人何暇哭人，多恐前人後人，轉眼之間，亦大略相同矣。』

乘月棹舟送大曆寺靈聰上人不及

萬峯秋盡百泉清。舊鏁禪扉在赤城。楓浦客來煙未散。竹窗僧去月猶明。杯浮野渡魚龍遠。錫響空山虎豹驚。一字不留何足訝。白雲無路水無情。

（注）

△大曆寺　貴耳錄：『眞定大曆寺有藏殿，其藏經皆唐宮人所書。』按漢置眞定國，唐改鎭州，卽今河北正定縣治。

△上人　佛家語，謂上德之人也。自鮑照有秋日示休上人詩，後遂以上人爲僧之專稱。

△赤城　山名，在浙江天台山北六里。詳送郭秀才遊天台詩注。

△杯浮野渡　梁慧皎高僧傳：『杯度在彭城，聞鳩摩羅什在長安，曰：「吾與此子戲別三百餘年，杳然未期，遲有遇於來生耳。」』按杯度，南朝宋僧，不知姓名，常乘木杯度水，故人以『杯度』呼之。初見在冀州，不修細行，神力卓越，世莫知其由來也。

△錫　僧人所持錫杖，省稱曰錫，如卓錫是。錫杖經：『佛言：「杖頭安環，圓如盞口，搖動作聲而警覺。」』南海寄歸傳：『言錫杖者，梵云喫棄羅，是鳴聲之義，古人譯爲錫者，意取錫作聲。』

汴河亭

廣陵花盛帝東游。先劈崑崙一派流。百二禁兵辭象闕。三千宮女下龍舟。凝雲鼓震星辰動。拂浪旗開日月浮。四海義師歸有道。迷樓還似景陽樓。

(校)

△先劈崑崙　原校：『一作先劈黃河。』

△還似　原校：『一作何異。』

（注）

△廣陵　郡名，卽今江蘇江都縣治。隋置揚州，又改曰江都郡。唐復置揚州，改爲廣陵郡。

△迷樓　古今詩話：『煬帝時，新宮旣成，帝幸之，曰：「使眞仙遊此，亦當自迷。」乃名迷樓。』故址在今江蘇江都縣西北七里。

△景陽樓　在江蘇江寧縣北。南史后妃傳：『齊武帝永明中，置鐘於景陽樓上，應五鼓及三鼓，宮人聞鐘聲，早起粧飾。』按玄武湖畔有景陽井，亦曰臙脂井，隋滅陳，後主與張、孔二妃匿井中，被獲，因又名辱井。』詩當指此而言。

（箋）

△金聖嘆曰：『前解：言彼隋煬帝者，只因小小題目，做起大大文章。如何小小題目？不過止爲廣陵花盛是也；如何大大文章？此河一開之後，且舉全隋百二禁兵，三千宮女，一夜啓行，空國盡下，眞乃天搖地動，不但鬼號神哭也。後解：寫其財富兵強，駕秦跨漢，縱心肆志，何慮何憂？而不謂人之所去，天亦同之，曾不轉燭，便爲亡陳之續，偏要引他景陽樓以痛鑒之也。』

村舍二首

（一）

自剪青莎織雨衣。南峯煙火是柴扉。萊妻早報蒸藜熟。童子遙迎種豆歸。魚下碧潭當鏡躍。鳥還青嶂拂屛飛。花時未免人來往。欲買嚴光舊釣磯。

（校）

△南峯　原校：『一作南村。』

△萊　原校：『一作山。』

△報　原校：『一作起。』

△迎　全唐詩校：『一作知。』

（注）

△嚴光釣磯　嚴光，字子陵，東漢餘姚人。少與光武同遊學；及光武即位，光變姓名，隱居不見；帝思其賢，物色得之，除諫議大夫，不就；歸隱富春山，耕釣以終。後人名其釣處曰嚴陵瀨。按嚴陵瀨在今浙江省桐廬縣南浙江之濱，亦稱嚴瀨。

（二）

尙平多累自歸難。一日身閑一日安。山逕有雲收獵網。水門無月掛魚竿。花間酒氣春風遠。竹裏棋聲夜雨寒。三頃水田秋更熟。北窗誰拂舊塵冠。

（校）

△歸　原校：『一作休。』

△身閑　原校：『一作深居。』

△門　原校：『一作庭。』

（注）

△尙　久也，見小爾雅廣詁。呂氏春秋古樂：『樂之所由來者尙矣。』

△水門　水閘也。韓愈汴州東西水門記：『乃作水門，是邦之郛。』

鄭秀才東歸憑達家書

欲寄家書少客過。閉門心遠洞庭波。兩巖花落夜風急。一逕草荒春雨多。愁泛楚江吟浩渺。憶歸吳岫夢嵯峨。貧居不問應知處。溪上閑船繫綠蘿。

（校）

△少客　全唐詩校：『一作客未。』

△兩巖　全唐詩校：『一作四鄰。』

△春　全唐詩校：『一作秋。』

△閑船　原校：『一作扁舟。』

（注）

△憶歸吳岫夢嵯峨　用晦家丹陽，故云然。按嵯峨，峻險突兀之貌。楚辭招隱士：『山氣巃嵸兮石嵯峨。』

傷湖州李郎中

政成身沒共興哀。鄉路兵戈旅櫬迴。城上暮雲凝鼓角。海邊春草閉池臺。經年未葬佳人散。昨夜因齋故吏來。南北相逢皆掩泣。白蘋洲暖一花開。

(校)

△哀　全唐詩作衰，校云：『一作哀。』

△佳　全唐詩作家，校云：『一作佳。』

△因　全唐詩校：『一作同。』

△南北相逢皆掩泣　全唐詩校：『一作欲過洞庭還倚棹。』

△暖　全唐詩校：『一作上。』

(注)

△湖州　郡名，三國吳置。今浙江吳興縣治，其舊治也。

△櫬　棺也。左傳襄公二年：『士輿櫬。』

和友人送僧歸桂州靈巖寺

楚客送僧歸桂陽。海門帆勢極瀟湘。碧雲千里暮愁合。白雪一聲春思長。柳絮擁堤添衲軟。松花浮水注瓶香。南宗長老幾年別。聞道半巖多彩堂。

(校)

△極　字原缺，據全唐詩補。

△彩堂　堂字原缺，據全唐詩補。按全唐詩作影堂，較勝。校云：『一作彩光。』

(注)

△桂州　南朝梁於始安郡置，隋廢爲始安郡，唐復置，故治即今廣西桂林縣。

△海門　韋應物賦得暮雨送李胄詩：『海門深不見，浦樹遠含滋。』李坤渡西陵詩：『海門凝霧暗，江渚濕雲橫。』

△瀟湘　二水名。按湘水源出廣西興安縣陽海山，與灕水同源合流，是爲灕湘；至縣東，二水分離，灕水西南流，直下爲西江，而湘水東北流，入湖南省境，至零陵縣西合瀟水，是爲瀟湘；再經衡陽縣北，合蒸水，是爲蒸湘；北流經長沙，入洞庭湖。長約二千餘里，爲本省巨川。

△碧雲千里暮愁合　文選江淹擬休上人詩：『日暮碧雲合，佳人殊未來。』又云：『桂水日千里，因之平生懷。』句當脫胎於此。

△白雪　古歌曲名。文選宋玉對楚王問：『客有歌於郢中者，其始曰下里巴人，國中屬而和者數千人；其爲陽阿、薤露，國中屬而和者數百人；其爲陽春、白雪，國中屬而和者不過數十人；引

啇刻羽，雜以流徵，國中屬而和者，不過數人而已。是其曲彌高，其和彌寡。』

△衲　僧衣曰衲。佛祖統紀慧思尊者傳：『平昔禦寒，唯一艾衲。』

△南宗　禪家宗派也。自初祖達摩倡禪，至五祖弘忍爲一味。弘忍有慧能、神秀二弟子，能布化南方，稱南宗；秀行道洛陽，稱北宗。南北二宗，人但知頓漸有殊，不知實性相之分也。

△長老　比丘道高臘長者之稱；如長老舍利弗、長老須菩提等。又爲住持僧之尊稱。敕修清規住持章：『始奉其師爲住持，而尊之曰長老。』

淮陰阻風寄楚州韋中丞

垂釣京江欲白頭。江魚堪釣卻西遊。劉伶臺下稻花晚。韓信廟前楓葉秋。淮月未明先倚檻。海雲初起更維舟。河橋有酒無人醉。獨上高城望庾樓。

(校)

△京　全唐詩校：『一作荆。』

(注)

△淮陰　縣名。始置於秦，漢仍之，高祖封韓信爲淮陰侯於此。故城在今江蘇淮陰縣東南。

△楚州　唐於山陽置東楚州，改曰楚州，又改爲淮陰郡。故治卽今江蘇淮安縣。

△中丞　官名。漢御史大夫有兩丞，一曰御史丞，一曰中丞；中丞以明法律者爲之，在殿中蘭臺

，掌圖籍秘書，並受公卿奏事，舉劾案章；及御史大夫轉爲大司空，中丞遂出爲御史臺主。歷東漢及晉，皆仍其制；唐、宋、遼、金、元諸朝，均有此官。

△劉伶臺　在江蘇淮安縣東北七里。

△庾樓　見李秀才近自塗口遷居新安詩注。

途經敷水

倏蛾羣翠倚柔桑。遙謝春風白面郎。五夜有情隨暮雨。百年無節待秋霜。重尋繡帶朱藤合。更認羅裙碧草長。何處野花何處水。下峯流出一渠香。

（注）

△敷水　在陝西華陰縣西。水經注：『敷水南出石上之敷谷，北流注於渭。』

△白面郎　杜甫少年行：『馬上誰家白面郎，臨階下馬坐人牀。』白居易釆地黃者詩：『賣與白面郎，與君啖肥馬。』白面郎，謂貴家子弟也。

△五夜　五更也。漢舊儀：『晝漏盡，夜漏起，省中黃門持五夜。』按漢、魏以來，其漏刻之法，自昏至曉之一夜，分爲五刻，或謂一鼓、二鼓、三鼓、四鼓、五鼓，或謂一更、二更、三更、四更、五更。

和人賀楊僕射致政 并序

祠部楊員外以僕射楊公拜官。致仕。舊府賓僚及門生合燕申賀。飲後書事。因和呈。

蓮府公卿拜後塵。手持優詔挂朱輪。從軍幕下三千客。聞禮庭中七十人。錦帳麗詞推北巷。畫堂清樂掩南鄰。豈同王謝山陰會。空叙流盃醉暮春。

（校）

△蓮府　原校：『一作龍闕。』

△挂　全唐詩校：『一作促。』

△飾　全唐詩作錦，校云：『一作飾。』

△醉　原校：『一作向。』

（注）

△致政　謂歸還政權也。禮王制：『七十致政。』注：『致政，還君事。』陳澔集說：『致政事，以其不能勝職任之勞也。』

△祠部　官名。隋、唐置祠部曹，屬禮部。掌天文、祠祀、漏刻、國忌、廟諱、卜祝、醫藥，及僧尼簿籍等。

△蓮府　南史庾杲之傳：『杲之，字景行，王儉領吏部，用爲長史；蕭緬與儉書曰：「盛府元僚，實難其選；景行泛綠水，依芙蓉，何其麗也？」時人以儉府爲蓮花池，故緬書美之。』後世稱幕府曰蓮府、蓮幕，本此。李頻初離黔中詩：『更蒙蓮府醉，兼脫布衣歸。』

△後塵　謙辭，謂地位在後也。崔駰文：『幸得充下館，序後塵。』

△朱輪　謂貴顯者所乘車也。漢制，公列侯及二千石以上官皆得乘朱輪。文選楊惲報孫會宗書：『惲家方隆盛時，乘朱輪者十人，在位列卿，爵爲通侯。』

△北巷　劉得仁詩：『綸閣知孤直，翻論北巷貲。』

△王謝　王、謝兩族，自晉以迄南朝，世代簪纓，故言望族者，輒推王、謝。南史侯景傳：『景請婚於王、謝，帝曰：「王、謝門高，非偶；可於朱張以下求之。」』羊士諤詩：『山陰道上桂花初，王謝風流滿晉書。』

△流盃　荊楚歲時記：『三月三日，士民並出江渚池沼間，爲流杯曲水之飲。』杜牧詩：『共惜流年留不得，且環流水醉流杯。』

四皓廟

桂香松暖廟門開。獨瀉椒漿奠一盃。秦法欲興鴻已去。漢儲將廢鳳還來。紫芝翳翳多青草。白石蒼蒼半綠苔。山下驛塵南竄路。不知冠蓋幾人回。

（校）

△（題）　全唐詩作題四皓廟。

△欲　全唐詩校：『一作未。』

（注）

△四皓　秦末東園公、甪里先生、綺里季、夏黃公，避亂隱商山（今陝西商縣東南），四人年皆八十有餘，鬚眉皓白，時稱商山四皓。漢高祖立，欲致之而不能；後高祖欲廢太子盈，立趙王如意，呂后用張良計，厚禮迎四人至。四人從太子見高祖，高祖謂太子得此四人，羽翼成矣，卒得不廢。參閱贈茅山高拾遺詩注。

△紫芝　卽靈芝，仙藥名也。按古今樂錄：『四皓隱於南山，高祖聘之不出，作紫芝之歌。』劉禹錫秋日書懷寄白賓客詩：『商山紫芝客，應不向秋悲。』

△冠蓋　謂仕宦之冠服車蓋也。文選班固西都賦：『冠蓋如雲，七相五公。』按亦用爲仕宦者之稱。

鶴林寺中秋夜翫月

待月東林月正圓。廣庭無樹草無煙。中秋雲盡出滄海。半夜露寒當碧天。輪彩漸移金殿外。鏡光猶掛玉樓前。莫辭遠矚慇懃望。一墮西巖又隔年。

（校）

△（題）　全唐詩校：『一作八月十五夜宿鶴林寺翫月。』

△盡　中華書局影印黃涵萬氏藏本（以下簡稱萬本）作靜。全唐詩校：『一作淨。』

△彩　全唐詩校：『一作影。』

（注）

△鶴林寺　在江蘇鎮江縣黃鶴山下，晉建，南朝劉宋改今名。寺中殿前有井，名寄奴泉，宋武帝微時所鑿也。

南海府罷歸京口經大庾嶺贈張明府

樓船旌旆極天涯。一劍從軍兩鬢華。回日眼明河畔草。去時腸斷嶺頭花。陶詩寫盡行過縣。張賦初成臥到家。官滿知君有歸處。姑蘇臺上舊煙霞。

（校）

△樓船　萬本作艛舡。

△眼　全唐詩校：『一作月。』

△草　原校：『一作柳。』

△姑蘇臺上　原校：『一作吳王宮殿。』

（注）

△京口　即今江蘇丹徒縣治。

△大庾嶺　在江西大庾縣南。輿地紀勝：『南康記云：「庾嶺多梅，亦曰梅嶺，嶺路險阻，當贛

、粵之衢。唐張九齡開鑿新徑，五代後驛路荒廢，宋時蔡梃夾道植松，立關嶺上，名曰梅關。』

△姑蘇臺　在江蘇吳縣西南姑蘇山上。越絕書：『胥門外有九曲路，闔閭造以遊姑胥之臺而望太湖。』或云臺爲夫差所造。

題衞將軍廟 并序

將軍名逖。陽羨人。少習詩書。學弓劍。有武略。二十七游并汾間。遇神堯皇帝始建義旗。逖以勇藝進備行列。洎擒竇建德。逖時挾鎗劍前突後翼。太宗顧而奇之。天下既定。錄其功。拜將軍宿衞。以母老病。且乞歸侍殘年。辭旨哀激。詔許之。既而以孝敬睦閨門。以然信居鄉里。及卒。邑人懷其賢。廟宇荆溪之湄。以平生弓甲懸東西廡下。歲時祠祭。頗福其土焉。文士王敎撰碑。辭實詳備。惜乎國史闕書其人。因題是詩于廟壁。

武牢關下護龍旗。挾槊彎弓馬上飛。漢業未興王霸在。秦軍纔散魯連歸。墳穿大澤埋金劍。廟枕長溪掛鐵衣。欲奠忠魂何處問。葦花楓葉雨霏霏。

（校）

△槊　原校：『一作戟。』

△弓　全唐詩作弧，校云：『一作弓。』

△奠　原校：『一作弔。』

（注）

△神堯皇帝　卽唐高祖。姓李名淵，字叔德，隴西成紀人。初仕隋，襲爵封唐公；煬帝南巡，命留守太原。時隋室已衰，高祖用其子世民言，起兵晉陽，西取長安，奉隋代王侑爲帝。翌年，聞煬帝被弒，遂代隋卽帝位，國號唐。平定羣雄，統一國內；復征服突厥及西域諸國，國土遠擴。在位九年。

△竇建德　隋漳南人。大業末，被誣通賊，乃攻據饒陽，自稱長樂王。宇文化及弒煬帝，建德討誅之。越王侗封爲夏王。及王世充廢侗，乃稱帝，國號夏。入唐，秦王李世民討擒之，斬於長安市。時高祖武德四年辛巳也。

△荊溪　在江蘇宜興縣南。

△王霸　東漢潁陽人，字元伯，歷從光武征戰，累功拜上谷太守。治飛狐道，起亭障，屢與匈奴、烏桓戰；後皆降服。在鎭二十餘年，封淮陵侯。

△魯連　謂戰國魯仲連也。按仲連齊人，好奇偉俶儻之畫策，而高蹈不仕。遊於趙；會秦圍趙急，魏使新垣衍入趙，請尊秦爲帝，以求罷兵。仲連義不許，伸以大義。秦將聞之，爲卻軍五十里；適魏無忌來救，秦引兵去，圍解。平原君欲以千金爲仲連壽；仲連笑曰：『所貴乎天下之士者，爲人排患釋難，解紛亂而無所取也；卽有取者，是商賈之事也。』遂辭平原君而去。李白詩：『魯連賣談笑，所顧非千金。』

訪別韋隱居不値幷序

余行至雙巖溪。訪韋隱居。已榜舟詣開元寺水閣。見送棹回。已晚。因題是詩留別。

犬吠雙巖碧樹間。主人朝出半開關。湯師閣上留詩別。杜叟橋邊載酒還。櫟塢炭煙晴過嶺。蓼村漁火夜移灣。故鄉蕪沒兵戈後。憑向溪南買一山。

（校）

△訪韋隱居　全唐詩校：『韋，一作元。』

△留詩　萬本原校：『詩，一作書。』

△炭煙　萬本原校：『一作樵夫。』

△火　原校：『一作父。』

（注）

△湯師　即湯惠休，此以喻韋隱居也。按惠休，南朝宋僧，善詩文，官至揚州從事。李益詩：『爲問東州故人道，江淹已擬惠休詩。』唐彥謙詩：『唯思待月高梧下，更就東林訪惠休。』

△買山　世說新語排調：『支道林就深公買印山，深公答曰：「未聞巢、由買山而隱。」』後人於歸隱輒假稱之。溫庭筠春日訪李十四處士詩：『誰言有策堪酬世，自是無錢可買山。』

送前東陽于明府由鄂渚歸故林

結束征車換黑貂。灞西風雨正瀟瀟。茂陵久病書千卷。彭澤初歸酒一瓢。帆背夕陽湓水闊。棹經滄海甑山遙。殷勤爲謝南溪客。白首螢窗未見招。

（校）

△初　全唐詩校：『一作先。』

△背　全唐詩校：『一作帶。』

△滄海　全唐詩校：『一作秋月。』

△客　全唐詩校：『一作侶。』

△螢窗未見招　全唐詩校：『華門誰見招。』原校同。

（注）

△東陽　郡名。故治卽今浙江金華縣。

△鄂渚　在湖北武昌縣西江中。輿地紀勝：『在江夏西黃鵠磯上三百步。隋立鄂州，以渚故名。』

△茂陵句　用晦自謂也。詳寓居開元精舍酬薛秀才見貽詩注。

△彭澤句　晉陶潛嘗爲彭澤（在江西湖口縣東）令，在官八十餘日，歲終，郡遣督郵至縣，吏白應束帶見之；潛曰：『我豈能爲五斗米折腰，向鄉里小兒！』卽日解印綬去職，賦歸去來辭以見意。家居安貧樂道，以詩酒自娛，徜徉自適。見晉書。按此以喻于明府也。

△湓水　在江西省境。北入大江，其入江處，名曰湓口。

△甑山　卽小別山。在湖北漢川縣東南漢江濱。以山形如甑，故亦名甑山。東晉初，王廙刺荆州，爲杜曾等所拒，退保甑山，卽此。

聽歌鷓鴣辭并序

余過陝州。夜讌將罷。妓人善歌鷓鴣者。詞調清怨。往往在耳。因題是詩。

南國多情多艷詞。鷓鴣清怨繞梁飛。甘棠城上客先醉。苦竹嶺頭人未歸。響轉碧霄雲駐影。曲終清漏月沉暉。山行水宿不知遠。猶夢玉釵金縷衣。

〔注〕

△陝州　漢弘農郡地，後魏避諱，改爲恆農郡。唐曰州改。民國改州爲縣，縣城瀕黃河南岸，周初周公、召公分陝之地也。

△甘棠城　後魏置甘棠縣，隋改曰壽安，卽今河南宜陽縣治。縣西有甘棠市，水經注云：『甘水發於鹿蹄山山曲中，世人目其所爲甘棠。』相傳爲周時召伯聽政之所。召伯卽召公奭，周文王庶子，食采於召。成王時爲三公，與周公分陝而治，爲二伯，故又稱召伯。按詩召南有甘棠一篇，相傳召伯巡行南國，治政勸農，止舍於甘棠之下，既去，民思其德，故愛其樹，而作是詩以美之。後因借召棠以稱遺愛在民者。劉孝綽棲隱寺碑銘：『召棠且思，羊碑猶泣。』

△響轉碧霄雲駐影　謂歌調高亮，能遏止行雲也。按列子湯問：『薛譚學謳於秦青，未窮青之技，自謂盡之矣，遂辭歸，秦青弗止，餞於郊衢，撫節悲歌，聲振林木，響遏行雲，薛譚乃謝，求反，終身不敢言歸。』蘇軾詠慶姬詞：『響亮歌喉，遏住行雲翠不收。』卽用此事。

寄題華嚴韋秀才院

三面樓臺百丈峯。西巖高枕樹重重。晴攀翠竹題詩滑。秋摘黃花釀酒濃。山殿日斜喧鳥雀。石潭波動戲魚龍。今來故國遙相憶。月照千山半夜鐘。

(校)

△竹　萬本原校：『一作葉。』

△動　全唐詩校：『一作靜。』

(注)

△翠竹黃花　指月錄：『華嚴座主問大珠和尙：「禪師何故不許青青翠竹，盡是法身，鬱鬱黃花，無非般若？」珠曰：「法身無象，應翠竹以成形；般若無知，對黃花而顯相；非彼黃花翠竹而有般若法身。」』

戲代李協律松江有贈

蜀客操琴吳女歌。明珠十斛是天河。霜凝薜荔怯秋樹。露滴芙蓉愁晚波。蘭浦遠鄉應解佩。柳隄殘月未鳴珂。西樓沉醉不知散。潮落洞庭洲渚多。

（注）

△協律　官名。漢曰協律都尉，晉改爲協律校尉；後魏置協律郎，隋、唐以下因之，掌調和律呂。清廢。

△明珠　喻人或物之可寶貴者。梁書劉孺傳：『叔父瑱爲義興郡，携以之官，常置座前，謂賓客曰：「此兒吾家之明珠也。」』韓愈詩：『遺我明珠九十六。』注：『盧汀詩九十六字，借珠喻詩也。』

△解佩　文選曹植洛神賦：『感交甫之棄言兮，悵猶豫而狐疑。』注引韓詩內傳曰：『鄭交甫遵彼漢臯臺下，遇二女，與言曰：「願請子之珮。」二女與交甫，交甫受而懷之，超然而去。十步，循探之，卽亡矣；廻顧二女亦卽亡矣。』按列仙傳亦載此事，二女卽江妃也。山海經中山經：『洞庭之山，帝之二女居之。』郭璞注：『天帝之二女，而處江爲神，卽列仙傳江妃二女也。』

△鳴珂　珂，飾馬之玉也，貴人所用。言鳴珂者，謂貴人車馬之盛，常喧闐也。徐陵詩：『華軒翼葆吹，飛蓋響鳴珂。』句言李協律沉醉聲色，柳岸月殘，涼夜將終，猶不思歸也。

送黃隱居歸南海

瘴霧南邊久寄家。海中來往信流槎。林藏鼠鼠多殘笋。樹過猩猩少落花。深洞有雲龍蛻骨。半巖無草象生牙。知君愛宿層峯頂。坐到三更見日華。

(注)

△流槎句　博物志：『天河與海通，近世有人居海渚者，年年八月，有浮槎去來，不失期。嘗有人乘槎而去，至一城，屋舍甚嚴，遙望宮中多織婦，見一丈夫牽牛飲於渚；還至蜀，以問嚴君平，曰：「某年月日，客星犯牽牛宿。」一計卽此人到天河時也。』庾信楊柳歌：『流槎一去上天池，女織支機當見隨。』按槎，同楂，水中浮木也。

△鼠鼠　原注：『音弗。』按卽狒狒也。爾雅釋獸：『狒狒如人，披髮迅走食人。』狒狒面形似犬，而云如人者，蓋約略相似耳。亦名吐嘍，又有梟楊、梟羊、山精等名。

△龍蛻骨　指月錄：『身生滅者如龍換骨。』

朝臺送客有懷

趙佗西拜已登壇。馬援南征土宇寬。越國舊無唐印綬。蠻鄉今有漢衣冠。江雲帶日秋偏熱。海雨隨風夏亦寒。嶺北歸人莫回首。蓼花楓葉萬重灘。

(校)

△偏　全唐詩校：『一作應。』

（注）

△朝臺　即朝漢臺，在廣東省治東北。水經注：『尉佗因岡作臺，北面朝漢，朔望升拜，名曰朝堂。』按尉佗即趙佗，眞定人。秦始皇時，爲南海龍川令。二世時，南海尉任囂死，佗攝行尉事，故亦稱尉佗。秦亡後，佗擊幷桂林、象郡，自立爲南越武王。漢高祖立，遣陸賈立爲南越王。高后時，禁南越關市鐵器，佗乃侵長沙邊邑，自尊爲南越武帝。孝文帝立，復使陸賈讓之，佗爲書謝，去帝號，仍爲藩臣。參閱冬日登越王臺懷歸詩注。

△馬援　字文淵，東漢茂陵人。事光武，佐帝破隗囂；又受命征先零羌，肅清隴右；平交趾，立銅柱表功而還，威震南服。拜伏波將軍，封新息侯。

△印綬　印，印章；綬，綰印之組也。漢書朱買臣傳：『買臣懷其印綬，步歸郡邸。』

△衣冠　衣以章身，冠以斂髮，士大夫所服御也。論語堯曰：『君子正其衣冠。』因以稱搢紳之家。後漢書羊涉傳：『家世衣冠族。』

自楞伽寺晨起汎舟道中有懷

碧樹蒼蒼茂苑東。佳期迢遞路何窮。一聲山鳥曙雲外。萬點水螢秋草中。門掩竹齋微有月。棹移蘭渚淡無風。欲知此路堪惆悵。菱葉蓼花連故宮。

（注）

△迢遞　義同迢遙，遠貌。文選左思吳都賦：『曠瞻迢遞。』韋莊自孟津舟西上雨中作詩：『歸心迢遞秣陵東。』

十二月拜起居表回

一章西奏拜仙曹。回馬天津北望勞。寒水欲春冰彩薄。曉山初霽雪峯高。樓形向日攢飛鳳。宮勢凌波壓抃鰲。空鎖煙霞絕巡幸。周人誰識鬱金袍。

(校)

△馬　全唐詩校：『一作首。』

△抃　全唐詩校：『一作斷。』

△鰲　萬本、全唐詩俱作鼇，是也。

(注)

△仙曹　唐時稱尙書省諸曹曰仙曹。韋莊南省伴直詩：『文昌二十四仙曹，盡倚紅簷種露桃。』

△巡幸　帝皇巡歷各地謂之巡幸。唐書明皇紀：『開元二十年十月如潞州，中書門下慮巡幸所過囚。』

△鬱金袍　御袍也。貢師泰詩：『日華偏照鬱金袍。』按用晦驪山詩亦有『日華浮動鬱金袍』之句，可合觀。

觀章中丞夜按歌舞

夜按雙娃禁曲新。東西簫鼓接雲津。舞衫未換紅鈆濕。歌扇初移翠黛顰。彩檻燭煙光吐日。畫屏香霧暖凝春。西樓月在襄王醉。十二山高不見人。

〔校〕

△（題）章中丞　萬本章作韋。

△雲　萬本原校：『一作華。』

△津　萬本作茵。

△凝　全唐詩作如，校云：『一作凝。』

〔注〕

△中丞　官名。始於漢。唐、宋、遼、金、元諸朝，均有此官。詳淮陰阻風寄楚州韋中丞詩注。

△按　謂按節拍也。白居易後宮詞：『夜深前殿按歌聲。』

△舞衫　庾信詩：『綠珠歌扇薄，飛燕舞衫長。』

△紅鈆　鈆，同鉛。溫庭筠金虎臺詩：『倚瑟紅鉛濕，分香翠黛顰。』

△襄王　文選宋玉高唐賦序：『昔者楚襄王與宋玉遊於雲夢之臺，望高唐之觀，其上獨有雲氣。

云云。王問玉曰：「此何氣也？」玉對曰：「所謂朝雲者也。」王曰：「何謂朝雲？」玉曰：「昔者先王嘗遊高唐，怠而晝寢，夢見一婦人，曰，妾巫山之女也。」』注：『襄陽耆舊傳曰：「赤帝女曰姚姬，未行而卒，葬於巫山之陽，故曰巫山之女。楚懷王遊於高唐，晝寢，夢見與神遇，自稱是巫山之女，王因幸之，遂爲置觀於巫山之南，號爲朝雲。」』後襄王與玉復遊高唐，其夜亦夢與神女遇，其狀甚麗。見神女賦。吳融詩：『襄王席上一神仙，眼色相當語不傳。』

△十二山　巫山有十二峯，故云。陸游入蜀記：『十二峯不可悉見，所見八九峯，唯神女峯最爲纖麗奇峭。』方輿勝覽：『十二峯曰望霞、翠屏、朝雲、松巒、集仙、聚鶴、淨壇、上昇、起雲、飛鳳、登龍、聖泉。』峯下有神女廟。』

重遊飛泉觀題故梁道士宿龍池

西巖泉落水容寬。靈物蜿蜒黑處蟠。松葉正秋琴韻響。菱花初曉鏡光寒。雲開星月浮山殿。雨過風雷繞石壇。仙客不歸龍亦去。稻畦長滿此池乾。

（校）

△曉　全唐詩校：『一作吐。』

△月　全唐詩校：『一作宿。』

（注）

△仙客　仙人也。按老而不死曰仙，見釋名。道家謂練道長生曰仙，卽此義。唐玄宗送胡眞師還西山詩：『仙客厭人間。』

下第貽友人

身在關西家洞庭。夜寒歌苦燭熒熒。人心高下月中桂。客思往來波上萍。馬氏識君眉最白。阮公留我眼長青。花前失意共寥落。莫遣東風吹酒醒。

（校）

△歌苦燭熒熒　原校：『一作孤燭夜熒熒。』

（注）

△關西　指函谷關以西之地而言。參閱送嶺南盧判官罷職歸華陰山居詩注。

△洞庭　指洞庭山而言。山在江蘇省太湖中。用晦家居東吳，故云然。

△熒熒　燈燭之光也。劉祁詩：『青缸熒熒照空壁。』

△月中桂　世傳月有桂樹，仙人吳剛常斫之，樹創隨合。見酉陽雜俎。李白詩：『欲斫月中桂，持爲寒者薪。』按避暑錄話：『世以登科爲折桂；此謂郄詵對策東堂自謂桂林一枝也。自唐以來用之。』白居易詩：『折桂名慚郄，收螢志慕車。』

△馬氏句　馬良，字季常，三國蜀漢宜城人。眉中有白毛；兄弟五人，並有才名，而良尤著，能

鄉里謠曰：『馬氏五常，白眉最良。』先主即位，以爲侍中。及先主征吳，良受命入武陵招納蠻夷，蠻夷渠帥俱受印號，咸如意旨；會先主敗績，良亦遇害。

△阮公句　阮籍，字嗣宗，三國魏尉氏人，爲竹林七賢之一。好莊、老，善嘯能琴，尤嗜酒。故爲青白眼；見禮俗之士，以白眼對之。母終，嵇喜來弔，籍作白眼，喜不懌而退；弟康聞之，乃齎酒挾琴造焉，籍大悅，乃見青眼。按名義考云：『阮籍能爲青白眼，故後人有青盼、垂青之語。人平視睛圓，則青；上視睛藏，則白。上視，怒目而視也。』

晚登龍門驛樓

魚龍多處鑿門開。萬古人知夏禹材。青嶂遠分從地斷。洪流高瀉自天來。風雲有路皆燒尾。波浪無程盡曝腮。心感膺門身過此。晚山秋樹獨徘徊。

（校）

△嶂　萬本作瘴，非。

（注）

△龍門　山名。在山西河津縣、陝西韓城縣之間，分跨黃河兩岸，形如門闕。相傳夏禹導河至此，鑿以通流。書禹貢：『導河積石，至于龍門。』蔡傳引李復云：『韓城縣北有安國嶺（按即龍門西山），禹鑿龍門，起於唐東受降城之東，自北而南，至此山盡，兩岸石壁峭立；大河盤束於

山峽間，至此山開峯闊，豁然奔放，聲如萬雷。』按三秦記云：『江海魚集龍門下，登者化龍，不登者點額暴腮。』世因以龍門喻高名碩望，凡得其接引而增長聲價者，謂之登龍門。後漢書李膺傳：『士有被其容接者，名爲登龍門。』李白與韓荊州書：『一登龍門，則聲價十倍。』

寄桐江隱者

潮去潮來洲渚春。山花如綉草如茵。嚴陵臺下桐江水。解釣鱸魚能幾人。

〔注〕

△桐江　浙江在桐廬縣境合桐溪曰桐江。

△嚴陵臺　在桐廬縣西富春山上，漢嚴子陵垂釣處也。

送宋處士

賣藥修琴歸去遲。山風吹落桂花時。世間甲子須臾過。逢着仙翁莫看棋。

〔校〕

△過　原校：『一作事。』

〔注〕

△甲子　甲居十干之首，子居十二支之首，干支相配，其變有六十，如甲子、乙丑等類，統曰甲

子。相傳爲黃帝時大撓所作，借以紀日，因又以紀年、紀月、紀時。按此指歲月而言也。

△仙翁句　詳送蕭處士歸緱嶺別業詩『曾看仙人一局棋』句注。

韶州韶陽樓夜讌

待月西樓捲翠羅。玉杯瑤瑟近星河。簾前碧樹窮秋密。窗外青山薄暮多。鸜鴿未知狂客醉。鷓鴣先讓美人歌。使君莫惜通宵飲。刀筆初從馬伏波。

（校）

△西　全唐詩校：『一作江。』

△暮　全唐詩校：『一作霧。』

△醉　全唐詩校：『一作舞。』

△莫　全唐詩校：『一作不。』

（注）

△韶州　故治卽今廣東曲江縣。

△鸜鴿　亦名寒皋，俗名八哥，可教以人言；又能巧擬他鳥之啼聲。爾雅翼云：『鸜鴿飛輒成羣，字書謂之哵哵鳥。』

△鷓鴣　謂鷓鴣辭也，調甚淸怨，故用晦詩有『鷓鴣淸怨繞梁飛』及『鷓鴣淸怨碧雲愁』之語。

△使君　奉使之官尊稱之曰使君。後漢書寇恂傳：『恂勒兵入見使者，就請之曰：「使君建節銜命以臨四方。」』凡州郡長官並稱之。三國志蜀志先主傳：『曹公從容謂先主曰：「今天下英雄，惟使君與操耳。」』按先主時爲豫州牧。晉書桓伊傳：『使君於此不凡。』按此謝安稱伊語；伊歷官淮南歷陽太守、豫州刺史，故云。

△刀筆　見祇命許昌自郊居移入公館秋日寄茅山高拾遺詩注。

△馬伏波　東漢馬援嘗拜伏波將軍，因以所爵尊之。

聞韶州李相公移拜郴州因寄

詔移丞相木蘭舟。桂水潺湲嶺北流。青漢夢歸雙闕曙。白雲吟過五湖秋。恩迴玉扆人先喜。道在金縢世不憂。聞說公卿盡南望。甘棠花暖鳳池頭。

(注)

△郴州　故治卽今湖南省郴縣。

△桂水　在郴縣西四十里。源出縣南黃岑山，西北流入永興縣界入耒江。杜甫詩：『飄飄桂水遊。』卽此。水側舊有長安館，故一名長安水。

△玉扆　扆，音以。論衡書虛：『戶牖之間曰扆，南面之坐位也。』文選張衡東京賦：『負斧扆，次席紛純，左右玉几而南面以聽矣。』薛綜曰：『扆，屛風，樹之坐後也。』唐高宗九

日詩：『端居臨玉扆，初律啓金匳。』白居易過崔常侍濟源莊詩：『籍在金閨內，班排玉扆前。』

△金縢　書篇名。書序：『武王有疾，周公作金縢。』疏：『武王有疾，周公作策書告神請代死，事畢，納書於金縢之匱，遂作金縢。凡序言作者，謂作此篇也。案經文周公策命之書，自納金縢之匱，及爲流言所謗，成王悟而開之，史敍其事，乃作此篇，非周公作也。序以經具，故略言之。縢，束也，藏之於匱，緘之以金，若今釘鍱之不欲人開也。』

△鳳池　鳳凰池之簡稱，指中書省所在地。晉書荀勖傳：『勖自中書監除尙書令，人賀之，勖曰：「奪我鳳凰池，諸君何賀耶？」』賈至早期詩：『共沐恩波鳳池上，朝朝染翰侍君王。』

聽歌鷓鴣

金谷歌傳第一流。鷓鴣淸怨碧雲愁。夜來省得曾聞處。萬里月明湘水流。

（校）

△第一　萬本作一國，校云：『一作第一。』

（注）

△金谷　河南府志：『金谷園，在府城西十三里，地有金水，自太白原南流經此谷，晉石崇因川阜造園館，自作詩序。內有淸涼臺，卽其妾綠珠墜樓處。』何遜詩：『金谷賓遊盛，靑門冠蓋多

。』盧照鄰五悲雜言：『河水河橋木蘭棧，金閨金谷石榴裙。』

秦樓曲

秦女夢餘仙路遙。月窗風簟夜迢迢。伴郎翠鳳雙飛去。三十六宮聞玉簫。

（注）

△秦女　春秋時，有蕭史者善吹簫，秦穆公女弄玉好之，公遂以適蕭史，日就蕭史學簫作鳳鳴，數年而似，有鳳來止，公爲築鳳臺。後蕭史乘龍，弄玉乘鳳飛昇而去。按鳳臺即鳳女臺，故址當在今陝西寶雞縣東南。

△三十六宮　文選班固西京賦：『離宮別館三十六所。』駱賓王帝京篇：『漢家離宮三十六。』

遊江令舊宅

身沒南朝宅已荒。邑人猶賞舊風光。芹根生葉石池淺。桐樹落花金井香。帶暖山蜂巢畫閣。欲陰溪燕集書堂。閑愁此地更西望。潮浸臺城春草長。

（校）

△金　全唐詩校：『一作春。』

△西望　原校：『一作回首。』

（注）

△江令　謂陳江總也。杜甫詩：『管寧紗帽淨，江令錦袍鮮。』注：『江總仕陳爲尚書令。』李商隱南朝詩：『滿宮學士皆顏色，江令當年只費才。』韋莊上元縣詩：『殘花舊宅悲江令，落日青山弔謝公。』按今江蘇江寧縣東北青溪有江令宅。金陵故事云：『南朝鼎族多在青溪，而江總宅尤佔勝地；至宋時段約居之。王荆公詩云：「往時江令宅，今日段侯家。」』

△金井　井欄有雕飾美麗者，詩人因稱井曰金井，用爲藻飾之詞。王昌齡詩：『金井梧桐秋葉黃。』曹鄴金井怨：『西風吹急景，美人照金井。』

△臺城　晉、宋間謂朝廷禁省爲臺，故稱禁城曰臺城。見容齋隨筆。按晉之臺城，在今南京市北玄武湖畔，亦曰苑城；咸和中修繕，亦曰新宮。宋、齊、梁、陳皆因以爲宮。

灞上逢元處士東歸

瘦馬頻嘶灞水寒。灞南高處望長安。何人更結王生韤。此客虛彈貢氏冠。江上蟹螯沙渺渺。塢中蝸殼雪漫漫。舊交已變新知少。卻伴漁師把釣竿。

（校）

△變　原校：『一作盡。』

（注）

△灞水　源出陝西藍田縣東；西南流納藍水，折西北，納輞水，又西北經長安，過灞橋。橋橫灞水上，古人多於此送別，故又名銷魂橋。

△王生韈　史記張釋之傳：『王生者，善爲黃老言，嘗召居廷中，三公九卿盡會立，王生老人曰：「吾襪解。」顧謂張廷尉：「爲我結襪。」釋之跪而結之。人或謂王生曰：「獨奈何廷辱張廷尉，使跪結襪？」王生曰：「吾老且賤，自度無益於張廷尉；張廷尉方今天下名臣，吾故聊辱廷尉，使跪結襪，欲以重之。」』晉書庾峻傳：『以釋之之貴，結王生之襪於朝，而其名愈重。』按韈，或作襪、韤、絉，足衣也。見說文。

△貢氏冠　漢書王吉傳：『吉與貢禹爲友，時稱王陽在位，貢公彈冠，言其取舍同也。』注：『師古曰：「彈冠者，且入仕也。」』按王吉字子陽，故曰王陽。彈冠者，謂將入仕而先整潔其冠，亦拂除塵埃之義。王維酌酒與裴迪詩：『白首相知猶按劍，朱門先達笑彈冠。』

學仙二首

（一）

漢武迎仙紫禁秋。玉笙瑤瑟祀崑丘。年年望斷無消息。空閉王城十二樓。

（注）

△漢武句　漢武內傳：『七月七日，上於承華殿齋，忽有一青鳥從西方來集殿前，上問東方朔，朔曰：「此西王母欲來也。」有頃，王母至，乘紫雲之輦，駕五色斑龍上殿，自設精饌，以柈盛桃七枚，帝食之甘美。』

△崑丘　竹書紀年穆王十七年：『西征崑崙丘，見西王母。』

△十二樓　漢書郊祀志：『方士有言，黃帝時爲五城十二樓，以候神人，名曰迎年。』應劭注：『昆侖玄圃五城十二樓，仙人之所常居。』

（二）

心期仙訣意無窮。彩畫雲車起壽宮。聞有三山未知處。茂陵松柏滿西風。

（注）

△雲車　仙人以雲爲車，故曰雲車。博物志：『漢武帝好道，七月七日夜漏七刻，西王母乘紫雲車來。』可與『漢武句』合觀。

△壽宮　神祠也。史記封禪書：『置酒壽宮神君。』又：『置壽宮北宮，張羽旗，設供具，以禮神君。』

△三山　卽三神山，亦名三壺。詳聞釋子栖玄欲奉道因寄詩注。

△茂陵　古地名，在今陝西興平縣東北。漢初爲茂鄉，屬槐里縣；漢武帝葬此，因曰茂陵。

別張秀才幷序

余與張秀才同出關。至陝府。余取南道止洛下。張由北路抵江東。因幕中讌餞。遂賦詩以別。

不知何計寫離憂。萬里山川半舊遊。風捲暮沙和雪起。日融春水帶冰流。凌晨客淚分東郭。竟夕鄉心共北樓。青桂一枝年少事。莫因鱸鱠涉窮秋。

（校）

△止　全唐詩校：『一作至。』

△年少　全唐詩校：『一作少年。』非。

（注）

△青桂　殷文圭初秋留別越中幕客詩：『月中青桂漸看老，星畔白榆還報秋。』參閱下第貽友人詩『月中桂』句注。

△鱸鱠　晉張翰因見秋風起，乃思吳中菰菜、蓴羹、鱸魚膾，遂命駕而歸。詳長安歲暮詩注。按鱠同膾，細切肉也。

別表兄軍倅幷序

余祗命南海。至廬陵。逢表兄軍倅奉使淮海。別後卻寄是詩。

盧橘花香拂釣磯。佳人猶舞越羅衣。三洲水淺魚來少。五嶺山高雁到稀。客路晚依紅樹宿。鄉關朝望白雲歸。交親不念征南吏。昨夜風帆去似飛。

（校）

△朝　字原缺，據全唐詩補。全唐詩校云：『一作晴，一作暗。』

△吏　原校：『一作客。』全唐詩校：『一作史。』

△昨　全唐詩校：『一作一。』

（注）

△盧陵　郡名，故城在今江西吉安縣西。

△盧橘　卽金橘。本草金橘下李時珍曰：『此橘生時靑盧色，黃熟時則如金，故有金橘、盧橘之名。盧，黑色也；或云盧，酒器之名，其形肖之故也；注文選者以枇杷爲盧橘，誤矣，司馬相如上林賦云：「盧橘夏熟，枇杷橪柿。」以二物並列，則非一物明矣。』

△鄉關　崔顥黃鶴樓詩：『日暮鄉關何處是？煙波江上使人愁。』

題蘇州虎丘寺僧院

暫引寒泉濯遠塵。此生多是異鄉人。荆溪夜雨花開疾。吳苑秋風月滿頻。萬里高低門外路。百年榮辱夢中身。世間誰似西林客。一臥煙霞四十春。

(校)

△(題)虎　萬本作武。

△開　全唐詩校：『一作飛。』

△門　全唐詩校：『一作雲。』

(注)

△荆溪　在江蘇宜興縣南。

△西林客　喩高僧也。按西林，寺名，在江西星子縣廬山麓，晉僧慧永建。參閱寓居開元精舍酬薛秀才見貽詩注。

酬郭少府先奉使巡澇見寄兼呈裴明府

載書携榼別池龍。十幅輕帆處處通。謝脁宅荒山翠裏。王敦城古月明中。江村夜漲浮天水。澤國秋生動地風。飽食鱠魚榜歸檝。待君琴酒醉陶公。

(校)

△(題)　全唐詩校：『一作奉酬郭二十三先輩奉使延澇見寄兼呈長官之什。』

△榼　全唐詩校：『一作酒。』

△龍　全唐詩校：『一作籠。』

△幅　全唐詩校：『一作副。』

△荒　全唐詩校：『一作深。』

△鱠　全唐詩校：『一作鱸。』

△榜歸　全唐詩校：『一作歸榜。』

（注）

△少府　官名。秦置，漢因之，爲九卿之一，掌山海地澤之稅，以奉養天子，爲天子之私府。東漢掌宮中服御衣服寶貨珍膳之屬。至隋置爲少府監，領尙方、織染等署，唐、宋因之。

△明府　唐時稱縣令爲明府。詳移攝太平寄前李明府詩注。

△榼　酒器也。見說文。左傳成公十六年：『使行人執榼承飲，造於子重。』

△謝朓宅　南齊謝朓爲宣城太守時，嘗築室青山之南，人呼爲謝公宅。其遊東田詩有云：『不對芳春酒，還望青山郭。』按青山在當塗縣東南三十里，亦名青林山，林壑秀美，谿亙深遠，唐改名謝公山。山北有李白墓。

△王敦　字處仲，晉臨沂人。尙武帝女襄陽公主，拜駙馬都尉，出刺揚州。元帝鎭江東，敦與從兄導同心輔翼；討平杜弢之亂，進大將軍，拜侍中，爲江州牧，鎭武昌。其後謀簒，明帝舉兵討之，會病死，瘞刑其尸。

△澤國　多水之國也；又凡多水之地皆稱之。周禮地官掌節：『澤國用龍節。』注：『澤多龍，以金爲飾，鑄象焉。』按龍節乃古出行者所持節之一種，鑄象焉者，謂鑄龍象於節也。龍節二字，與首句龍字寓意相應，用晦之巧思，於斯可見一斑。岑參送王昌齡赴江寧詩：『澤國從一官，滄波幾千里。』鄭谷詩：『山城多曉瘴，澤國少晴春。』

△陶公　晉陶潛嘗爲彭澤令，此以喻裴明府也。

出永通門經李氏莊

飛軒危檻百花堂。朝讌歌鐘暮已荒。中散獄成琴自怨。步兵廚廢酒猶香。風池宿鳥喧朱閣。雨砌秋螢拂畫梁。力保山河家又慶。祗應中令敵汾陽。

（注）

△中散句　晉書嵇康傳：『康將以刑東市，太學生三千人請以爲師，弗許。康顧視日影，索琴彈之，曰：「昔袁孝尼嘗從吾學廣陵散，吾每靳固之，廣陵散於今絕矣！」時年四十，海內之士，莫不痛之，帝尋悟而恨焉。』按康字叔夜，銍人，爲竹林七賢之一，仕爲中散大夫。鍾會與有私怨，藉事譏諸司馬昭，遂被害。所著有嵇中散集。

△步兵句　阮籍嗜酒，聞步兵廚善釀，貯酒三百斛，乃求爲步兵校尉。參閱下第貽友人詩注。

△家慶　易坤：『積善之家，必有餘慶。』按餘慶，澤及子孫之謂也。

△中令敵汾陽　中令，中書令之省稱；謂唐裴度也。度累官中書侍郎，同平章事，故云。按唐武德初，中書令原爲右相之職；中葉以後，凡非侍中、中書令而居宰相職者，率加同中書門下平章事，或平章軍國重事。唐書裴度傳：『其威譽德業比郭汾陽。』按郭子儀嘗封汾陽郡王，故云。杜甫承聞河北諸道節入朝口號絕句：『神靈漢代中興將，功業汾陽異姓王。』

酬康州韋侍御同年

桂檝美人歌木蘭。西風嫋嫋露漙漙。夜長曲盡意不盡。月在瀟湘洲渚寒。

（校）

△漙漙　萬本作團團。

（注）

△康州　唐置南康州，尋更名康州。卽今廣東德慶縣治。

△同年　唐時進士俱捷者謂之同年。

△木蘭　樂府詩集梁鼓角橫吹曲序：『歌辭有木蘭一曲，不知起於何代。』又唐教坊曲有木蘭花，見詞譜。

△漙漙　漙，音團，露多貌。詩野有蔓草：『零露漙兮。』馬祖常擬唐宮詞：『銀牀井冷露漙漙，半臂重衣釧辟寒。』

金谷園

三惑沉身是此園。古藤荒草野禽喧。二十四友一朝盡。愛妾墜樓何足言。

(校)

△野　原校：『一作暮。』

(注)

△金谷園　園故址應在今河南洛陽縣西北。晉石崇金谷詩序云：『余有別廬在河南界金谷澗中，清泉茂樹，衆果竹柏藥物備具。』

△三惑　佛家語。天台一家統收一切之妄惑爲三類：㈠見思惑。以種種邪見分別道理，曰見惑；不明事物眞理而起貪、瞋、癡等，曰思惑。㈡塵沙惑。菩薩教化衆生，須通達如塵如沙無量數之法門，若不能通達此等法門，曰塵沙惑。㈢無明惑。此與前思惑中之癡惑異，癡惑爲障蔽空理之惑，是枝末無明，此爲迷於根本理體之惑，根本無明也。

△二十四友　晉書劉琨傳：『祕書監賈謐，參管朝政，石崇、歐陽建、陸機、雲之徒，並以文才降節事謐，琨兄弟亦在其間，號曰二十四友。』按卽郭彰、石崇、陸機、陸雲、和郁、潘岳、崔基、歐陽建、繆徵、杜斌、摯虞、諸葛詮、王粹、杜育、鄒捷、左思、劉瓌、周恢、牽秀、陳眕、許猛、劉訥、劉輿、劉琨等二十四人也。

△愛妾墜樓　晉書石崇傳：『崇有妓曰綠珠，美而豔。孫秀使人求之不得，矯詔收崇。崇正宴於樓上，謂綠珠曰：「我爲爾得罪。」綠珠泣曰：「當效死於君前。」因自投於樓下而死。』杜牧金谷園詩：『日暮東風怨啼鳥，落花猶似墜樓人。』

送王總下第歸丹陽

秦樓心斷楚江湄。繫馬春風酒一巵。汴水月明東下疾。練塘花發北來遲。青蕪定沒安貧處。黃葉應催獻賦時。憑寄家書爲回報。舊居還有故人知。

（校）

△秦樓句　全唐詩校：『一作秦橋西望楚天涯。』

△春　全唐詩校：『一作秋。』

△來　全唐詩校：『一作歸。』

△蕪定沒　全唐詩校：『一作山虛戀。』

△處　全唐詩校：『一作計。』

△黃葉　全唐詩校：『一作白髮。』

△時　全唐詩作詩，校云：『一作期，一作時。』

△憑　全唐詩校：『一作爲。』

△爲　原校：『一作問。』

△爲回報　全唐詩校：『一作報消息。』

△居　全唐詩作鄉，校云：『一作居。』

（注）

△丹陽　今縣名，屬江蘇省，在鎮江縣南，位運河西岸。本戰國楚雲陽邑，秦、漢曰曲阿，梁改蘭陵縣，自唐天寶以來改爲丹陽縣，清屬鎮江府。

△汴水　卽汳水。亦曰汴河、汴渠。詳哭虞將軍詩注。

△練塘　卽練湖，又名開家湖；在江蘇丹陽縣西北。爲附近諸山之水所瀦，注入運河。古曰曲阿後湖，元和志：『晉陳敏據江東，遏馬林溪以漑雲陽曲阿後湖。』卽此。參閱重遊練湖懷舊詩注。

△安貧　蔡邕釋誨：『安貧樂賤，與世無營。』陶潛詩：『安貧守賤者，自古有黔婁。』

△獻賦　錢起贈裴舍人詩：『獻賦十年猶未遇，羞將白髮對華簪。』韋莊泊孟津詩：『鴻臚陌上歸耕晚，金馬門前獻賦遲。』

△憑寄舊居二句　參閱許渾傳略附注。

（箋）

△金聖嘆曰：『人立秦橋，而心斷楚江湄者，送王總意少，托看故居意多，故不自覺，方以二字寫

送，反先以五字寫托看也。繫馬酌酒，揷入秋風又妙，雖爲此日橋邊現景，然而旣已托看，又圖回報，一去一來，先自屈指，則不免欲訂來期，先記去日也。此卽三四月明下疾，花發來遲之一片心眼也。五，爲寄家書。六，爲問回報也。看他送人詩，乃通首惓惓，祇是托看故居，又是一樣章法。』觀此，可悟起聯籠罩全篇之妙。

南陽道中

月斜孤館傍村行。野店高低帶古城。籬上曉花齋後落。井邊秋葉社前生。飢烏索哺隨雛叫。乳牸慵歸望犢鳴。荒草連天風動地。不知誰學武侯耕。

（校）

△動　全唐詩校：『一作墮。』

（注）

△南陽　縣名，在河南省新野縣北。城瀕白河西岸，爲豫、鄂二省交通之要道。城西有臥龍岡，卽諸葛亮隱居處。

△牸　音字，通作字，牝牛也。見玉篇。

△社　禮月令：『命民社。』注：『社，后土也，使民祀焉。』疏：『后土，卽社神也。』按古者自天子下至庶民，皆得封土立社，以祈福報功；其所祀之神曰社，其祀神之所亦曰社也。

△武侯耕　諸葛亮前出師表：『臣本布衣，躬耕於南陽，苟全性命於亂世，不求聞達於諸侯。』按亮字孔明，三國蜀漢瑯琊人，隱於耕，劉備三訪其廬，始獲見；旣出，佐備敗曹操，取荆州，定益州、漢中地，建國蜀中，與吳、魏鼎足而立。備卽帝位，拜爲丞相。備死，輔後主，封武鄉侯，領益州牧。東和孫權；南平孟獲；復屢出兵攻魏，志在恢復中原，重興漢室。後卒於軍，年五十四。謚忠武。有諸葛丞相集。

破北虜太和公主歸宮闕

毳幕承秋極斷蓬。飄飄一劍黑山空。匈奴北走荒秦壘。貴主西還盛漢宮。定是廟謨傾種落。必知邊寇畏驍雄。恩沾殘類從歸去。莫使華人雜犬戎。

〔校〕

△承　全唐詩校：『一作乘。』

△使　全唐詩校：『一作遣。』

〔注〕

△毳幕　氈帳也。文選李陵答蘇武書：『韋韝毳幕，以禦風雨。』

△貴主　謂公主也。沈佺期侍宴安樂公主新宅應制詩：『皇家貴主好神仙，別業初開雲漢邊。』

△廟謨　後漢書光武紀贊：『明明廟謨，赳赳雄斷。』廟謨猶言廟略、廟謀、廟算，謂朝廷之策

畫也。

△種落　文選陳琳檄吳將校部曲文：『各帥種落，共舉巴郡，以奉王職。』注：『濟曰：一種，類也；落，聚落也。』』

△犬戎　古西戎種族名。國語周語：『穆王將征犬戎。』方輿紀要歷代州域形勢：『犬戎在陝西鳳翔府北境。』

李定言自殿院銜命歸闕拜外郎俄遷右史因寄

白筆南征變二毛。越山愁瘴海驚濤。纔歸龍尾含雞舌。更立螭頭運兔毫。閶闔欲開宮漏盡。冕旒初坐御香高。吳中舊侶君先貴。曾憶王祥與佩刀。

〔校〕

△運　原校：『一作吮。』

△香　全唐詩校：『一作書。』非。

△吳中　全唐詩校：『一作金吾。』

△侶　原校：『一作友。』

〔注〕

△白筆　古時服官者隨身携帶之筆也。唐書輿服志：『七品以上，以白筆代簪。』

△二毛　謂鬢髮斑白者。禮檀弓：『不殺厲，不獲二毛。』

△雞舌　香名。漢官儀：『尚書郎含雞舌香奏事。』權德輿詩：『芬芳雞舌向南宮，伏對丹墀跡又同。』

△螭頭　與螭首同。按古彝器、碑額及柱頭、印章等，刻有螭形爲飾者，謂之螭首。唐六典：『碑碣之制，五品以上立碑。』注：『螭首龍趺。』唐書百官志：『起居舍人分侍左右，秉筆隨宰相入殿，若仗在紫宸內閤，則夾香案分立殿下，直第二螭首，和墨濡筆，皆即坳處，時號螭頭。』韓愈奉和庫部盧曹長元日朝回詩：『金爐香動螭頭暗，玉佩聲來雉尾高。』螭頭，謂殿階石螭也。

△兔毫　王羲之筆經：『漢時諸郡獻兔毫，出鴻都，惟有趙國毫中用，時人咸言兔毫無優劣，管手有巧拙。』羅隱寄薛大夫詩：『會得窺成績，幽窗染兔毫。』

△閶闔　宮門也。詳秋日早朝詩注。

△王祥與佩刀　蒙求下：『魏志：「呂虔，字子恪，任城人，遷徐州刺史，請王祥爲別駕，民事一以委之，世多其能任賢。初，虔有佩刀，工相之，以爲必登三公，可服此刀，虔謂祥曰：『苟非其人，刀或爲害，卿有公輔之量，故以相與。』祥爲三公，臨薨，以刀授覽曰：『汝後必興，足稱此刀。』覽後奕世多賢才，興於江左。」』按覽字玄通，祥異母弟也。

早秋韶陽夜雨

宋玉含悽夢亦驚。芙蓉山響一猿聲。陰雲迎雨枕先潤。夜電引雷窗暫明。暗惜水花飄廣檻。遠愁風葉下高城。西歸萬里未千里。應到故園春草生。

（校）

△迎　原校：『一作凝。』

（注）

△宋玉含悽　宋玉九辯：『悲哉秋之爲氣也，蕭瑟兮草木搖落而變衰，憭慄兮若在遠行，登山臨水送將歸。』杜甫詩：『垂白馮唐老，清秋宋玉悲。』

將爲南行陪尚書崔公宴海榴堂

朝讌華堂暮未休。幾人偏得謝公留。風傳鼓角霜侵戟。雲卷笙歌月上樓。賓館盡開徐稺榻。客帆空戀李膺舟。謾誇書劍無歸處。水遠山長步步愁。

（校）

△稺　全唐詩校：『一作孺。』非。

△戀　全唐詩校：『一作望。』

△歸處　全唐詩作知己，校云：『一作歸處。』

△長　全唐詩校：『一作遙。』

(注)

△謝公　晉謝安嘗爲尙書僕射，此以喻崔尙書也。

△徐穉榻　徐穉，字孺子，東漢南昌人。家貧，恭儉義讓，常自耕稼，累舉皆不就，築室隱居，時稱南州高士。陳蕃爲太守，以禮請署功曹，穉不能卻，旣謁而退。蕃在郡不接賓客，惟爲穉特設一榻，去則懸之。郭林宗母喪，穉往弔，置生芻一束而去，衆怪不知其故，林宗曰：『此必南州高士徐孺子也，詩不云乎？「生芻一束，其人如玉」，吾無德以堪之。』按南州，殆指南昌而言。王勃滕王閣序：『物華天寶，龍光射牛斗之墟；人傑地靈，徐穉下陳蕃之榻。』

△李膺舟　後漢書郭太傳：『太字林宗，歸鄉里，衣冠諸儒送至河上，車數千輛，林宗唯與李膺同舟而濟，衆賓望之，以爲神仙焉。』獨孤及詩：『臨風孟嘉帽，乘興李膺舟。』按膺字元禮，襄城人，性行簡亢，風裁峻整，太學中語曰：『天下模楷李元禮。』士被容接者，謂之登龍門。桓帝時，累官司隸校尉。靈帝立，謀誅宦官事敗，被害。

贈王山人

貰酒携琴訪我頻。始知城市有閑人。君臣藥在寧憂病。子母錢成豈患貧。年長每勞推甲子。夜寒初共守庚申。近來聞說燒丹處。玉洞桃花萬樹春。

（校）

△市　全唐詩校：『一作郭。』

△長　全唐詩校：『一作老。』

（注）

△君臣藥　素問至眞要大論：『君一臣二，制之小也；君一臣三佐五，制之中也；君一臣三佐九，制之大也。』此論配製方藥之法。按藥之治病，各有所主，主治者爲君，輔治者爲臣，與君相反而相成者爲佐，導藥使與病相遇爲使也。

△子母錢　卽青蚨錢。淮南子萬畢術：『青蚨還錢。』注：『以其子母各等，置甕中，埋東行陰垣下，三日復開之，卽相從，以母血塗八十一錢，亦以子血塗八十一錢，以其錢更互市，置子用母，置母用子，錢皆自還也。』

△甲子　詳送宋處士詩注。李頎謁張果老先生詩：『先生谷神者，甲子焉能計？』按此謂年齡也。

△守庚申　酉陽雜俎玉格：『七守庚申三尸滅，三守庚申三尸伏。』眞誥：『凡庚申之日，是尸鬼競亂，精神躁穢之日也，不可與夫妻同席，及言語面會，當淸齋不寢，警備其日，遣諸可欲。』溫庭筠詩：『風捲蓬根屯戊巳，月移松影守庚申。』

（箋）

△四溟詩話：『許用晦「年長每勞推甲子，夜寒初共守庚申」，實對干支，云云。予病其粗直，且非正格，因次用晦之韵，聊寄興爾。附贈王山人詩：「丹侶相期貰酒頻，飛來野鶴老於人。世輕俗物非關傲，庭有僊芝未是貧。半嶺餐霞延甲子，孤燈照夜守庚申。碧桃又發花千樹，誰向深山共好春。」』

宣城崔大夫召聯句偶疾不獲赴因獻

心慕知音命自拘。畫堂聞欲試吹竽。茂陵罷酒慚中聖。漳浦題詩怯大巫。鬢鬣幾年傷在藻。羽毛終日羨棲梧。還愁旅棹空歸去。楓葉荷花釣五湖。

(注)

△吹竽　韓非子內儲說：『齊宣王使人吹竽必三百人，南郭處士請爲王吹竽，宣王說之，廩食以數百人。宣王死，湣王立，好一一聽之，處士逃。』

△中聖　三國志魏志徐邈傳：『時科禁酒，而邈私飲，沉醉校事，趙達問以曹事，邈曰：「中聖人。」』蓋平日醉客謂淸酒爲聖人，濁酒爲賢人也。李白贈孟浩然詩：『醉月頻中聖，迷花不事君。』

△漳浦題詩怯大巫　浦，水濱也。文選劉楨贈五官中郎將詩：『余嬰沈痼疾，竄身淸漳濱。』注引山海經云：『少山，淸漳水出焉，東流於濁漳之水。』漳浦題詩意當本此，言己嬰疾不獲赴

召聯句也。三國志吳志張紘傳注引吳書曰：『紘見陳琳作武庫賦、應機論，與琳書，深歎美之。琳答曰：「自僕在河北，與天下隔，此間率少於文章，易爲雄伯，使僕受此過差之譚；今足下與子布在彼，所謂小巫見大巫，神氣盡矣。」』子布，張昭字，小巫琳自比，大巫指紘、昭，琳自謂弗如二張也。按御覽大術部巫下引莊子佚文：『小巫見大巫，拔茅而棄，此其終身弗如也。』琳語或即本此。

△鬐鬣幾年傷在藻　鬐，魚脊也。儀禮士虞禮：『魚進鬐。』鬣，魚頷旁鰭也。杜牧詩：『鯨鬣掀東海。』按詩小雅魚藻：『魚在在藻，有頒其首，王在在鎬，豈樂飲酒。』序謂刺幽王也，言萬物失其性，王在鎬京，將不能以自樂，故君子思古之武王焉；或謂爲鎬民樂王都鎬也。韋元旦興慶池應制詩：『宴樂已深魚藻詠，承恩更欲奏甘泉。』韓休駕幸華淸宮賦：『辭紫殿而魚不在藻，出青門而龍乃在田。』

△棲梧　詩大雅卷阿：『鳳皇鳴矣，于彼高岡，梧桐生矣，于彼朝陽。』箋：『鳳皇鳴于山脊之上者，居高視下，觀可集止，喻賢者待禮乃行，翔而後集。梧桐生者，猶明君出也。生於朝陽者，彼溫仁之氣，亦君德也。鳳皇之性，非梧桐不棲，非竹實不食。』疏：『諸書傳之論鳳事，皆云食竹棲梧。』白居易詩：『雙鳳棲梧魚在藻，飛沉隨分各逍遙。』

△五湖　即太湖。詳朱坡故少保杜公池亭詩注。

贈鄭處士

道傍年少莫矜誇。心在重霄鬢未華。楊子可曾過北里。魯人何必敬東家。寒雲曉散千峯雪。暖雨晴開一逕花。且賣湖田釀春酒。與君書劍是天涯。

(注)

△東家句　書言故事師儒類『東家丘』注：『家語：「孔子西家有愚夫，不識孔子爲聖人，乃曰，彼東家丘。吾知之矣。」』三國志魏志邴原傳注：『原別傳曰：「原遠遊學，詣安邱孫崧，崧辭曰：『君鄉里鄭君，學者之師模也，君乃舍之，躡屣千里，所謂以鄭爲東家丘者也。』原曰：『人各有志，所規不同，君謂僕以鄭爲東家丘，君以僕爲西家愚夫耶？』崧辭謝焉。」』杜甫陪鄭廣文遊何將軍山林詩：『盡捻書籍賣，來問爾東家。』

元正

高揭雞竿闢帝閽。祥風微暖瑞雲屯。千官共削姦臣迹。萬國初銜聖主恩。宮殿雪花齊紫閣。關河春色到靑門。華夷一軌人方泰。莫學論兵誤至尊。

(校)

△(題)　全唐詩作正元，校云：『一作元日，一作元正。』

(注)

△元正　即元旦，一年之第一日也。唐書禮樂志：『元正歲之始，冬至陽之復，二節最重。』

△雞竿　唐書百官志：『赦日，樹金雞於仗南，竿長七尺，雞高四尺，黃金飾首，銜絳幡長七尺。』元稹郊天日五色祥雲賦：『越明日，臣稹詠霈澤於雞竿之前。』

△帝閽　屈原離騷：『吾令帝閽開關兮，倚閶闔而望予。』王逸注云：『帝，謂天帝。閽，主門者也。』王勃滕王閣序：『懷帝閽而不見，奉宣室以何年？』帝閽，喻宮門也。

△青門　古長安城門。三輔黃圖：『長安城東出南頭一門曰霸城門，民見門色青，名曰青城門，或曰青門。門外舊有佳瓜。邵平爲秦東陵侯，秦破，爲布衣，種瓜青門外，瓜美，故時人謂之東陵瓜。』王績詩：『失路青門隱，藏名白社遊。』

△至尊　謂天子也。淮南子精神訓：『至尊窮寵。』

登尉佗樓

劉項持兵鹿未窮。自乘黃屋島夷中。南來作尉任囂力。北向稱臣陸賈功。簫鼓尙陳今世廟。旌旗猶鎖昔時宮。越人未必知虞舜。一奏薰絃萬古風。

（校）

△陳　全唐詩校：『一作存。』

△鎖　全唐詩作鎭，校云：『一作鎖。』

（注）

△黃屋　古時天子所乘之車，以黃繒爲車蓋之裏，曰黃屋車。漢書高帝紀：『黃屋左纛。』

△任囂陸賈　並詳朝臺送客有懷詩注。

△薰絃　孔子家語辯樂解：『昔者舜彈五絃之琴，造南風之詩，其詩曰：「南風之薰兮，可以解吾民之慍兮，南風之時兮，可以阜吾民之財兮。」唯修此化，故其興也勃焉，德如泉流，至於今，王公大人，述而弗忘。』杜正倫侍宴詩：『湛露晞堯日，薰風入舜絃。』

韶州驛樓宴罷

簷外千帆背夕陽。歸心杳杳鬢蒼蒼。嶺猿羣宿夜山靜。沙鳥獨飛秋水涼。露墮桂花棋局濕。風吹荷葉酒瓶香。主人不醉下樓去。月在南軒更漏長。

（注）

△韶州　見韶州韶陽樓夜讌詩注。

和淮南王相公與賓僚同遊瓜州別業題舊書齋

碧油紅旆想青衿。積雪窗前盡日吟。巢鶴去時雲樹老。臥龍歸處石潭深。道傍苦李猶垂實。城外甘棠已布陰。賓御莫辭巖下醉。武丁高枕待爲霖。

（注）

△淮南　唐道名，貞觀時置。今湖北省境長江以北，漢水以東，及江蘇、安徽兩省境內，江以北、淮以南皆其地。治揚州，卽今江蘇省江都縣治。

△相公　稱宰相也。周亮工書影：『前代拜相者，必封公，故謂之相公，若封王，則稱相王。』

△瓜州　鎭名，在江蘇江都縣南四十里江濱。元和志：『昔爲瓜州村，蓋揚子江中之沙磧也；沙漸漲出，狀如瓜子，遙接揚子渡口。自唐開元以來，漸爲南北襟喉之處。』張祜題金陵渡詩：『潮落夜江斜月裏，兩三星火是瓜州。』卽此。

△紅旆　白居易過溫尚書舊莊詩：『碧幢紅旆映河陽。』旆，繼旐之旗也，沛然而垂。見說文。左傳僖公二十八年：『狐毛設二旆而退之。』注：『旆，大旗也。』

△青衿　詩鄭風子衿：『青青子衿，悠悠我心。』傳：『青衿，青領也；學子之所服。』又：『一日不見，如三月兮。』箋：『君子之學，以文會友，以友輔仁，獨學而無友，則孤陋而寡聞，故思之甚。』

△苦李句　晉書王戎傳：『戎幼而穎悟，嘗與羣兒戲於道側，見李樹多實，等輩競趣之，戎獨不往；或問其故，戎曰：「樹在道邊而多子，必苦李也。」取之信然。』按王戎，字濬沖，臨沂人。爲竹林七賢之一。惠帝時官至司徒。

△甘棠句　詳聽歌鷓鴣辭注。

△賓御　文選鮑照詠史詩：『賓御紛颯沓，鞍馬光照地。』注：『孔安國尚書傳曰：「御，侍也。」』

△武丁高枕待爲霖　武丁，卽殷高宗。殷自盤庚中興，至其弟小乙立，復衰；再傳至武丁，三年不言，政事決於冢宰。傅說初隱於傅巖，故爲胥靡版築以供食，武丁夢求得之，以爲相，國大治。霖，霖雨。書說命：『若歲大旱，用汝作霖雨。』按此殷高宗命傅說之辭，蓋以喻濟世澤民也。韋莊耒陽縣浮山神廟詩：『爲霖自可成農歲，何用興師遠伐邢？』

送盧先輩自衡岳赴復州嘉禮二首

（一）

名振金閨步玉京。暫留滄海見高情。衆花盡處松千尺。羣鳥喧時鶴一聲。朱閣簟涼疏雨過。碧溪船動早潮生。離心不異西江水。直送征帆萬里行。

（校）

△（題）赴　文苑英華作歸，校云：『集作赴。』

△盡　文苑英華作盛，校云：『集作盡。』

△疏　文苑英華作初，校云：『集作疏。』

△征　文苑英華作歸，校云：『集作征。』

（注）

△衡岳　在湖南，爲湘、資二水之分水嶺。主峯在衡山縣西北，衡陽縣北，卽古之南嶽。徐靈期南嶽記：『南嶽周廻八百里，囘雁爲首，嶽麓爲足。』五嶽之一也。

△復州　北周置，治建興，在今湖北沔陽縣西。

△嘉禮　周禮春官大宗伯：『以嘉禮親萬民。以飲食之禮，親宗族兄弟；以昏冠之禮，親成年男女；以賓射之禮，親故舊朋友；以饗燕之禮，親四方之賓客；以脤膰之禮，親兄弟之國；以賀慶之禮，親異姓之國。』注：『嘉，善也，因人心所善者，而爲之制。』張華晉冬至初歲小會歌：『我有嘉禮，式宴百寮。』

△金閨　漢宮有金馬門，簡稱金門，亦曰金閨；後世以稱朝廷。文選江淹別賦：『金閨之諸彥，蘭臺之羣英。』李善注：『東方朔云：「公孫弘等待詔金馬門。」是也。』

△玉京　詳對雪詩注。

△西江　謂西來之大江也。元稹詩：『西江流水到江州，聞道分成九道流。』

（二）

湖南詩客海中行。鵬翅垂雲不自矜。秋水靜磨金鏡上。夜風寒結玉壺冰。萬重嶺嶠辭衡岳。千里山陂問竟陵。醉倚山樓人已遠。柳溪無浪月澄澄。

（注）

△湖南詩客　謂盧先輩也。

△鵬翅垂雲　莊子逍遙遊：『北冥有魚，其名爲鯤，鯤之大，不知其幾千里也；化而爲鳥，其名爲鵬，鵬之背，不知其幾千里也。怒而飛，其翼若垂天之雲。』劉禹錫詩：『海浪扶鵬翅，天風引驥髦。』翅，鳥翼也。

△竟陵　郡名，晉置。西魏改置郢州，隋仍爲竟陵郡，唐仍爲郢州。即今湖北鍾祥縣治。

哭楊攀處士

先生憂道樂清貧。白髮終爲不仕身。嵇阮沒來無酒客。應劉亡後少詩人。山前月照孤墳曉。溪上花開舊宅春。昨夜回舟更惆悵。至今鐘磬滿南陵。

(校)

△陵　萬本、全唐詩俱作鄰。

(注)

△嵇阮句　世說新語傷逝：『王濬沖（戎）爲尙書令，著公服，乘軺車，經黃公酒壚下過，顧謂後車客：「吾昔與嵇叔夜（康）、阮嗣宗（籍）共酣飲於此壚，竹林之遊，亦預其末。自嵇生夭，阮公亡以來，便爲時所羈紲，今日視此雖近，邈若山河！」』杜甫詩：『蚳、揚名甚盛，嵇、阮逸相須。』

△應劉句　文選魏文帝與朝歌令吳質書：『昔年疾疫，親故多離其災，徐（幹）、陳（琳）、應（瑒）、劉（楨），一時俱逝，痛可言邪？』韋莊過樊川舊居詩：『應、劉去後苔生閣，嵇、阮歸來雪滿頭。』

旌儒廟

寒谷陰風萬古悲。儒冠相枕死秦時。廟前亦有商山路。不學老翁歌紫芝。

（校）

△谷　原校：『一作柏。』

（注）

△旌儒廟　唐書地理志：『京兆府昭應，有旌儒鄉，有廟，故坑儒，玄宗更名。』賈至旌儒廟頌：『開元末，天子在驪山之宮，登集靈之臺，考驗圖記，周覽原隰，見鄉名坑儒，顏蹔猶在，乃詔有司，是作新廟，牲幣有數，以時饗祀，因祀命鄉，號曰旌儒，人神和悅，怨氣消散。』

△儒冠相枕死秦時　秦始皇從李斯議，非博士官所職，有藏詩書百家語者，悉詣守尉雜燒之。又始皇欲求神仙，召文學方術士甚衆，終不得，盧生等復亡去，乃大怒，坑殺諸生四百六十餘人於咸陽。史稱焚書坑儒。

△商山　在陝西商縣東南，卽南山之脈。高士傳：『秦始皇時，四皓共避世於商山。』參閱四皓

廟詩注。

△歌紫芝　古今樂錄：『四皓隱居南山，高祖聘之不出，作紫芝之歌。』張九齡商洛山行懷古詩：『長憶赤松意，復憶紫芝歌。』杜甫洗兵馬詩：『隱士休歌紫芝曲，詞人解撰河清頌。』

寄宋次都

朱檻煙霜夜坐勞。美人南國舊同袍。山長水遠無消息。瑤瑟一彈秋月高。

（注）

△同袍　詩秦風無衣：『豈曰無衣，與子同袍，王于興師，脩我戈矛，與子同仇；豈曰無衣，與子同澤，王于興師，脩我矛戟，與子偕作。』傳：『上與百姓同欲，則百姓樂致其死。』袍與澤並衣服名。後世軍人相稱曰同袍，相謂曰袍澤之誼，均本此。用晦曉發天井關寄李師晦詩：『逢秋正多感，萬里別同袍。』按此謂朋友也。

宿望亭館寄蘇州一二同志

候館人稀夜自長。姑蘇城遠樹蒼蒼。江湖水落高樓迴。河漢秋歸廣簟涼。月轉碧梧移鵲影。露低紅葉濕螢光。西園詩侶應多思。莫醉笙歌掩畫堂。

（校）

△（題）望亭館　全唐詩作松江驛。校云：『一作宿望亭驛寄蘇州同遊。』
△自　原校：『一作更。』
△城　全唐詩作臺，校云：『一作城。』
△水　萬本、全唐詩俱作潮。萬本原校：『一作影。』全唐詩校：『一作水。』
△簟　全唐詩校：『一作殿。』
△葉　全唐詩校：『一作草。』
△侶應多思　全唐詩校：『一作思應無限。』

（注）
△候館　樓可以觀望者也。周禮地官遺人：『五十里有市，市有候館，候館有積。』
△西園　文選曹植公讌詩：『公子敬愛客，終宴不知疲，清夜遊西園、飛蓋相追隨。』後詩人宴集，每引此以爲喻。

盧山人自巴蜀由湘潭歸茅山因贈

太一靈方鍊紫荷。紫荷飛盡髮皤皤。猿啼巫峽曉雲薄。雁宿洞庭秋月多。導引豈如桃葉舞。步虛寧比竹枝歌。華陽舊隱莫歸去。水沒芝田生綠莎。

（注）

△太一　褚載贈道士詩：『惟教鶴探丹丘信，不遣人窺太一爐。』

△導引　道家養生法也。素問異法方宜論：『其治宜導引按蹻。』注：『謂移筋骨動支節也。』抱朴子別旨：『或伸屈、或俯仰、或行臥、或倚立、或躑躅、或除步、或吟或息，皆導引也。』

△桃葉　古今樂錄：『桃葉歌者，晉王子敬（獻之）所作。桃葉，子敬妾名，緣於篤愛，所以歌之。』隋書五行志：『陳時江南盛歌王獻之桃葉詞云：「桃葉復桃葉，渡江不用檝，但渡無所苦，我自迎接汝。」』按獻之送桃葉處，在今南京市秦淮與青溪合流處，後人名其地曰桃葉渡。

△步虛　樂府解題：『步虛詞，道家曲也，備言衆仙縹緲輕舉之美。』庾信、隋煬帝、劉禹錫等皆有此作。

△竹枝　樂府詩集：『竹枝本出於巴渝。唐貞元中，劉禹錫在沅湘，以里歌鄙陋，乃依騷人九歌，作竹枝新詞九章，敎里中兒歌之，由是盛於貞元、元和之間。』按劉禹錫、白居易等皆有此作；後人效其體詠土俗瑣事，亦多謂之竹枝詞。後又用作詞牌名，因其體本於樂府之竹枝也。

△華陽　江蘇句容縣東南大茅峯下有華陽洞。建康志：『華陽西南有二洞，西洞在崇壽觀後，南洞在元符宮東。』參閱贈茅山高拾遺詩注。

△芝田　文選鮑照舞鶴賦：『朝戲於芝田，夕飲乎瑤池。』注引十洲記曰：『鍾山在北海，仙家

數千萬，耕田種芝草。』又曹植洛神賦：『爾迺稅駕乎蘅皋，秣駟乎芝田。』善注引嵩高山記曰：『山上有神芝。』良注：『芝田，地名也。』

潁州從事西湖亭讌餞

西湖清讌不知回。一曲離歌酒一杯。城帶夕陽聞鼓角。寺臨秋水見樓臺。蘭堂客散蟬猶噪。桂檝人稀鳥自來。獨想征車過鞏洛。此中霜菊遶潭開。

（校）

△散　全唐詩校：『一作醉。』

△車過　全唐詩校：『一作帆去。』

△鞏　字原缺，據萬本及全唐詩補。

△遶潭　全唐詩校：『一作正花。』

（注）

△從事　官名。漢刺史佐吏，如別駕、治中等，皆稱爲從事史，爲州所自辟除，通稱曰州從事。歷代因之；宋廢。

△蘭堂　文選張衡南都賦：『揖讓而升，宴于蘭堂。』

△鞏洛　即鞏縣及洛陽縣，俱屬河南省。

瓜州留別李詡

泣玉三年一見君。白衣顦顇更離羣。楊隄惜別春潮晚。花樹留歡夜漏分。孤館宿時風帶雨。遠帆歸處水連雲。悲歌曲盡莫重奏。心遶關河不忍聞。

（校）

△楊　全唐詩作柳，校云：『一作楊。』

△晚　全唐詩作落，校云：『一作晚。』

（注）

△泣玉　猶言泣珠；珠，淚珠也。述異記：『南海中有鮫人室，水居如魚，不廢機織，其眼能泣則出珠。』洞冥記：『宿於鮫人之宮，得淚珠，則鮫人所泣之珠也。』文選左思吳都賦：『淵客慷慨而泣珠。』

△白衣　古未仕者着白衣，後因以爲無功名者之稱。又東漢鄭均，拜議郎告歸，賜尚書祿，時稱白衣尚書，是既仕而告歸者，亦可稱爲白衣矣。

余謝病東歸王秀才見寄今潘秀才南棹奉訓

酷似牢之玉不如。落星山下白雲居。春耕旋構金門客。夜學兼修玉府書。風掃碧雲迎鷙鳥。水還滄海養嘉魚。莫將年少輕時節。王氏家風在石渠。

（校）

△構　全唐詩作搆，校云：『一作遘。』

△客　全唐詩校：『一作策。』

△雲　全唐詩校：『一作天。』

（注）

△牢之　南朝陳伯固字。按伯固，吳興人，文帝第五子，封新安郡王，官都督揚州刺史，政甚嚴苛。見陳書卷三十六。

△落星山　在江蘇江寧縣東北，北臨大江。三國吳大帝時，山西江上置三層高樓。文選左思吳都賦：『饗戎旅於落星之樓。』指此。

△金門　即金馬門，漢宮門名也。史記東方朔傳：『金馬門者，宦署門也；門傍有銅馬，故謂之金馬門。』

△玉府　官名，周禮天官之屬。掌王之金玉玩好兵器，凡良貨賄之藏。

△嘉魚　詩小雅南有嘉魚：『南有嘉魚，烝然罩罩。』箋：『烝，塵也，塵然猶言久如也。言南方水中有善魚，人將久如而俱罩之，遲之也，喻天下有賢者，在位之人將久如而並求致之於朝，

亦遲之也。遲之者，謂至誠也。』

△石渠　閣名。三輔黃圖：『石渠閣，蕭何造。其下礱石爲渠以導水，若今御溝；因爲閣名。所藏入關所得秦之圖籍。至於成帝，又於此藏祕書焉。』按宣帝時爲諸儒講經之所，後漢書楊終傳：『宣帝博徵羣儒，論定五經於石渠閣。』石渠故址，三輔故事云在未央宮北，明一統志謂在西安府城西北；按當在今陝西長安縣西北。

獻韶陽相國崔公

一匱爲功極九層。康莊猶自劍稜稜。舟回北渚經年泊。門接東山盡日登。萬國已聞傳玉璽。百官猶望啓金滕。賢臣會致唐虞世。獨倚江樓笑范增。

（校）

△劍　全唐詩校：『一作獨。』

（注）

△玉璽　天子印也。唐書車服志：『天子有傳國璽及八璽，皆玉爲之。』

△金滕　詳聞韶州李相公移拜郴州因寄詩注。

△唐虞　堯、舜有天下之號，史稱唐堯、虞舜。

△范增　秦末居鄛人。好奇計，年七十，佐項羽起兵成霸業，羽尊爲亞父。楚、漢鴻門之會，增

勸羽殺沛公，羽不聽，反信漢之間，疑增，奪其權；增憤怒辭去，至彭城，疽發背死。

夜泊永樂有懷

蓮渚愁紅蕩碧波。吳娃齊唱採蓮歌。橫塘一別千餘里。蘆葦蕭蕭風雨多。

（注）

△永樂　澗名，在山西永濟縣東南。又名渠豬水。山海經：『渠豬山，渠豬水出焉，南流注於河。』

△吳娃　娃，美也，吳、楚、衡、淮之間，謂美曰娃。見方言。漢書揚雄傳：『資娵娃之珍髢兮。』注：『娃，美女也。』王勃採蓮賦：『吳娃越豔，鄭婉秦妍。』

△採蓮歌　梁武帝採蓮曲：『遊戲五湖採蓮歸，發花田葉芳襲衣；爲君儂歌世所希。世所希，有所玉；江南弄，採蓮曲。』古今樂錄：『採蓮曲和云：「採蓮渚，窈窕舞佳人。」』按此曲爲樂府江南弄七曲之一，後人仿作者極夥。吳本水鄉，水多產蓮，兒女採蓮爲戲，因歌是詩也。

△橫塘　有二：一在江蘇江寧縣西南。淸一統志：『吳時自江口緣淮築堤，謂之橫塘；在今秦淮徑口。吳都賦云：「橫塘查下。」』即此。一在吳縣西南十里，爲經貫南北之大塘。旁有橫塘鎮，又有橫塘橋，橋上有亭，顏曰『橫塘古渡。』

鴻溝

相持未定各爲君。秦政山河此地分。力盡烏江千載後。古溝荒草起寒雲。

（校）

△爲　原校：『一作懷。』

（注）

△鴻溝　渠名。古汴水之支津，即今河南省之賈魯河，爲楚、漢分界處。史記高祖紀：『項王乃與漢約，中分天下，割鴻溝以西者爲漢，鴻溝而東者與楚。』注：『始皇鑿引河水以灌大梁，謂之鴻溝。』

△烏江　即項羽自刎處。在今安徽和縣東北，今名烏江浦。史記項羽紀：『項王欲東渡烏江，烏江亭長檥船待。』元和志：『烏江縣東四里，即亭長檥船處。』按檥，音蟻，通作艤，附船着岸也。

重經四皓廟二首

（一）

峩峩商嶺採芝人。雲頂霜髯虎豹茵。山酒一壺歌一曲。漢家天子忌功臣。

（校）

△鬍　萬本作髭，校云：『一作鬍。』

（　）

△（題）四皓　詳四皓廟詩注。

△虎豹茵　茵，車重席也。見說文。詩秦風小戎：『文茵暢轂。』傳：『文茵，虎皮也。』釋文：『以虎皮爲茵；茵，車席也。』皮日休詩：『豹皮茵下百餘錢。』

（二）

避秦安漢出藍關。松桂花陰滿舊山。自是無人有歸意。白雲長在水潺潺。

（注）

△藍關　即藍田關，在陝西藍田縣東南。

（箋）

△謝疊山曰：『此詩譏四皓一出，而不復還舊隱也。』

郡齋夜坐寄舊鄉二姪

千官奉職袞龍垂。旅臥淮陽鬢日衰。三月已乖棠樹政。二年空負竹林期。樓侵白浪風來遠。城抱丹巖日到遲。長欲掛帆君莫笑。越禽花暖夢南枝。

（校）

△日　字原缺，據全唐詩補。全唐詩校：『一作已。』

（注）

△袞龍　周禮春官司服：『王之吉服，享先王則袞冕。』注引鄭司農云：『袞，卷龍衣也。』文選班固東都賦：『脩袞龍之法服。』李華含元殿賦：『皇帝御袞龍之法服，佩蒼璧之純精。』王渾詩：『微臣欲獻唐堯壽，遙指南山對袞龍。』

△淮陽　郡名。故治即今河南省淮陽縣。

△棠樹政　見聽歌鷓鴣辭注。

△竹林期　世說新語任誕：『陳留阮籍、譙國嵇康、河內山濤、沛國劉伶、陳留阮咸、河內向秀、琅邪王戎，七人集於竹林之下，肆意酣暢，故世謂竹林七賢。』按阮咸為阮籍兄子，有大小阮之稱；用晦借以喻叔姪之誼。期，會也，要約也。

△越禽花暖夢南枝　文選古詩十九首行行重行行：『胡馬依北風，越鳥巢南枝。』李善曰：『韓詩外傳曰：「代馬依北風，飛鳥棲故巢。」皆不忘本之謂也。』李周翰曰：『胡馬出於北，越鳥來於南；依望北風，巢宿南枝，皆思舊國。』用晦久客思吳，夢寐以之，故云然。

病間寄郡中文士

盧橘含花處處香。老人依舊臥清潭。心同客舍驚秋早。跡似僧齋厭夜長。風卷翠簾琴自響。露凝朱閣簟先涼。明朝欲醉文中彥。猶覺吟聲帶越鄉。

（注）

△盧橘　即金橘。李白詩：『盧橘爲秦樹，蒲萄出漢宮。』

△臥清潭　用劉楨臥疾漳濱事。參閱宣城崔大夫召聯句偶疾不獲赴因獻詩注。

賀少師相公致政 幷序

少師相公未及懸車之年。二表乞罷將相。徵於近代。更無比肩。余受恩門館。竊抒長句寄獻。

六十懸車自古稀。我公年少獨忘機。門臨二室留侯隱。棹倚三川越相歸。不擬優游同陸賈。已回清白遺胡威。龍城鳳沼棠陰在。只恐歸鴻更北飛。

（校）

△（題）表　字原缺，據全唐詩補。

△歸　全唐詩校：『一作冥。』

（注）

△懸車　同縣車，謂將昏之時車已息駕也。淮南子天文訓：『至于悲泉，爰止其女，爰息其馬，是謂縣車。』按漢書薛廣德傳：『縣其安車傳子孫。』又敘傳：『身修國治，致仕縣車。』此以示

退隱不再出仕之意，故後人每用此語爲致仕者之稱。文選蔡邕陳太丘碑文：『懸車告老。』按禮曲禮：『大夫七十而致事，適四方，乘安車。』致事，與致仕意同，致職事於其君，謂告老也。大夫七十方致仕，今六十而懸車，故云自古稀也。

△二室　謂太室、少室二山，在河南登封縣北。名山記：『嵩山中爲峻極峯，東曰太室，西曰少室。』述征記：『嵩，其總名也；謂之室者，山下各有石室也。』

△留侯　史記留侯世家：『漢高祖封功臣，良曰：「臣始起下邳，與上會留，臣願封留足矣。」乃封張良爲留侯。』按故留城在今江蘇沛縣東南。

△三川　唐以劍南東西及山南西道爲三川。唐書杜甫傳：『祿山亂，天子入蜀，甫避走三川。』

△越相　謝靈運游名山志：『陶朱高揖越相，留侯願辭漢傳。』越相二字蓋本此。按陶朱，謂范蠡也。蠡字少伯，春秋楚人，事越王句踐二十餘年，苦身戮力，卒以滅吳，尊爲上將軍；蠡辭去，變易姓名，歷齊至陶（山名，在山東肥城縣西北），操計然之術以治產，因成巨富，自號陶朱公。按此以喻功成身退也。

△陸賈　漢楚人。有辯才。以客從高祖定天下。使南越，招諭南越尉趙佗，還拜太中大夫。諸呂用事，病免家居，後爲陳平策畫除諸呂。孝文帝立，佗叛稱帝；復拜賈爲太中大夫，使南越，令佗去帝制，比諸侯，皆如意旨。

△胡威句　晉陽秋：『胡質子威，字伯虎，父子清愼，名譽著聞，武帝謂威曰：「卿清孰與父清

？」威對曰：「臣父清，恐人知；臣清，恐人不知；是臣不如者遠也。」』

△棠陰　喻去官有遺愛也。梁簡文帝罷丹陽郡往與吏民別詩：『栽柳今尚在，棠陰君詎憐？』蘇軾詩：『湖上棠陰手自栽，問公更得幾回來？』按周召伯巡行南國，或舍甘棠之下，後人愛其樹而不忍傷；以棠陰頌循吏，義本此。參閱聽歌鷓鴣辭注。

楚宮怨二首

（一）

十二山晴花盡開。楚宮雙闕對陽臺。細腰爭舞君沉醉。白日秦兵江上來。

（校）

△（題）二首　二字原缺，據萬本補。

（注）

△十二山　謂巫山十二峯也。詳觀章中丞夜按歌舞詩注。

△陽臺　文選宋玉高唐賦序：『朝朝暮暮，陽臺之下。』按陽臺，山名，當在今四川巫山縣境；一說，當在今湖北漢川縣境。並見淸一統志。

△細腰　韓非子二柄：『楚靈王好細腰，而國中多餓人。』後漢書馬廖傳：『楚王好細腰，宮中多餓死。』徐陵玉臺新詠序：『楚王宮內，無不推其細腰；魏國佳人，俱言訝其纖手。』

（二）

獵騎秋來在內稀。渚宮雲雨濕龍衣。騰騰戰鼓動城闕。江上射麋殊未歸。

（校）

△龍　原校：『一作君。』

△闕　字原缺，據萬本補。

△上　原校：『一作畔。』

（注）

△內　天子禁宮曰內。漢書武帝紀：『甘泉宮內中產芝。』顏師古注：『內中，謂後庭之室也。』王先謙補注：『內，亦房也，禮樂志云：「芝生甘泉齋房。」』

△渚宮　春秋楚之別宮也。故址在今湖北江陵縣城內。左傳文公十年：『子西沿江泝漢將入郢，王在渚宮下見之。』疏：『渚宮，當郢都之南；葢楚成王所建。』唐余知古嘗蒐錄楚事作渚宮舊事。武元衡詩：『煙開碧樹渚宮秋。』

題崔處士山居

坐窮今古掩書堂。二頃湖田一半荒。荊樹有花兄弟樂。橘林無實子孫忙。龍歸曉洞雲猶濕。麝過春山草自香。向夜欲歸心萬里。故園松月更蒼蒼。

(注)

△荊樹句　詳與鄭秀才叔姪會送楊秀才昆仲東歸詩注。

△橘林無實　幽怪錄：『巴邛人，家有橘園，霜後橘盡收斂，有大橘，如三斗盎，巴人異之，剖開，每橘有二叟，鬚眉皤然，肌體紅明，皆相對象戲，談笑自若，一叟曰：「橘中之樂，不減商山，但不得深根固蒂，爲愚人摘下耳！」』

(箋)

△四溟詩話：『詩有簡而妙者，云云。亦有簡而弗佳者，云云。陸機「三荊歡同株」，不如許渾「荊樹有花兄弟樂」。』

△柳亭詩話：『對屬親切，李廷彥百韵詩已有謔談，然在近體中，何容抹殺？韋莊題許渾詩卷云云，山屋有知，可無憾於荊樹橘林之議已。吳聽翁極喜丁卯詩，余嘗同舟，自粵之楚，每口誦其警句云。』

疾後與郡中羣公讌李秀才

強留佳客讌王孫。巖上餘花落酒樽。書院欲開蟲網戶。訟庭猶掩雀羅門。耳虛盡日疑琴癖。眼暗經秋覺鏡昏。莫引劉安倚西檻。夜來紅葉下江村。

(校)

△疾　全唐詩校：『一作病。』

△與　原誤作興，據萬本及全唐詩改正。

△蟲　全唐詩校：『一作塵。』

(注)

△王孫　貴族之後裔。史記淮陰侯傳：『漂母曰：「吾哀王孫而進食，豈望報乎？」』集解：『如言公子也。』索隱：『秦末多失國；言王孫公子，尊之也。』楚辭淮南小山王招隱士：『王孫遊兮不歸，春草生兮萋萋。』王維山中送別詩：『春草明年綠，王孫歸不歸？』

△雀羅門　史記汲鄭列傳贊：『始翟公爲廷尉，賓客闐門；及廢，門外可設雀羅。後復爲廷尉，賓客欲往，翟公大署其門曰：「一死一生，乃知交情；一貧一富，乃知交態；一貴一賤，交情乃見。」』世謂門庭冷落曰門可羅雀，本此。蘇軾詩：『門前可羅雀，感子煩屢叩。』

△劉安　漢高帝孫，襲父爵封爲淮南王。讀書鼓琴，善爲文辭；武帝方好藝文，甚重之，詔使爲離騷賦，自旦受詔，日食時上。嘗招致賓客方士，作內書二十一篇；又有中篇八卷，言神仙黃白之術。安以內篇獻諸帝，帝愛祕之，卽今淮南子。元朔間，重賜几杖不朝。後有逆謀，事發，

自殺。

晨起白雲樓寄龍興江準上人兼呈竇秀才

東巖月在僧初起。水華千里抱城來。山翠萬重當檻出。鄉信全稀曉雁哀。茲樓今是望鄉臺。秋風還有木蘭開。欲弔靈均能去否。南浦花殘客已回。

(校)

△起　全唐詩作定，校云：『一作起。』

△已　全唐詩作未，校云：『一作已。』

△去　全唐詩作賦，校云：『一作去。』

(注)

△(題)　自注：『秀才方自竟陵回。』按竟陵，郡名，即今湖北鍾祥縣治。

△靈均　楚屈原字。離騷：『肇錫余以嘉名，名余曰正則兮，字余曰靈均。』文選翰注：『靈，善也，均，平也；言能正法則善平理。』

讌餞李員外 并序

李羣之員外從事荆南。尚書楊公詔徵赴闕。俄爲淮南相國杜公辟命。自漢上舟行至此郡。於白雲樓醼罷。解纜阻風卻回。因贈。

病守江城眼暫開。昔年吳越共銜盃。廨舟出鎮虛陳榻。鄭履還京下隗臺。雲葉漸低朱閣掩。浪花初起畫樯回。心期解印同君醉。九曲池西望月來。

(校)

△(序)白雲樓　白字原缺，據萬本補。

(注)

△廨舟陳榻　並見將爲南行陪尚書崔公宴海榴堂詩注。

△鄭履　漢書鄭崇傳：『哀帝擢崇爲尚書僕射，數求見諫爭，上初納用之，每見曳革履，上笑曰：「我識鄭尚書履聲。」』何遜早朝車中聽望詩：『蘧車響北闕，鄭履入南宮。』武元衡酬李十一尚書詩：『高德聞鄭履，儉居稱晏裘。』

△隗臺　貫休獻蜀王詩：『自慚林藪龍鍾者，亦得親登郭隗臺。』羅隱詩：『費盡黃金老隗臺。』按郭隗，戰國燕人。昭王欲招賢士，以報齊仇，問於隗，隗曰：『王欲致士，先自隗始；隗且見事，況賢於隗者乎？』於是昭王爲隗築宮而師事之；樂毅、鄒衍、劇辛等，果聞風而至，士爭湊燕。燕王弔死問生，與百姓同甘苦，國漸富強，卒以破齊。

經故太尉段公廟

徒想追兵緩翠華。古碑荒廟閉松花。紀生不向滎陽死。豈有山河屬漢家。

（校）

△古碑　原校：『一作城邊。』

（注）

△太尉　官名。秦置，漢因之，專掌武事，位等丞相。武帝改爲大司馬，光武復爲太尉，爲三公之首。歷代相承，惟後周缺。

△翠華　漢書司馬相如傳：『建翠華之旗。』注：『以翠羽爲旗上葆也。』按柳惲和武帝登景陽樓詩：『翠華承漢遠，彫輦逐風游。』白居易長恨歌：『翠華搖搖行復止，西出都門百餘里。』並指天子之旗而言。

△紀生句　紀生，謂漢將紀信也。生，先生之略稱。漢書貢禹傳：『生有伯夷之廉。』注：『謂先生也。』按項羽圍漢王於滎陽，事急；信自請乘漢王車，黃屋左纛，代出降以誑羽，漢王乃得脫，羽燒殺信。漢王既有天下，立廟於順慶祠之，賜號忠祐。

訓錢汝州 并序

汝州錢中丞以渾赴郢城。見寄佳什。恩憐過等。寵飾逾深。雖吟詠忘疲。實楷模不及。輒率荒淺。依韻獻訓。

白雪名隨漢水流。謾勞旌旆晚悠悠。笙歌暗寫終年恨。臺榭潛銷盡日憂。鳥散落花人自醉。馬嘶芳草客先愁。怪來雅韻清無敵。三十六峯當庾樓。

(注)

△汝州　卽今河南臨汝縣治。

△郢城　西魏置郢州，北周改曰石城郡，唐復置郢州。卽今湖北鍾祥縣治。

△白雪　古歌曲名，此以喻錢所寄佳什。參閱和友人送僧歸桂州靈巖寺詩注。

△怪來　猶言怪不得也。韋應物休暇日訪王侍御不遇詩：『怪來詩思清入骨，門對寒流雪滿山。』

△三十六峯　見與韓鄭二秀才同舟東下洛中親友送至景雲寺詩注。

△庾樓　晉書庾亮傳：『亮在武昌，諸佐吏殷浩之徒，乘秋夜往共登南樓，俄而不覺亮至，諸人將起避之，亮徐曰：「諸君少住，老子於此處，興復不淺。」便踞胡牀，與浩等談詠竟坐。』此南樓卽庾樓。按今江西九江縣治後亦有庾樓，或以亮曾領江州刺史，後人重其名而仿爲之耳。參閱李秀才近自塗口遷居新安詩注。

將歸姑蘇南樓餞送李明府

無處登臨不繫情。一憑春酒醉高城。暫移羅綺見山色。纔駐管絃聞水聲。花落西亭添別夢

○柳陰南浦促歸程。前期迢遞今宵短。更倚朱闌待月明。

（校）

△（題）　全唐詩校：『一作南樓送餞李明府歸姑蘇。』

△姑蘇　全唐詩校：『一作姑孰。』

△臨　原校：『一作樓。』

△憑　原校：『一作瓶。』

△夢　原校：『一作恨。』

（箋）

△金聖嘆曰：『自又將歸，李又先歸，一時匆匆，兩各分散，於是斗念二人，連年此中登山臨水，無處不遍，而今一瓶淸酒，只得再醉高城，爲不勝傷感也。有此一瓶春酒，卽有羅綺管絃，然而我二人則曷用此乎？遙望蒼翠，近聽潺湲，昔所登臨，今所係情，實在於是，此卽蘭亭所云俛仰之間，已爲陳跡者，更未說到二人後會無期，巳不覺泫然欲泣也。前解，寫城頭望見山水，盡是二人熟遊。後解，寫城下捘連解維，便成二人歩事也。花落西亭，是今日李去，柳陰南浦，是卽日自去。今宵橫下短字者，思到前事迢遞，此雖更閏一夜，猶復嫌其太短也。』

和浙西從事劉三復送僧南歸

楚客送僧歸故鄉。海門帆勢極瀟湘。碧雲千里暮愁合。白雪一聲春思長。開院草花平講席。繞龕藤葉蓋禪床。憐師不得隨師去。已戴儒冠事素王。

(校)

△開　全唐詩作滿，校云：『一作開。』

△席　全唐詩校：『一作石。』

按此詩二三四句，與和友人送僧歸桂州靈巖寺詩二三四句文字全同，首句除故鄉二字外，餘五字亦然。

(注)

△劉三復　唐潤州句容人。以文章見知於李德裕，自浙西、淮甸，常在賓幕。後遺詣闕求試，登第。武宗會昌時，歷刑部侍郎、弘文館學士。見全唐詩。

△龕　音堪，塔也，又云塔下室。見廣韻。敕修清規結制禮義：『侍者於聖僧龕後立。』王勃莊嚴寺舍利塔：『星龕月殿，俄盈震旦之墟。』今俗謂安置佛像之櫝曰龕；又僧棺亦曰龕，釋氏要覽：『今釋氏之周身，其形如塔，故曰龕。』

△已戴儒冠事素王　杜甫贈韋左丞詩：『紈袴不餓死，儒冠多誤身。』蘇軾詩：『陛楯諸郎空雨立，故應慚愧不儒冠。』儒，有道學之士也。素王，孔子之專稱。家語本姓解：『齊太史子與見孔子，退曰：「或者天將欲與素王之乎？夫何其盛也！」』戴儒冠，事素王，謂宗孔子之道也。

送上元王明府赴任

莫言名重嬾驅雞。六代江山碧海西。日照蒹葭明楚塞。煙分楊柳見隋堤。荒城樹暗沉書浦。舊宅花連罨畫溪。官滿定知歸未得。九重霄漢有丹梯。

(校)

△(題)　全唐詩校：『一作送友人浙西任宰。』

(注)

△上元　卽今江蘇江寧縣治。

△驅鷄　臨民之喻也。申鑒政體：『睹孺子之驅鷄也，而見御民之方。孺子驅鷄者，急則驚，緩則滯，迫則飛，疏則放；志閑則比之，流緩而不安則食之；不驅之，驅之至者也；志安則循路而入門。』韋莊贈雲陽縣裴明府詩：『暴客至今猶戰鶴，故人何處尚驅鷄。』

△沈書浦　豫章古今記：『石頭津，在郡之西岸，一名沈書浦。殷羨，字洪喬，爲豫章太守，臨去，郡人因附書百封，羨將至石頭，啓之，內有囑托事，擲於水曰：「有事者沈，無事者浮。」故名焉。』按晉書殷浩傳所載，無囑托事語，與此稍異。石頭津，卽石頭渚，又名投書渚（見寰宇記），在今江西新建縣西北。

△罨畫溪　在浙江長興縣西。以上有朱藤花，遊人競集，如在畫中，故名。鄭谷詩：『溪將罨畫通。』

△丹梯　李商隱九成宮詩：『吳岳曉光連翠巘，甘泉晚景上丹梯。』

姑蘇懷古

宮館餘基輟棹過。黍苗無限獨悲歌。荒臺麋鹿爭新草。空苑鳧鷖占淺莎。吳岫雨來虛檻冷。楚江風急遠帆多。可憐國破忠臣死。日日東流生白波。

（注）

△黍苗　詩小雅黍苗：『芃芃黍苗。』傳：『興也。』箋：『興者，喻天下之民如黍苗然。』序謂刺幽王不能膏潤天下，卿士不能行召伯之職焉；按詩意僅美召穆公營謝功成，謝本爲申侯所封國，幽王以與申侯構怨致亡，詩人陳古以諷，故序云刺。

（箋）

△金聖嘆曰：『荒涼事無人不着筆，此忽翻新，輕輕寫出倚棹過三字，眞令人別自慨然。麋鹿鳧鷖，妙在爭字占字，言此囷闤閭伸威，夫差窮武，伍員內謀，孫武外騁之巨麗也，所謂擁之龍騰，據之虎視，睚眦挺劍，喑嗚彎弓者，今俱何在乎？區區一鹿一鳧，遂已爭之占之，使我一回念誦，數日作惡矣。岫雨江風，不知代變，來若仍來，急者仍急，然只是野帆虛檻，估客遠帆，適然承受之也。自從妙，日日妙，言亦不自今日矣，亦不止今日矣。』

金陵懷古

玉樹歌殘王氣終。景陽兵合戍樓空。松楸遠近千官塚。禾黍高低六代宮。石燕拂雲晴亦雨。江豚吹浪夜還風。英雄一去豪華盡。唯有青山似洛中。

(校)

△殘　原校：『一作愁。』全唐詩校：『一作翻。』

△景陽兵合戍樓空　原校：『戍，一作晝。』全唐詩校：『一作景陽鐘動曙樓空。』

△松楸　原校：『松，一作梧。』全唐詩校：『一作楸梧。』

(注)

△玉樹　南史后妃傳：『陳後主以宮人有文學者爲女學士，每遊宴，使女學士與狎客共賦新詩，采其尤豔麗者，以爲曲調，其曲有玉樹後庭花，其略曰：「璧月夜夜滿，瓊樹朝朝新。」大抵美張貴妃之色。』

△景陽句　南史陳本紀：『陳後主聞隋軍臨江，曰：「王氣在此，虜必自敗。」隋將賀若弼、韓擒虎入城內，後主乃逃於井。』六朝事迹：『景陽宮中有井，隋克臺城，陳後主與張麗華、孔貴妃俱入井，隋軍出之。』參閱汴河亭詩注。

△禾黍高低六代宮　詩王風黍離：『彼黍離離。』箋：『宗廟宮室毀壞，而其地盡爲禾黍。』序

曰：『黍離，閔宗周也。周大夫行役至於宗周，過故宗廟宮室，盡爲禾黍，閔周室之顛覆，彷徨不忍去，而作是詩也。』唐汝詢曰：『建康實錄：「吳太初宮在臺城西南，晉建康宮在府北七里，宋未央宮在清溪橋東，梁金華宮在清溪東。」又按一統志：「晉有永安宮，齊有清溪宮，陳有德安宮。」以上七宮，俱在金陵。』

△石燕　地輿志：『零陵山多石燕，遇風雨起而羣飛，雨止仍復其石。』

△江豚　文選郭璞江賦：『魚則江豚海狶。』按南越志：『江豚似豬，居水中，每於浪間跳躍，風輒起。』瀛奎律髓：『許渾金陵懷古云云。「石燕拂雲晴亦雨，江豚吹浪夜還風」，最切江上之景。』

△青山似洛中　李白金陵詩：『山似洛陽多。』三體注：『洛陽四山圍，伊、洛、瀍、澗在中，建康亦四山圍，秦淮直貫在中，故云似洛中也。』

（箋）

△唐汝詢曰：『金陵本六朝建都之地，至陳主荒淫，王氣由此而滅，故以玉樹發端。遂言主就縛景陽，而戍樓空寂也。雖千官之冢樹猶存，而六代之闕庭已盡，惟餘石燕江豚作雨吹風而已。然英雄雖去，而青山盤鬱，足爲帝都，徒使我對之而興慨耳。』

酬邢杜二員外并序

新安邢員外懷洛下舊居。新定杜員外思關中故里。各蒙緘示。因寄二詩以酬。

雪帶東風洗畫屏。客星懸處聚文星。未歸嵩嶺暮雲碧。久別杜陵春草青。熊軾並驅因雀噪。隼旟齊駐是鴻冥。豈知京洛舊親友。夢繞潺湲江上亭。

(校)

△居　全唐詩作游，校云：『一作居。』

△因　全唐詩校：『一作同。』

△繞　全唐詩校：『一作斷。』

(注)

△客星　謂星之忽隱忽現者。史記天官書：『客星出天廷，有奇令。』後漢書嚴光傳：『因共偃臥，光以足加帝腹上，明日，太史奏客星犯御座甚急，帝笑曰：「朕故人嚴子陵共臥耳。」』李白酬崔侍御詩：『自是客星辭帝座，元非太白醉揚州。』杜甫宿白沙驛詩：『萬象皆春氣，孤槎自客星。』

△文星　亦稱文曲星，星宿之主文運者，即文昌也。杜甫衡州送李大夫七丈勉赴廣州詩：『北風隨爽氣，南斗避文星。』仇注：『文昌本在北斗宮，李自北而南，故南斗應避之。』東觀奏記：『初日官奏文昌星暗，科場當有事。』

△嵩嶺　即嵩山，在河南登封縣北。

△杜陵　縣名。故城在今陝西長安縣東南。
△熊軾　後漢書輿服志：『公列侯安車，朱班輪，倚鹿較，伏熊軾。』王先謙集解：『伏熊軾者，車前橫軾爲伏熊之形也。』李商隱上李相公啓：『豈願踞熊軾以告勞，指隼旗而辭疾。』
△隼旗　周禮：『鳥隼爲旟。』按旟，旗名，錯革畫鳥其上，所以進士衆也。見說文。白居易詩：『沙鷗不知我，猶避隼旟飛。』

經故丁補闕郊居

死酬知己道終全。波暖孤冰且自堅。鵬上承塵纔一日。鶴歸華表已千年。風吹藥蔓迷樵徑。雨暗蘆花失釣船。四尺孤墳何處是。闔閭城外草連天。

（校）
△孤冰　全唐詩校：『孤，一作狐。』
△鵬　全唐詩作鵩，是也。
△雨　全唐詩校：『一作水。』

（注）
△補闕　唐諫官名。有左右之分，左補闕屬門下省，右補闕屬中書省，掌供奉諷諫，有駁正詔書之權。

△鵩上承塵　鵩，當從全唐詩作鵬。鵬，或作服。史記賈誼傳：『賈生爲長沙王太傅，三年，有鴞飛入舍，止於坐隅；楚人命鴞曰服。生以長沙卑濕，壽不得長，傷悼之，乃爲賦以自廣。』西京雜記：『服鳥集其承塵。』按承塵卽帟，幕之小者，禮檀弓：『君於士有承帟。』注：『帟，幕之小者，所以承塵。』釋名釋牀帳：『承塵，施於上以承塵土也。』李商隱潭州詩：『陶公戰艦空灘雨，賈傅承塵破廟風。』參閱贈蕭兵曹詩注。

△鶴歸華表已千年　用丁令威化鶴歸遼事。詳鄭侍御廳翫鶴詩注。李遠失鶴詩：『鶴歸華表認遼陽。』

陪宣城大夫崔公泛後池兼北樓讌二首

（一）

陪汎芳池醉北樓。水花繁豔照隮舟。亭臺陰合樹初晝。弦管韻高山欲秋。皆賀虢巖終選傅。自傷燕谷未逢鄒。昔時恩遇今能否。一尉滄洲已白頭。

（注）

△虢巖句　書說命：『說築傅巖之野。』傳：『傅氏之巖，在虞、虢之界。』按傅巖在今山西省平陸縣東，亦稱傅險，史記殷本紀：『武丁得說於傅險中。』

△燕谷句　劉向別錄：『燕有谷寒，不生五穀，鄒衍吹律而溫氣至，堪穀。』庾信詩：『寒谷已吹律，簷空更剪茆。』

△滄洲　謂水隈之地；常用以稱隱者之居。南史袁粲傳：『嘗作五言詩，言：「訪迹雖中宇，循寄乃滄洲。」』喻鳧詩：『滄洲迷釣隱，紫閣負僧期。』釋齊已寄鄭谷詩：『上國楊花亂，滄洲荻笋深。』

（二）

江上西來共鳥飛。剪荷浮汎似輕肥。王珣作簿公曾喜。劉表爲邦客盡依。雲外軒窗通早景。風前簫鼓送殘暉。宛陵行樂金陵住。遙對家山未憶歸。

（校）

△殘　全唐詩校：『一作斜。』

（注）

△輕肥　論語雍也：『子曰：「赤之適齊也，乘肥馬，衣輕裘。」』范雲贈張徐州稷詩：『裘馬悉輕肥。』

△王珣句　晉書郗超傳：『時王珣爲（桓）溫主簿，亦爲溫所重，府中語曰：「髯參軍，短主簿，能令公喜，能令公怒。」超髯，珣短故也。』按主簿一官，上自三公及御史府，下至九寺五監

，以至郡縣多置之，葢曹掾之流也。見通考職官考。

△劉表　字景升，東漢高平人。獻帝時，爲荆州刺史，駐襄陽。李傕入長安，以表爲鎮南將軍，荆州牧，封成武侯。士卒衆多，從容自保。會曹操攻袁紹，紹來求救，表許之而不赴，或勸附操，亦不聽，自守中立，靜觀時變；紹敗，操自將來攻，未至，表疽發背死。

△宛陵　縣名，即今安徽宣城縣治。

留別趙端公并序

余行次鍾陵。府中諸公宴餞趙端公。曉赴郡齋宿。約余來。且整棹。因留別。

海門征棹越龍瀧。暫寄華筵倒玉缸。簫鼓散時逢夜雨。綺羅分處下秋江。孤帆已過滕王閣。高榻留眠謝守窗。卻願煙波阻風雪。待君同拌碧油幢。

（校）

△越　全唐詩作赴，校云：『一作越。』

（注）

△端公　唐時侍御史相呼爲端公。見唐國史補。按通典職官典：『侍御史之職，臺內之事悉主之，號爲臺端，他人稱之曰端公。』

△鍾陵　縣名。故城在今江西進賢縣西北。

△龍瀧　謂龍川與瀧水。龍川卽廣東省境東江之上流，源出江西定南縣之九連山，東南流，入廣東龍川縣，亦名龍川江；至廣州市西之鹿步，粤江合西江、北江之水東流來會；南流出虎門入海。瀧水卽武水，源出湖南臨武縣西；東南流，經宜章縣，入廣東省境，經乳源、樂昌等縣，至曲江縣，南流會湞水爲北江。

△玉缸　岑參韋員外家花樹歌：『朝回花底恆會客，花撲玉缸春酒香。』

△滕王閣　故址在今江西新建縣城西章江門上，西臨大江。唐高祖子元嬰爲洪州刺史時建；後元嬰封滕王，故名。其後閻伯嶼爲洪州牧，重九宴僚屬於閣上，王勃省父過南昌，與宴爲序，後又有王緒爲賦，王仲舒爲記，韓愈所謂讀三王序賦記，壯其文詞者也。明時閣圮，景泰中重建於章江門外，額曰西江第一樓；成化間葺治，復名滕王閣。淸康熙中復重建之。

△謝守　謂南齊謝脁也。脁嘗爲宣城太守，故云。姚合送李傳詩：『謝守青山宅，山孤宅亦平。』

△碧油幢　油幕之用碧色者。張仲素塞下曲：『燕然山下碧油幢。』

寄陽陵處士

舊隱青山紫桂陰。一書迢遞寄歸心。謝公樓上晚花盛。楊子宅前春草深。吳岫雨來溪鳥浴。楚江雲暗嶺猿吟。野人寧憶滄洲畔。會待吹噓定至音。

(校)

△（題）　全唐詩校：『一作寄昭亭楊處士，一作寄陵陽元處士。』

△盛　全唐詩校：『一作發。』

△畔　全唐詩校：『一作伴。』

△噓　全唐詩校：『一作竽。』

（注）

△陽陵　當從全唐詩作陵陽，詩中有『靑山』及『謝公樓』等語，可證也。

△楊子宅　詳冬日登越王臺懷歸詩注。

△吹噓　方言：『吹，助也。』注：『吹噓，相佐助也。』世謂爲人揄揚曰吹噓，卽此義。北史盧思道傳：『翦拂吹噓，長其光價。』

與張道士同訪李隱居不遇

千巖萬壑獨攜琴。知在陵陽下可尋。去轍已平秋草遍。空齋長掩暮雲深。霜寒橡栗留山鼠。月冷菰蒲散水禽。唯有西鄰張仲蔚。坐來同愴別離心。

（校）

△（題）　全唐詩校：『一作與張處士同題李隱居林亭。』

△陵　原校：『一作龍。』

△空　原校：『一作寒。』
△寒　全唐詩校：『一作肥。』
△霜寒橡栗留　原校：『一作霜嚴枳橘供。』
△散　全唐詩校：『一作泛。』
△鄰　全唐詩校：『一作林。』

（注）
△陵陽　山名，在安徽宣城縣城內，相傳陵陽子明成仙於此，故名。按史記司馬相如傳：『反太一而從陵陽。』集解：『仙人陵陽子明也。』正義：『列仙傳云：「子明於沛銍縣旋溪釣得白龍放之，後白龍來迎子明止陵陽山上百餘年，遂得仙也。」』淸一統志云：『陵陽子明，姓竇，漢丹陽人。嘗獲白魚，剖之得丹書，論服餌之法，遂仙去。嘗止陵陽山，弟子安死，葬山下，有黃鶴來棲塚樹，呼子安；唐人詩曰：「白雲已謝陵陽去，黃鶴猶來喚子安。」』
△張仲蔚　三輔決錄注：『張仲蔚，扶風人也，少與同郡魏景卿隱身不仕，所居蓬蒿沒人。』岑參詩：『若訪張仲蔚，衡門滿蒿萊。』

聞州中有讌寄崔大夫兼簡邢羣評事

簫管筵間列翠蛾。玉盃金液耀金波。池邊雨過飄帷幕。海上風來動綺羅。顏子巷深青草遍

○庾君樓迴碧山多。甘心不及同年友。臥聽行雲一曲歌。

（校）

△管　全唐詩校：『一作鼓。』

（注）

△評事　官名。漢置廷尉平，隋改爲評事，屬大理寺，掌平決刑獄，至清末廢。

△金液　漢武帝內傳：『西王母有九丹金液玉漿。』神仙傳：『老子九丹八石，玉醴金液。』

△顏子巷庾君樓　並詳李秀才近自塗口遷居新安詩注。

△甘心　詩衞風伯兮：『願言思伯，甘心疾首。』傳：『甘，厭也。』箋：『我念思伯，心不能已，如人心嗜欲所貪日不能絕也。』

△行雲一曲歌　用列子湯問『響遏行雲』事。參閱聽歌鷓鴣辭注。

寄殷堯藩秀才

十載功名翰墨林。爲從知己信沈沈。青山有雪諳松性。碧落無雲稱鶴心。帶月獨歸蕭寺遠。翫花頻醉庾樓深。思君一見如瓊樹。空把新詩盡日吟。

（校）

△（題）秀才　全唐詩作先輩，是也。校云：『一作秀才。』

△十　全唐詩校：『一作幾。』

△功名　全唐詩校：『一作聞君，一作聞名。』

△沈沈　上沈字，全唐詩作浮，校云：『一作沈。』

（注）

△殷堯藩　唐同州（卽今陝西大荔縣治）人，憲宗元和進士。見唐詩紀事及全唐詩。

△翰墨林　文選張協雜詩：『游思竹素園，寄辭翰墨林。』注：『銑曰：「翰，筆，謂寄文辭於筆墨之林，言林者，謂多也。」』張說恩敕麗正殿書院賜宴應制得林字詩：『東壁圖書府，西園翰墨林。』

△碧落　謂天界也。度人經注：『東方第一天，有碧霞遍滿，是云碧落。』白居易長恨歌：『上窮碧落下黃泉，兩處茫茫皆不見。』

△蕭寺　杜陽雜編：『梁武帝好佛，造浮屠，命蕭子雲飛白大書曰蕭寺。』後人詞章中多用蕭寺語，當本此。

△瓊樹句　晉書王戎傳：『王衍神姿高徹，如瑤林瓊樹。』江淹古離別：『願一見顏色，不異瓊樹枝。』

贈河東虞押衙二首

（一）

長劍高歌換素衣。君恩未報不言歸。舊精鳥篆諳書體。新授龍韜識戰機。萬里往來征馬瘦。十年離別故人稀。平生志氣何人見。空上西樓望落暉。

（校）

△精　原校：『一作工。』

（注）

△（題）　全唐詩注：『虞元長者，永興公之後，工書屬文，近從軍河中，奉使宣歙，因贈。』

△押衙　官名。管領儀仗侍衛者。舊唐書惠文太子傳：『金吾，天子押衙。』

△素衣　陸機詩：『辭家遠行遊，悠悠三千里。京洛多風塵，素衣化爲緇。』緇，黑也。元好問自鄧州幕府暫歸秋林詩：『歸來應被青山笑，可惜緇塵染素衣。』

△鳥篆　鳥形之古篆曰鳥篆。索靖草書狀：『蒼頡既正書契，是爲蝌斗鳥篆。』按亦作鳥籀。文心雕龍：『蒼頡者，李斯之所輯，而鳥籀之遺體。』

△龍韜　隋書經籍志兵家類有太公六韜，注云：『周文王師姜望撰。』按即文、武、龍、虎、豹、犬六韜也。錢起送崔校書從軍詩：『寧惟玉劍報知己，更有龍韜佐師律。』

（二）

吳門風水落蘋流。月滿花開懶獨遊。萬里山川分曉夢。四鄰歌管送春愁。昔年顧我長青眼。今日逢君盡白頭。莫向樽前更惆悵。古來投筆總封侯。

（校）

△落　全唐詩作各，校云：『一作落。』

（注）

△青眼　謂喜悅時正目而視，眼多青處也。晉阮籍能爲青白眼。詳下第貽友人詩注。

△投筆　後漢書班超傳：『超家貧，常爲官傭書以供養，久勞苦，嘗輟業投筆歎曰：「大丈夫無他志略，猶當效傅介子、張騫立功異域，以取封侯，安能久事筆研間乎！」』後人本此，謂棄文就武爲投筆從戎。劉希夷從軍詩：『平生懷仗劍，慷慨即投筆。』

陵陽春日寄汝洛舊游

百年身世似飄蓬。澤國移家疊嶂中。萬里綠波魚戀釣。九重青漢鶴愁籠。西池水冷春巖雪。南浦花香曉樹風。縱有芳樽心不醉。故人多在洛城東。

（校）

△陵陽春日　全唐詩校：『一作移攝太守。』

△萬里綠　原校：『一作萬頃碧。』

△浦　原校：『一作陌。』
△曉　全唐詩校：『一作晚。』
△有　原校：『一作酌。』全唐詩作倒，校云：『一作有，一作酌。』
（注）
△汝洛　二水名，在河南省境。

酬杜補闕初春雨中泛舟次橫江喜裴郎中相迎見寄

柳滴圓波生細浪。朱旆聯翩曉樹中。紅檣迤邐春巖下。江館維舟爲庾公。暖波微渌雨濛濛。梅含香豔吐輕風。郢歌莫問靑山吏。魚在深池鳥在籠。

（校）
△渌　全唐詩校：『一作漾，一作漲。』
△檣　全唐詩作橋，校云：『一作檣。』
△吏　原校：『一作客。』
△池　全唐詩校：『一作潭。』
（注）

△橫江　謂橫江浦。在安徽和縣東南，對江南之采石，爲津渡處。通鑑：『隋開皇九年，韓擒虎自橫江宵濟采石。』即此。唐李白有橫江詞。

△迤邐　旁行連延也。見集韻。梁武帝遊鍾山大愛敬寺詩：『迤邐高陞懸。』

△聯翩　不絕之義。舊唐書高駢傳：『節旄聯翩，寵榮汗漫。』

△郢歌　文選張協雜詩：『不見郢中歌，能否居然別。』注：『翰曰：「郢中之歌有陽春、巴人二曲。」』皎然建安寺詩：『時稱洛下詠，人許郢中歌。』參閱和友人送僧歸桂州靈巖寺詩『白雪』句注。

△青山吏　青山，山名，在安徽當塗縣東南三十里，其南有謝公宅，南齊謝朓爲宣城太守時所築。吏，治人者也，見說文。按用晦嘗爲當塗縣令，故云然。

△魚在深池鳥在籠　文選潘岳秋興賦序：『譬如池魚籠鳥，有江湖山藪之思。』句意本此，謂身受束縛不得自由也。

送張厚淛東修謁

涼露淸蟬柳泊空。故人遙指淛江東。靑山有雪松當澗。碧落無雲鶴出籠。齊唱離歌愁晚樹。獨看征棹怨秋風。定知洛下聲名士。共說膺門得孔融。

（校）

△（題）　全唐詩詩作送張厚淛東謁丁常侍，校云：『一作送張厚淛東修謁。』

△士　全唐詩校：『一作上。』蓋形似而訛。

（注）

△淛江　浙江古名淛水，亦作淛江；江流曲折如之字，故又曰之江，又曰曲江。有二源：北源曰新安江，南源爲蘭溪，二源在建德縣城東南相合，北流，乃稱浙江。

△膺門得孔融　孔融年十歲，隨父到洛，時李膺有盛名，爲司隸校尉，詣門者皆儁才清稱及中表親戚乃通。融至門，謂吏曰：『我是李府君親。』既通，前坐，膺問曰：『君與僕有何親？』對曰：『昔先君仲尼，與君先人伯陽，有師資之尊，是僕與君奕世爲通好也。』膺及賓客莫不奇之。太中大夫陳韙後至，人以其語語之，韙曰：『小時了了，大未必佳！』融曰：『想君小時必當了了！』韙大踧踖。膺大笑，顧謂融曰：『長大必爲偉器。』見世說新語言語及孔融別傳。

酬副使鄭端公見寄

一日高名遍九州。玄珠仍向道中求。郢中白雪慙新唱。塗上青山憶舊游。笙磬有文終易別。珠璣無價竟難酬。柳營迢遞風江闊。夜夜孤吟月下樓。

（校）

△風江　全唐詩作江風，校云：『一作風江。』

(注)

△玄珠句　莊子天地：『黃帝遊乎赤水之北，登乎崑崙之丘，而南望還歸，遺其玄珠。』釋文：『玄珠，司馬云：「道眞也。」』按文選劉峻廣絕交論注引司馬云：『玄珠，喻道也。』

△舊游句　自注云：『端公頃在當塗縣青山別墅肄業，余嘗守邑，因沐見知也。』

酬綿州于中丞使君見寄

故人書信越褒斜。新意雖多舊約賒。皆就一麾先去國。共謀三逕未還家。荆巫夜隔巴西月。鄢郢春連漢上花。半月離居猶悵望。可堪垂白各天涯。

(注)

△綿州　隋置，治巴西縣，尋改爲金山郡；唐仍曰綿州。卽今四川綿陽縣。

△褒斜　谷名，陝西終南山之谷也，爲川、陝交通之要道。南口曰褒，在褒城縣北；北口曰斜，在郿縣西南。亦稱褒斜道，或總稱之曰斜谷。盧照鄰詩：『京洛風塵遠，褒斜煙霧深。』雍陶到蜀後詩：『大散嶺頭春足雨，褒斜谷裏夏猶寒。』

△一麾　顏延之五君詠：『屢薦不入官，一麾乃出守。』夢溪筆談云：『顏延之所謂一麾出守者

，乃指麾之麾，非旌麾之麾，自杜牧之有「擬把一麾江海去」，始謬用「一麾」，自此遂爲守郡故事。』

△三逕　庾肩吾贈周處士詩：『三徑沒荒林。』參閱送嶺南盧判官罷職歸華陰山居詩注。

△垂白　鬢髮將白。按猶言垂老也。鮑照詩：『結髮起躍馬，垂白對講書。』

春早郡樓書事寄呈府中羣公

兩鬢垂絲髮半霜。石城孤夢繞襄陽。鴛鴻幕裏蓮披檻。虎豹營中柳拂牆。畫舸欲行春水急。翠簾初捲暮山長。峴亭風起花千片。流入南湖盡日香。

(注)

△石城　西魏置郢州，北周改曰石城郡，唐復置郢州，即今湖北鍾祥縣治。細繹詩意，蓋爲郢州刺史時作也。

△襄陽　故治即今湖北襄陽縣。

△鴛鴻幕裏蓮披檻　鴛鴻，同鵷鴻，喻朝官之行列也。庾肩吾九日侍宴樂游苑應令詩：『彫材勞杞梓，花授接鵷鴻。』張九齡出爲豫章郡次廬山詩：『豈匪鵷鴻列，惕如泉壑臨。』南史庾杲之傳：『時人以入(王)儉府爲蓮花池。』後世因稱幕府爲蓮幕、蓮府。詳和人賀楊僕射致政詩注

。按此句蓮與幕，下句柳與營當連用，以聲律及修辭故，乃倒置之。

△虎豹營中柳拂牆　史記絳侯世家：『以亞夫爲將軍，軍細柳。』細柳在今陝西咸陽縣西南。按漢文帝時，宗正劉禮軍霸上，將軍徐厲軍棘門，河內守周亞夫軍細柳，共以備胡。帝自往勞軍，至霸上及棘門皆直馳入；至細柳不得入。上使使持節詔將軍；亞夫乃開壁門，請以軍禮見。帝爲動容，曰：『此眞將軍矣！霸上、棘門，如兒戲耳！』式車成禮而去。後人因稱軍營之有紀律者曰細柳營。』盧綸詩：『屯軍細柳營。』唐書朱滔傳：『左右將軍曰虎牙、豹略，軍使曰鷹揚、龍驤。』虎豹，喻勇猛有將略也。

△峴亭　卽峴山亭，在襄陽縣南九里峴山上，峴山一名峴首山。晉書羊祜傳：『祜樂山水，每風景，必造峴山，置酒詠，終日不倦；嘗慨然歎息，顧謂從事中郞鄒湛等曰：「自有宇宙，便有此山，由來賢達勝士，登此遠望，如我與卿者多矣！皆湮滅無聞，使人悲傷，如百歲後有知，魂魄猶應登此也。」云云。襄陽百姓，於峴山祜平生游憩之所，建碑立廟，歲時饗祭焉。望其碑者，莫不流涕，杜預因名爲墮淚碑。』李商隱淚詩：『峴首碑前灑幾多？』卽用此事。孟郊獨宿峴首詩：『峴亭當此時，故人不同遊。』

△

元處士自洛歸宛陵山居見示詹事相公餞行之什因贈

紫霄峯下絕韋編。舊隱相如結襪前。月落尙留東閣醉。風高還憶北窗眠。江城夜別瀟瀟雨。山檻晴歸漠漠煙。一頃豆花三頃竹。想應拋卻釣魚船。

(校)

△(題)見示詹事　四字原缺，據全唐詩補。

△應　全唐詩校：『一作因。』

(注)

△宛陵　即今安徽宣城縣治。

△紫霄峯　在江西星子縣北廬山，去縣二十五里。一名上霄峯，下有上霄源。水經注：『廬山之南有上霄石，高壁緬然，與霄漢連接，上霄之南，大禹刻石誌其丈尺里數。』

△絕韋編　史記孔子世家：『孔子晚而喜易，序彖繫說卦文言；讀易韋編三絕。』按韋，柔皮也，古未有紙，削竹爲簡而書之，以韋編聯諸簡，故曰韋編。絕，斷也，韋編三絕，言其讀易之勤。

△舊隱句　自注云：『元君舊隱廬山學易，常爲相國師服。』

送元晝上人歸蘇州兼寄張厚二首

（一）

自卜閑居荆水幽。感時傷別思悠悠。一樽酒盡青山暮。千里書回碧樹秋。深巷久貧知寂寞。小詩多病尚風流。晝公此去應相問。爲說沾巾憶舊游。

（校）

△幽　原校：『一作頭。』

△傷　全唐詩作相，校云：『一作傷。』

△千　原校：『一作萬。』

△知　原校：『一作長。』

△尚　原校：『一作也。』

△巾　原校：『一作衣。』

（注）

△風流　李白贈孟浩然詩：『吾愛孟夫子，風流天下聞。』此謂舉止蕭散，品格淸高也。司空圖詩品：『不著一字，盡得風流。』此則謂精神韻味，不可以迹象求之者也。

（二）

二年無事客吳鄉。南陌春園碧草長。共醉八門回畫舸。獨還三逕掩書堂。山前雨過池塘滿。小院秋歸枕簟涼。經歲別離心自苦。何堪黃葉落清漳。

（校）

△二　全唐詩作三，校云：『一作二。』

△陌　全唐詩校：『一作宅。』

△園　全唐詩校：『一作深。』

△自　全唐詩校：『一作盡。』

△黃　全唐詩校：『一作紅。』

△落　全唐詩校：『一作下。』

（注）

△八門　白居易九日宴集醉題郡樓詩：『半酣憑檻起四顧，七堰八門六十坊。』

△三逕　王勃贈李十四詩：『亂竹開三徑，飛花滿四鄰。』參閱送嶺南盧判官罷職歸華陰山居詩注。

△清漳　漳河之上游也。源出山西平定縣南大黽谷，西南流入和順縣境，折南流逕遼縣，合西漳水入河南涉縣，與濁漳河合。漢書地理志：『沾縣大黽谷，清漳水所出。』參閱宣城崔大夫召聯句偶疾不獲赴因獻詩注。

送陸拾遺東歸

獨振儒風遇盛時。紫泥初出世人知。文章報主非無意。書劍還家素有期。秋寺臥雲移棹晚。暮江乘月落帆遲。東歸自是緣清興。莫比商山詠紫芝。

(校)

△獨振儒風　原校：『一作獨負才名。』

△出　原校：『一作降。』

△文　原校：『一作封。』

△江　原校：『一作天。』

(注)

△紫泥　印泥也。古以泥封書緘，以印印之，尊者以紫泥。後漢書光武帝紀：『奉高皇帝璽綬。』注：『蔡邕獨斷云：「皇帝六璽，皆玉螭虎紐；文曰皇帝行璽、皇帝之璽、皇帝信璽、天子行璽、天子之璽、天子信璽，皆以武都紫泥封之。」』

△臥雲　白居易酬元郎中詩：『終身擬作臥雲伴，逐月須收燒藥錢。』臥雲，高蹈深隱之意。

△商山詠紫芝　詳旌儒廟詩注。

途經秦始皇墓

龍盤虎踞樹層層。勢入浮雲亦是崩。一種青山秋草裏。路人唯拜漢文陵。

（注）

△龍盤虎踞　喻形勢之雄壯也。盤，同蟠，伏也。六朝事迹：『諸葛亮論金陵地形云：「鍾阜龍蟠，石城虎踞，眞帝王之宅。」』庾信哀江南賦：『昔之虎踞龍盤，加以黃旗紫氣。』

（箋）

△謝疊山曰：『漢文霸陵，與秦始皇墓相近。秦皇墓極其機巧，漢文陵極其朴略，千載之後，衰草頹墳，氣銷影滅，秦皇與漢文無異也。然行路之人拜漢文陵，而不拜秦皇墓，爲君仁不仁之異，至是有定論矣。』

題楞伽寺

碧煙秋寺泛湖來。水浸城根古堞摧。盡日傷心人不見。石榴花滿舊歌臺。

（校）

△石榴花滿　原校：『一作石楠花發。』

（注）

△古堞　陸龜蒙詩：『人依古堞坐禪深。』堞，城上女牆也。

湘南徐明府。余之南鄰。久不還家。因題林館。

湘南官滿不歸來。高閣經年掩綠苔。魚溢池塘秋雨過。鳥還洲島暮雲回。階前石穩棊終局。窗外山高酒滿盃。借問先生在何處。遠籬疏菊又花開。

(校)

△(題)　全唐詩校：『一作同孫盧二仙侶游樊明府林亭，一作南鄰樊明府久不還家因題林亭。』

△滿　全唐詩作罷，校云：『一作滿。』

△雲　全唐詩作潮，校云：『一作雲。』

△高　全唐詩作寒，校云：『一作高。』

△在　全唐詩作獨，校云：『一作在。』

△遠　全唐詩作一。

(注)

△借問　藉人而問之，故曰借問。宋書王微傳：『每見世人文賦書論，無所是非，不解處，即曰借問。』杜牧清明詩：『借問酒家何處有？牧童遙指杏花村。』

酬和杜侍御 幷序

河中杜侍御祗命本府。自鍾陵舟抵漢上。道出菰郡。以某專使迎接。先蒙雅什見貽。竊慕清才。輒酬和。

花時曾省杜陵游。聞下書帷不舉頭。因過石城先訪戴。欲朝金闕暫依劉。征帆夜轉鸕鷀穴。騁騎春辭鸛雀樓。正把新詩望南浦。棹歌應是木蘭舟。

(校)

△穴　原校：『一作嶠。』

(注)

△河中　府名，地當汾河、黃河之中，因名。故治即今山西永濟縣。

△鍾陵　見留別趙端公詩注。

△杜陵　亦曰樂遊原，在陝西長安縣東南。

△訪戴　用王子猷訪戴安道事。詳對雪詩注。李商隱雪詩：『預約延枚酒，虛乘訪戴船。』

△依劉　三國志魏志王粲傳：『除黃門侍郎，以西京擾亂，皆不就，乃之荊州依劉表。』李商隱詩：『自是依劉表，安能比老彭。』按敬齋古今黈云：『詩人多用王粲依劉事，按傳記所載，粲避亂依荊州牧劉表，表以貌寢不甚禮焉，是其於賓主，俱不得爲美事也，然後人承用不改。』

△鸕鷀穴　魏書地形志：『臨漳有鸕鷀陂。』按鸕鷀陂在河南省臨漳、內黃二縣界，詩當指此而言。

△鸛雀樓　在山西永濟縣城西南城上。夢溪筆談：『河中府鸛鵲樓三層，前瞻中條，下瞰大河。』樓舊在郡城西南黃河中高阜處，時有鸛鵲棲其上，遂名。鵲，或作雀。

酬河中杜侍御重寄

五色如絲下碧空。片帆還遶楚王宮。文章已變南山霧。羽翼應搏北海風。春雪預呈霜簡白。曉霞先染繡衣紅。十千沽酒留君醉。莫道歸心似轉蓬。

(注)

△五色和絲　書言故事云：『譬喻文章，似五色線。』杜甫郡齋獨酌詩：『平生五色線，願補舜衣裳。』

△文章已變南山霧　列女傳賢明：『陶答子治陶三年，名譽不興，家富三倍，其妻獨抱兒而泣曰：「妾聞南山有玄豹，霧雨七日而不下食者，何也？欲以澤其毛而成文章也，故藏而遠害。」』謝朓之宣城郡出新林浦向板橋詩：『雖無玄豹姿，終隱南山霧。』即用此事。

△羽翼應搏北海風　莊子逍遙遊：『北冥有魚，其名爲鯤，鯤之大，不知其幾千里也？化而爲鳥，其名爲鵬，鵬之背，不知其幾千里也？怒而飛，其翼若垂天之雲。是鳥也，海運則將徙於南冥；

南冥者，天池也。齊諧者，志怪者也。諧之言曰：「鵬之徙於南冥也，水擊三千里，摶扶搖而上者九萬里，去以六月息者也。」』注：『冥本亦作溟，北海也。』郭慶藩集釋：『摶扶搖而上，言聚風力而高舉也。』駱賓王贈侯四詩：『我留安豹隱，君去學鵬摶。』盧綸詩：『鵬摶鷃豈知？』

△繡衣　漢書百官公卿表：『侍御史有繡衣直指，出討奸猾，治大獄，武帝所制，不常置。』注：『服虔曰：「指事而行無阿私也。」師古曰：「衣以繡者，尊寵之也。」』

贈何處士

東別茅峯北去秦。梅仙書裏說知人。白頭主印青山下。雖遇唐生不敢親。

（注）

△茅峯　見贈茅山高拾遺詩注。

△梅仙　謂漢梅福。福字子眞，壽春人。明尚書、穀梁春秋，爲郡文學，官南昌尉。後棄官歸，讀書養性。時大將軍王鳳專擅朝政，屢上書請削王氏威柄，皆不納；迨王莽專政，乃棄家出游，之九江，傳已仙去。其後有人見之於會稽，變姓名爲吳市門卒云。溫庭筠送陳嘏之侯官詩：『梅仙自是青雲客，莫羨相如卻到家。』

△唐生　文選張衡歸田賦：『感蔡子之慷慨，從唐生以決疑。』注：『史記曰：「蔡澤，燕人，遊學于諸侯，不遇，從唐舉相，舉熟視而笑曰：『吾聞聖人不相，殆先生乎？』澤知舉戲之，乃

曰：『富貴吾所自取，吾不知者，壽也，願聞之。』舉曰：『先生之壽，從今以往者四十三歲。』澤笑謝而去。及入秦，昭王召見，與語，大說，拜爲客卿，遂代范雎爲秦相。」

寄獻三川守劉公并序

余奉陪三川守劉公讌言。嘗蒙詢訪行止。因話一麾之任。冀成三遷之謀。特蒙俯鑒丹誠。尋許慰薦。屬移履道。臥疾彌旬。輒抒二章寄獻。

（一）

三川歌頌徹咸秦。十二樓前侍從臣。休閑玉籠留鸑鷟。早開金埒縱麒麟。花深稗榻迎何客。月在膺舟醉幾人。自笑東風過寒食。茂陵寥落未知春。

（校）

△笑　原校：『一作歎。』

（注）

△三川　唐以劍南東、劍南西、山南西三道爲三川。

△咸秦　羅隱贈湖州裴郎中詩：『貴提金印出咸秦，蕭灑江城兩度春。』咸秦，謂陝西咸陽也，在長安西北。

△十二樓　史記封禪書：『黃帝時，爲五城十二樓。』參閱學仙詩注。
△鸑鷟　國語周語：『周之興也，鸑鷟鳴於岐山。』韋注：『鸑鷟，鳳之別名。』
△金埒　李端贈郭駙馬詩：『新開金埒看調馬，舊賜銅山許鑄錢。』李咸用詩：『金埒曉羈千里駿，玉輪寒養一枝高。』埒，庳垣也，見說文。按世說晉王濟有馬埒，謂於外作短垣繞之也。
△麒麟　仁獸也，麇身牛尾一角，見說文。段注云：『許云仁獸，用公羊說，以其不履生蟲，不折生草也。』孟子公孫丑上：『麒麟之於走獸，鳳凰之於飛鳥。』管子封禪：『鳳凰麒麟不來，嘉穀不生。』按鸑鷟、麒麟，皆以喻賢才也。

（二）

半年三度轉蓬居。錦帳心闌羨隼旟。老去自驚秦塞雁。病來先憶楚江魚。長聞季氏千金諾。更望劉公一紙書。春雪未晴春酒貴。莫教愁殺馬相如。

（校）

△隼　原誤作準，據全唐詩訂正。

（注）

△錦帳　李白寄王漢陽詩：『錦帳郎官醉，羅衣舞女嬌。』白居易廬山詩：『蘭省花時錦帳下，廬山雨夜草菴中。』

△季氏千金諾　史記季布傳：『曹邱至，卽揖季布曰：「楚人諺曰：『得黃金百斤，不如得季布一諾。』足下何以得此聲於梁、楚閒哉？」』按季布任俠有名，初爲項羽將，數窘高祖，及羽滅，高祖購之千金，布乃髡鉗自賣於魯朱家，朱家說滕公勸帝赦之，乃召爲郞。以重然諾聞名遐邇，故時有是諺。李白敘舊贈陸調詩：『一諾許他人，千金雙錯刀。』

送段覺之西蜀結婚

詞賦名高身不閑。綵衣如錦度函關。鏡中鸞影羅威去。劍外花歸衞玠還。秋浪遠侵黃鶴嶺。暮雲遙斷碧雞山。此時人問西遊客。心在重霄鬢欲斑。

（校）

△（題）　全唐詩校：『一作送段覺之西川過婚禮後歸覲。』

△鸞影　全唐詩校：『一作月冷。』

△羅威　全唐詩羅作胡，是也。

△歸　全唐詩校：『一作飛。』

△此時人　全唐詩作時人若，校云：『一作此時人。』

（注）

△羅威　羅，當從全唐詩作胡。按胡威字伯虎，晉人，與父質並以淸高著稱。晉書本傳云：『威

自京師定省，家貧無車馬僮僕，自驅驢單行。既至見父，停廐中十餘日，告歸，父賜絹一匹爲裝，威曰：「大人淸高，不審於何得此絹？」質曰：「是吾俸祿之餘，以爲汝糧耳！」威受之辭歸，乃取所賜絹與都督謝而遣之。遷徐州刺史，勤於政術，風化大行。』李商隱送鄭臺文南覲詩：『君懷一匹胡威絹，爭拭酬恩淚得乾？』參閱賀少師相公致政詩注。

△衛玠　字叔寶，晉安邑人。自幼風神淸秀，有玉人之目；其舅驃騎將軍王濟，亦有風姿，嘗自歎不如。及長，好談玄理；琅玡王澄有高名，少所推服，聞玠言論，輒爲絕倒。後避亂移家建業，京師人士，聞其姿容，觀者如堵，玠勞疾遂甚，尋卒，年僅二十七，時謂被人看殺。見晉書本傳。

長慶寺遇常州阮秀才

高閣晴軒對一峯。毗陵書客此相逢。晚收紅葉題詩遍。秋待黃華釀酒濃。山館日斜喧鳥雀。石潭波動戲魚龍。上方有路應知處。疏磬寒蟬樹幾重。

(校)

△館　萬本作劍。

△樹　萬本作第。

（注）

△常州　隋於晉陵郡置常州，尋改爲毗陵郡，故治卽今江蘇武進縣。

△上方　故事成語考：『日上方，日梵刹，總是佛場。』韋應物上方僧詩：『見月出東山，上方高處禪。』按地勢極高處亦曰上方。杜甫山寺詩：『上方重閣晚，百里見纖毫。』

贈閑師

近日高僧更有誰。宛陵山下遇閑師。東林共許三乘學。南國爭傳五字詩。初到庾樓紅葉墜。夜投蕭寺碧雲隨。秋江莫惜題佳句。正好磷磷目底時。

（校）

△（題）　全唐詩校：『一作送令閑上人。』

△目　全唐詩作見，是也。

△好　全唐詩作是。

（注）

△三乘　佛家語。乘者，謂佛之教法，能運載衆生使各到其果地也。三乘者，謂聲聞乘、緣覺乘、菩薩乘也。聲聞乘又名小乘，緣覺乘又名中乘，菩薩乘又名大乘。五教章：『大乘中乘小乘爲三乘。』

△磷磷　同粼粼。文選劉楨贈從弟詩：『汎汎東流水，磷磷水中石。』注：『銑曰：「磷磷，水中見石貌。」』

東遊留別李叢秀才

煩君沽酒強登樓。罷唱離歌說遠遊。文字豈勞諸子重。風塵多幸故人憂。數程山路長侵驛。千里家書動隔秋。起凭欄干各垂淚。又驅羸馬向東州。

（校）

△幸　全唐詩校：『一作重。』

△驛　全唐詩作夜，校云：『一作驛。』

△凭　全唐詩作憑，非。

（注）

△凭　避應切，徑韻。倚也。孟貫詩：『危檻不堪凭。』

竹林寺別友人

騷人吟罷起鄉愁。暗覺年光似水流。花滿謝城傷共別。蟬鳴蕭寺喜同遊。前山月落杉松曉。深夜風清枕簟秋。明日分襟又何處。江南江北路悠悠。

〔校〕

△（題）別友人　全唐詩校：『一作與德玄別，一作李玄。』

△光　全唐詩作華，校云：『一作光。』

△謝　全唐詩校：『一作楚。』

△共別　別字原缺，共原作折，二字據全唐詩補正。共，全唐詩校：『一作遠。』

△月　全唐詩校：『一作日。』

△曉　全唐詩作晚，校云：『一作曉。』

〔注〕

△竹林寺　在江蘇鎮江縣城南，本爲晉戴顒居宅，後捨於曇度爲寺。劉長卿送靈澈詩：『蒼蒼竹林寺，杳杳鐘聲晚。』卽此。

△謝城　卽謝公城，在安徽當塗縣西北采石，晉謝尚鎭牛渚時所築。

送武處士歸章洪山居

形影無羣消息沉。登門三繫血沾襟。皇綱一日開寃氣。靑史千年重壯心。卻望烏臺春樹老。獨歸蝸舍暮雲深。何時縱有徵書去。雪滿重山不可尋。

〔校〕

△(題)　全唐詩校：『一作送武全通處士歸隱泚山。』
△門　全唐詩作聞，校云：『一作門。』
△繫　全唐詩作擊，校云：『一作繫。』
△卻　全唐詩校：『一作知。』

(注)

△烏臺　謂御史臺也。唐中宗授蘇珦右臺大夫制：『烏臺峻秩，望崇鐵冠。』宋邕獬豸賦：『龍闕分官，烏臺肅政。』按漢書朱博傳：『御史府中列柏樹，常有野烏數千，棲宿其上，晨去暮來，號曰朝夕烏。』後稱御史府曰烏府，本此。白居易寄元微之詩：『最喜登烏府，多慚侍赤墀。』

△蝸舍　古今注：『蝸牛，陵螺也；野人結圓舍如蝸牛，故曰蝸舍。』方干詩：『卻容鶴髮歸蝸舍。』按亦曰蝸廬。三國志魏志管寧傳注：『松之案魏略云：「焦先及楊沛並作瓜牛廬。」以爲瓜當作蝸；蝸牛，螺蟲之有角者也，先等作圜舍，形如蝸牛蔽，故謂之蝸牛廬。』後人用此，爲居處隘陋之代辭。陸游詩：『退藏只合臥蝸廬。』

題義女亭

身沒蘭閨道日明。郭南尋得舊池亭。詩人愁立暮山碧。賈客怨離秋草青。四望月沉疑掩鏡。兩簷花動認收屏。至今鄉里風猶在。借問誰傳義女銘。

（校）

△望　全唐詩校：『一作座。』

△認　全唐詩校：『一作誤。』

（注）

△蘭閨　婦女所居曰蘭閨。劉珊詩：『妝罷出蘭閨。』

吳門送振武李從事

晚促離筵醉玉缸。伊州一曲淚雙雙。欲攜刀筆從新幕。更宿煙霞別舊窗。胡馬近秋侵紫塞。吳帆乘月下清江。嫖姚若許傳書檄。坐築三城看受降。

（校）

△欲　全唐詩校：『一作若。』

△築　全唐詩校：『一作奪。』

（注）

△伊州　唐樂曲名。唐書禮樂志：『天寶樂曲，皆以邊地名，若涼州、甘州、伊州之類。』樂苑：『伊州商調曲，西涼節度使蓋嘉運所進。』白居易詩：『老去將何散老愁，新教小玉唱伊州。』

△刀筆　古時掌案牘之書吏，皆以刀筆自隨，刀所以削誤，筆所以記事也。俗因稱訟師曰刀筆，

謂其筆如刀能殺人也。參閱祇命許昌自郊居移入公館秋日寄茅山高拾遺詩注。

△紫塞　文選鮑照蕪城賦：『北走紫塞雁門。』按古今注云：『秦築長城，土色紫，漢塞亦然；一云雁門草皆紫色，故曰紫塞。』

△嫖姚　杜甫後出塞：『借問大將誰？恐是霍嫖姚。』漢霍去病嘗爲嫖姚校尉，前後凡六擊匈奴，故杜詩云然。按嫖姚，史記作剽姚，漢書作票姚，勁疾之貌也。

△受降句　唐張仁愿築受降城，所以禦突厥者。城分東西中三座：中受降城，即今綏遠五原縣地；東受降城，即今綏遠托克托縣地；西受降城，即今鄂爾多斯右翼後旗西北。

郊居春日有懷府中諸公幷柬王兵曹

欲學漁翁釣艇新。濯纓猶惜九衢塵。花前更謝依劉客。雪後空懷訪戴人。僧舍覆棊消白日。市樓賒酒過青春。一山桃杏同時發。誰似東風不厭貧。

(校)

△杏　全唐詩校：『一作李。』

(注)

△濯纓　孟子離婁：『有孺子歌曰：「滄浪之水清兮，可以濯我纓，滄浪之水濁兮，可以濯我足。」孔子曰：「小子聽之，淸斯濯纓，濁斯濯足矣，自取之也。」』注：『淸濁所用，尊卑若此

，自取之，喻人善惡見尊賤乃如此。』楚辭漁父：『漁父莞爾而笑，鼓枻而去，乃歌曰：「滄浪之水清兮，可以濯吾纓，滄浪之水濁兮，可以濯吾足。」』白居易題噴玉泉詩：『何時此岩下，來作濯纓翁。』

△九衢　三輔黃圖：『長安城面三門，四面十二門，皆通達九衢，以相經緯。』宋之問長安道詩：『樓閣九衢春。』

△依劉　詳酬和杜侍御詩注。

△訪戴　詳對雪詩注。

△覆棊　三國志魏志王粲傳：『觀人圍棊，局壞，粲爲覆之，棊者不信，以帊蓋局，使以他局爲之，不誤一道。』用晦贈茅山高拾遺詩有『長覆舊圖棊勢盡』之句，可合觀。

△青春　春時草木滋茂，其色青葱，故曰青春。楚辭大招：『青春受謝，白日昭只。』梁元帝纂要：『春日青春。』

同韋少尹傷故衛尉李少卿

客醉更長樂未窮。似知身世一宵空。香街寶馬嘶殘月。暖閣佳人哭曉風。未卷繡筵朱閣上。已開塵席畫堂中。何須更賦山陽笛。寒月沈西水向東。

（校）

△街　全唐詩校：『一作車。』

△堂　全唐詩作屛，校云：『一作堂。』

（注）

△少尹　官名。唐開元以後於諸都各置尹一人，少尹二人，掌佐尹通判府事。

△衞尉　秦官名，爲九卿之一，掌門衞屯兵。漢因之，相沿至北齊，曰衞尉寺，加置少卿。隋衞尉寺掌軍器儀仗帳幕之事，唐宋因之，明廢。

△寶馬　張說安樂郡主花燭行：『商女香車珠結網，天人寶馬玉繁纓。』韋應物長安道詩：『寶馬横來下建章，香車卻轉避馳道。』

△山陽笛　晉書向秀傳：『秀經山陽舊廬，鄰人有吹笛者，發音寥亮，秀乃作思舊賦。』庾信詩：『惟有山陽笛，悽余思舊篇。』

舟行早發廬陵郡郭寄滕郎中

楚客停橈太守知。露凝丹葉自秋悲。蟹螯只恐相如渴。鱸鱠應防曼倩飢。風卷曙雲飄角遠。雨昏寒浪掛帆遲。離心更羨高齋夕。巫峽花深醉玉巵。

（校）

△秋悲　全唐詩校：『一作愁時。』

△防　全唐詩校：『一作方。』
△夕　全唐詩校：『一作夢。』
（注）
△相如渴、曼倩飢　並見春日郊園戲贈楊嘏評事詩注。
△玉巵　巵，圜器也，見說文卮部。按巵卽酒漿器。禮內則：『敦、牟、巵、匜。』白居易詩：『觥飛白玉巵。』曹唐詩：『花底休傾綠玉巵。』

聞邊將劉皐無辜受戮

外監多假帝王尊。威脅偏裨勢不存。纔許誓心安玉壘。已傷傳首動金門。三千客裏寧無義。五百人中必有恩。卻賴漢庭多烈士。至今猶自伏蒲論。

（校）
△論　全唐詩作輪，非。
（注）
△偏裨　猶偏將也。漢書馮奉世傳：『韓昌爲偏裨。』杜甫待嚴大夫詩：『常怪偏裨終日待，不知旌節隔年回。』
△玉壘　杜甫登樓詩：『錦江春色來天地，玉壘浮雲變古今。』按玉壘，山名，在四川理番縣東

南新保關。奇石千尺，屹立城表，上有玉壘山三大字。文選左思蜀都賦：『包玉壘而爲宇。』卽此。又灌縣西北亦有玉壘山，理番廳志云：『玉壘山當在新保關，謂在灌縣，誤。』

△金門　卽金馬門，漢宮門名也；以門旁有銅馬，故名。漢書揚雄傳：『歷金門，上玉堂。』注：『金門，金馬門也。』

△三千客　韋莊江南送李明府入關詩：『我爲孟館三千客，君繼寧王五代孫。』孟，謂戰國齊孟嘗君。客，門客也。

△五百人　宋書禮志：『車前五百者，卿行旅，從五百人爲一旅。漢氏一統，故去其人，留其名也。』

△烈士　重義輕生之士也。史記伯夷傳：『貪夫徇財，烈士徇名。』

△伏蒲　漢書史丹傳：『丹以親密臣得侍視疾，候上閒獨寢時，丹直入臥內，頓首伏青蒲上。』應劭注：『以青規地曰青蒲，自非皇后不得至此。』孟康注：『以蒲青爲席，用蔽地也。』白居易詩：『議高通白虎，諫切伏青蒲。』

送薛秀才南遊

姑蘇城外柳初凋。同上江樓更寂寥。遶壁舊塵風漠漠。對窗寒竹雨瀟瀟。憐君別路隨秋雁。盡我離觴任晚潮。從此草玄應有處。白雲青草一相招。

(校)

△(題)　全唐詩校：『一作送薛洪南遊訪山習業，一作送洪秀才南遊訪僧習業。』

△柳　全唐詩校：『一作草。』

△塵風　全唐詩作詩塵，校云：『一作塵風。』

△青草　全唐詩草作嶂。

(注)

△草玄　漢書揚雄傳：『時雄方草太玄，有以自守，泊如也；或謿雄以玄尚白，而雄解之，號曰解謿。』岑參草玄臺詩：『娟娟西江月，猶照草玄臺。』杜甫詩：『草玄吾豈敢？賦或似相如。』

夜歸孤山寺寄盧郎中

青山有志路猶賒。心在琴書自憶家。醉別庾樓山色滿。夜歸蕭寺月光斜。落帆露濕回塘柳。開院風驚滿地花。他日此恩須報得。莫言空愛舊煙霞。

(校)

△(題)　全唐詩寺下有卻字。

△自憶　全唐詩校：『一作夢在。』

△山色滿　滿，全唐詩作曉，校云：『一作滿。』

△恩　全唐詩作身，校云：『一作恩。』
△空愛　全唐詩校：『一作谷愛。』

(注)
△庾樓　當在武昌。詳李秀才近自塗口遷居新安詩及訓錢汝州詩注。
△蕭寺　梁武帝好佛，造浮屠，命蕭子雲飛白大書曰蕭寺。見杜陽雜編。顧況詩：『蕭寺百餘僧，東廚正揚煙。』按用晦贈閑師詩有『初到庾樓紅葉墜，夜投蕭寺碧雲隨』之句，可合觀。

贈桐廬房明府先輩

帝城春榜謫靈仙。四海聲華二十年。闕下書功無後輩。卷中文字掩前賢。官閑每喜江山靜。道在寧憂雨露偏。自笑小儒非一鶚。亦趨門屏冀相憐。

(校)
△靈　全唐詩校：『一作雲。』
△閑　全唐詩校：『一作成。』

(注)
△桐廬　即今浙江桐廬縣治。
△謫靈仙　猶言謫仙，極譽其人之清超拔俗，如謫降塵世之仙人也。靈，神之精明者也。見詩大

雅靈臺傳。李白玉壺吟：『世人不識東方朔，大隱金門是謫仙。』唐書李白傳：『白至長安，往見賀知章，知章見其文，歎曰：「子，謫仙人也！」』

△雨露　喻恩澤也。白居易寄張李杜三學士詩：『雨露施恩無厚薄，蓬蒿隨分有榮枯。』

△門屏　屏，音餅，梗韻。退也，隱也，引伸爲屏蔽之意。按門爲障蔽之物，故曰門屏。

甘露寺感事貽同志

雲蔽長安路更賒。獨隨漁艇老天涯。青山盡日尋黃絹。滄海經年夢絳紗。雪憤有期心自壯。報恩無處髮先華。東堂舊侶勤書劍。同出膺門是一家。

（注）

△甘露寺　在江蘇鎮江縣北固山上。三國吳建；九域志謂建寺時甘露降，因名。唐李德裕又施宅增拓之。清聖祖嘗賜名超岸寺。

△雲蔽長安　李白登金陵鳳凰臺詩：『總爲浮雲能蔽日，長安不見使人愁。』許詩意蓋祖此。

△黃絹　世說新語捷悟：『魏武嘗過曹娥碑下，楊修從，碑背上見題作「黃絹幼婦，外孫虀臼」八字，魏武謂修曰：「解否？」答曰：「解。」魏武曰：「卿未可言，待我思之。」行三十里，魏武乃曰：「吾已得。」令修別記所知。修曰：「黃絹，色絲也，於字爲絕；幼婦，少女也，於字爲妙；外孫，女子也，於字爲好；虀臼，受辛也，於字爲辤，所謂絕妙好辤也。」魏武亦記之

，與修同；乃歎曰：「我才不及卿，乃覺三十里！」』按辭通辭，指碑文而言。

△絳紗　後漢書馬融傳：『融居宇器服，多存侈飾，常坐高堂，施絳紗帳，前授生徒，後列女樂，弟子以次相傳，鮮有入其室者。』錢起詩：『日陪鯉也趨文苑，誰道門生隔絳紗。』

△東堂　演繁露：『郄詵試東堂得第，自言猶桂林一枝；東堂者，晉宮之正殿也。』李頻詩：『何事東堂樹，年年待一枝。』

游溪夜囘寄道玄上人

南郭煙光異世間。碧桃紅杏水潺潺。猿來近嶺獼猴散。魚下深潭翡翠閑。猶阻晚風停桂檝。欲乘春月訪松關。幾囘策杖終難去。洞口雲歸不見山。

（校）

△歸　原校：『一作深。』

（注）

△翡翠　本草綱目李時珍曰：『爾雅謂之鷸，出交、廣、南越諸地，飲啄水側，似魚狗稍大。或云前身翡，後身翠；或云雄爲翡，其色多赤；雌爲翠，其色多靑。』

鷺鷥

西風淡淡水悠悠。雪照絲飄帶雨愁。何事歸心倚前閣。綠蒲紅蓼練塘秋。

（注）

△鷺鷥　卽鷺也。鷺之背胸部，羽毛毿毿如絲，故名。本草云：『釋名：「鷺鷥、絲禽、雪客、春鋤、白鳥。」』韋莊稻田詩：『更被鷺鷥千點雪，破煙來入畫屏飛。』

△練塘　卽練湖。在江蘇丹陽縣西北。

夏日寄江上親友

雨過山前日未斜。淸蟬嘒嘒落槐花。車輪南北已無限。江上故人纔到家。

（注）

△嘒嘒　蟬聲也。李商隱桂林道中詩：『空餘蟬嘒嘒，猶向客依依。』

漢水傷稼并序

此郡自夏無雨。江邊多穡。油然可觀。秋八月。天淸日朗。漢水泛溢。人實爲災。軫念疲羸。因賦四韻。

西北樓開四望通。殘霞成綺月懸弓。江村夜漲浮天水。澤國秋生動地風。高下綠苗千頃盡。新陳紅粟萬箱空。才微分薄憂何益。卻欲囘心學釣翁。

（注）

△漢水　源出陝西寧羌縣北嶓冢山，東流經沔縣南稱沔水；又東經褒城縣納褒水，始稱漢水，紆迴東流，入湖北省境，至漢陽縣入長江，爲入江大川之一。

酬江西盧端公藍口阻風見寄之什

又攜刀筆從膺舟。藍口風高桂檝留。還似郢中歌一曲。夜來春雪照西樓。

（注）

△藍口　即藍口聚，在湖北荊門縣北。

經李給事舊居

歸作儒翁出致君。故山誰復有遺文。漢庭使氣摧張禹。楚國懷憂送范雲。楓葉暗時迷舊宅。芳花落處認荒墳。朱弦一奏沉湘怨。風起寒波日欲曛。

（校）

△故　全唐詩校：『一作北。』

△楚國懷憂　四字原缺，據全唐詩補。

△芳　全唐詩校：『一作茅。』

(注)

△給事　即給事中，秦置。漢因之，掌顧問應對，日上朝謁，平尚書奏事；分爲左右曹；以有事殿中，故曰給事中。隋爲門下之官，以省讀奏案。唐因之，隸門下省，凡制敕有不便者，準故事駁封。通典職官：『前代雖有給事中之名，非今任也；今之給事中，蓋因秦之名，用隋之職。』

△致君　致，委也。論語學而：『事君能致其身。』

△張禹　字子文，漢河內軹人。明習經學，精治論語。初爲博士，元帝時遷光祿大夫；成帝即位，拜相，封安昌侯。因王氏以外戚專政，乞歸，然國家每有大政，仍多諮詢。帝疑王氏，嘗問禹，禹以已老，子孫弱，不敢直言。卒諡節。

△范雲　字彥龍，南朝順陽人。性機警，善屬文。初仕齊，爲尚書殿中郎；入梁爲吏部尚書，封霄城縣侯。竭誠翊輔，深見倚重；與徐勉並稱梁之賢相。

△朱弦　謂朱絲弦也。唐太宗宴羣臣詩：『盈尊浮綠醑，雅曲韻朱弦。』杜甫詩：『清高金莖露，正直朱絲弦。』

△沈湘怨　唐書儀衞志：『大橫吹部節鼓二十四曲，二十三湘妃怨。』琴曲譜錄：『上古琴弄名有湘妃怨，女英製。』又：『上古琴弄名有沈湘怨，屈原妻製。』裴夷直詩：『今夜燈前湘水怨，殷勤封在七條絲。』

丁卯集卷下

五言雜詩

王居士

筇杖倚柴關。都城賣卜還。雨中耕白水。雲外斷青山。有藥身長健。無機性自閑。卽應生羽翼。華表在人間。

（注）

△筇杖　筇，竹名。見集韻。按筇竹可爲杖，故曰筇杖。李中贈鍾尊師詩：『筇杖擔琴背俗塵，路尋茅嶺有誰羣？』

△賣卜　謂以占卜之技爲生也。高士傳：『嚴遵，字君平，隱居不仕，賣卜於成都市。』陳子昂酬田逸人詩：『傳道尋仙友，青囊賣卜來。』韋莊下第獻新先輩詩：『未酬闞澤傭書債，尚欠君平賣卜錢。』

△白水　孟郊詩：『種稻耕白水，負薪斫青山。』與許詩意可互發。

△華表　用搜神記『華表鶴歸』事。詳鄭侍御廳翫鶴詩『遼海句』注。李遠失鶴詩：『華表柱頭

留語後，更無消息到如今。』

早秋三首

（一）

遙夜泛清瑟。西風生翠蘿。殘螢委玉露。早雁拂金河。高樹曉還密。遠山晴更多。淮南一葉下。自覺老煙波。

（校）

△委　全唐詩校：『一作棲。』

△金　原校：『一作銀。』全唐詩作銀，校云：『一作金。』

△還　全唐詩校：『一作猶。』

（注）

△遙夜泛清瑟　韋莊章臺夜思：『清瑟怨遙夜，繞弦風雨哀。』

△淮南句　淮南子：『一葉落而天下知秋。』

（二）

一葉下前墀。淮南人已悲。蹉跎青漢望。迢遞白雲期。老信相如渴。貧憂曼倩飢。生公與園吏。何處是吾師。

（注）

△青漢白雲二句　言歲月蹉跎，忽焉已老，相期猶遠在天上雲漢之間，何時得遂所願也。李白月下獨酌：『永結無情遊，相期邈雲漢。』

△相如渴曼倩飢　並詳春日郊園戲贈楊椐評事詩注。

△生公　晉末高僧竺道生，世稱生公。俗姓魏，鉅鹿人，後從其師姓改姓竺。入廬山，幽棲七年，鑽研羣經。後遊長安，從羅什受學。時涅槃經至中國者僅前數卷，道生剖析經理，立闡提成佛之義，舊學以爲邪說，擯斥之；乃袖手入平江虎丘山，豎石爲聽徒，講涅槃經，至闡提有佛性處，曰：『如我所說，契佛心否？』羣石皆點頭。後遊廬山，居銷景巖。劉宋元嘉十一年十一月寂。按闡提，梵語，謂無善根不能成佛之人也。

△園吏　史記莊周傳：『莊周者，蒙人也；嘗爲蒙漆園吏。』劉知幾思愼賦：『詢木雁於園吏，訪光塵於柱史。』按園吏指莊子，柱史指老子也。

（三）

薊北雁猶遠。淮南人已悲。殘桃間墮井。新菊亦侵籬。書劍豈相誤。琴樽聊自持。西齋風雨夜。更有詠貧詩。

（注）

△薊北　薊，即今薊縣，屬河北省，在三河縣東。杜甫聞官軍收河南河北詩：『劍外忽傳收薊北，初聞涕淚滿衣裳。』

金陵阻風登延祚閣

極目皆陳迹。披圖問遠公。戈鋋三國後。冠蓋六朝中。葛蔓交殘壘。芒花沒後宮。水流簫鼓絕。山在綺羅空。極浦千艘聚。高臺一逕通。雲移吳岫雨。潮轉楚江風。登閣慙漂梗。停舟憶斷蓬。歸期與歸路。杉桂海門東。

（注）

△金陵　即今南京市及江寧縣地。唐武德九年，改金陵曰白下，五代楊吳時建爲金陵府；南唐李氏建都，改置江寧府。

△遠公　晉廬山東林寺慧遠，亦稱遠公。雁門賈氏子。初習儒，通六經及老、莊之學。弱冠後，從道安大師出家，達大乘奧旨。時有沙門慧永，住廬峯西林寺，永與遠故同門，永勸刺史桓伊與東林寺，使遠居之；於時隱士劉遺民、雷次宗及沙門千數，先後歸遠，遠乃與緇素百二十三人結白蓮社，宣誓於阿彌陀佛前，同修淨業。遠著法性論，唱涅槃常住之說，後世奉爲蓮宗初祖。義

熙十二年寂。見高僧傳。孟郊詩：『嘗讀遠公傳，永懷塵外蹤。東林精舍近，日暮空聞鐘。』郎士元詩：『夜叩禪扉謁遠公。』李涉詩：『松月三年別遠公。』

△戈鋋　鋋，音蟬，亦音延，小矛也。見說文。韓愈送靈師詩：『文戰誰與敵？浩汗橫戈鋋。』

△冠蓋　謂仕宦之冠服車蓋也。亦用為仕宦者之稱。

△漂梗　駱賓王晚渡天山詩：『旅思徒漂梗，歸期未及瓜。』

△海門　王昌齡宿京江口詩：『霜天起長望，殘月生海門。』李中送沈彬遊茅山詩：『野寺宿時魂夢冷，海門吟處水雲秋。』

歲暮自廣江至新興。往復中。題峽山寺四首。

（一）

夜醉晨方醒。孤吟恐失羣。海鰌潮上見。江鵠霧中聞。未臘梅先實。經冬草自薰。隨樹山崦合。泉到石稜分。虎跡空林雨。猨聲絕嶺雲。蕭蕭異鄉鬢。明日共絲棼。

（校）

△經冬　原校：『一作終冬。』

（注）

△新興　郡名。故治卽今廣東新興縣。

△峽山寺　沈佺期峽山寺賦序：『峽山寺者，名隸端州，連山夾江，頗有奇石，飛泉迴落，悉從梅竹下過。』按端州卽今廣東高要縣治。

△絲棼　棼，音焚，亂也。左傳隱公四年：『臣聞以德和民，不聞以亂。以亂，猶治絲而棼之也。』

（二）

薄暮緣西峽。停橈一訪僧。鷺巢橫臥柳。猿飲倒垂藤。水曲巖千疊。雲重樹百層。山風寒殿磬。溪雨夜船燈。灘漲危槎沒。泉衝怪石崩。中臺一襟淚。歲杪別良朋。

（注）

△中臺　官署名。漢初尚書雖有曹名，不以爲號，東漢始謂之尚書臺，亦謂之中臺。按唐高宗龍朔二年，改尚書省爲中臺，咸亨初復舊。見通典職官。

（三）

密樹分蒼壁。長溪抱碧岑。海風聞鶴遠。潭日見魚深。松蓋環淸韻。榕根架綠陰。洞丁多斲石。蠻女半淘金。南浦驚春至。西樓見月沈。江流不過嶺。何處寄歸心。

(注)

△榕根句　自注：『南方大葉榕樹，枝危者輒生根垂入地如柱大。』

△斲石淘金二句　自注：『端州斲石，涂涯縣淘金爲業。』

△南浦　浦，水濱也。文選江淹別賦：『春草碧色，春水淥波，送君南浦，傷如之何？』

(四)

月在行人起。千峯復萬峯。海虛爭翡翠。溪邏鬥芙蓉。古木高生斛。陰池滿種松。火探深洞燕。香送遠潭龍。藍塢寒先燒。禾堂晚併舂。更投何處宿。西峽隔雲鐘。

(注)

△海虛溪邏二句　自注：『南方呼市爲虛，呼戍爲邏。新州有翡翠虛、芙蓉邏也。』陶安詩：『桄榔滿種緣山邏，翡翠新收越海墟。』意可互發。按新州，南朝梁置，唐改爲新興郡，故治即今廣東新興縣。

△古木陰池二句　自注：『木斛花生於他樹槎梢。池沼多松，謂之水松也。』

△火探深洞燕　自注：『南方持火於乳洞中取燕而食。』

△藍塢禾堂二句　自注：『種藍多有塢中先燒其地。人以木槽爲舂禾，謂之舂堂。』

曉發鄞江北渡寄崔韓二先輩

南北信多歧。生涯半別離。地窮山盡處。江泛水寒時。露曉蒹葭重。霜晴橘柚垂。無勞促回檝。千里有心期。

(校)

△(題)　全唐詩校：『一作曉發鄞江寄崔壽韓。』

△水　全唐詩校：『一作月。』

△露曉　全唐詩校：『一作霧晚。』

△檝　全唐詩校：『一作舟。』

(注)

△鄞江　即甬江，在浙江鄞縣東北。

△蒹葭句　詩秦風蒹葭：『蒹葭蒼蒼，白露爲霜。』

盈上人

月沈霜已凝。無夢竟寒燈。寄世何殊客。修身未到僧。一毛梳上雪。雙淚枕前冰。借問曹溪路。山多樹幾層。

（校）

△竟　原校：『一作對。』

△身　全唐詩校：『一作心。』

（注）

△二毛　謂鬢髮斑白也。韋莊同舊韻詩：『方愁丹桂遠，已怯二毛侵。』

△曹溪　源出廣東曲江縣東南，西流入溱水。以土人曹叔良捨宅爲寺，故名。傳燈錄：『梁天監元年，有僧智藥，泛船至韶州曹溪水口，聞其香，嘗其味，曰：「此水上流有勝地」，遂開山立寺曰寶林；又云：「去此百七十年，當有無上法寶在此演法。」』按至唐時，果有禪宗六祖慧能大師居此大興佛法。張喬贈初上人詩：『相看念山水，終日話曹溪。』蘇軾詩：『竹中一滴曹溪水，漲起西江十八灘。』

廣陵道中

城勢已坡陀。城邊東逝波。綠桑非苑樹。靑草是宮莎。山暝牛羊少。水寒鳧雁多。因高一回首。還詠黍離歌。

（注）

△廣陵　郡名。卽今江蘇江都縣治。

宿開元寺樓

誰家歌褭褭。孤枕在西樓。竹色寒清簟。松香染翠幬。月移珠殿曉。風遞玉箏秋。日出應移棹。三湘萬里愁。

(校)

△(題)　全唐詩校：『一作宿開元寺西樓聞歌感賦。』

(注)

△褭褭　與嫋嫋通。狀音聲之悠揚也。

送湯處士反初卜居曲江

雁門歸去遠。垂老脫袈裟。蕭寺休爲客。曹溪便寄家。綠琪千載樹。黃槿四時花。別怨應無限。門前桂水斜。

(校)

△(題)　全唐詩湯作楊，反作叔，校云：『一作湯，一作反。』

△琪　全唐詩校：『一作筠。』

△樹　全唐詩校：『一作葉。』

（注）

△曲江　縣名，漢置，故城在今廣東曲江縣治西。

△袈裟　徐陵諫仁山深法師罷道書：『纔脫袈裟，逢人輒稱汝我。』李郢送僧詩：『到日初尋石橋路，莫教雲雨濕袈裟。』

△曹溪　見盈上人詩注。

發靈溪館

山多水不窮。一葉似漁翁。鳥浴寒潭雨。猿吟暮嶺風。雜英垂錦繡。衆籟合絲桐。應有曹溪路。千巖萬壑中。

（校）

△曹溪　原校：『一作桃溪。』

（注）

△絲桐　謂琴也。文選王粲七哀詩：『絲桐感人情，爲我發悲音。』王昌齡詩：『愚臣忝書賦，歌詠頌絲桐。』

題杜居士

松偃石牀平。何人識姓名。溪冰寒棹響。巖雪夜窗明。機盡心猿伏。神閑意馬行。應知此來客。身世兩無情。

(校)

△(題)　全唐詩校：『一作贈題杜隱居。』

(注)

△心猿意馬　心意馳放不定，如猿如馬，故云。參同契注：『心猿不定，意馬四馳，神氣散亂於外。』亦云意猿心馬。三教指歸：『二六之緣，誘策意猿。』又：『鞭心馬而馳八極，油意車以戲九空。』

神女祠

停車祠聖女。涼葉下陰風。龍氣石牀濕。鳥聲山廟空。長眉留桂綠。丹臉寄蓮紅。莫學陽臺畔。朝雲暮雨中。

(校)

△聲　原校：『一作鳴。』

△蓮　原校：『一作蘭。』

（注）

△神女祠　在四川巫山縣東。襄陽耆舊傳：『赤帝女曰瑤姬，未行而卒，葬於巫山之陽，故曰巫山之女。楚懷王遊於高唐，夢與神遇，遂爲置觀於巫山之南，號爲朝雲。』

△陽臺　山名，當在今四川巫山縣境；一說，當在今湖北漢川縣境。並見淸一統志。文選宋玉高唐賦序：『旦爲朝雲，暮爲行雨，朝朝暮暮，陽臺之下。』今俗稱男女歡合之所曰陽臺，本此。

送李定言南游

酒酣輕別恨。酒醒復離憂。遠水應移棹。高峯更上樓。簟涼淸露夜。琴響碧天秋。重惜芳樽宴。滿城無舊游。

（注）

△芳樽　姚揆潁州客舍詩：『素琴孤劍尚閑遊，誰共芳樽話唱酬？』

早發中巖寺別契直上人

蒼蒼松桂陰。殘月半西岑。素壁寒燈暗。紅爐夜火深。廚開山鼠散。鐘盡嶺猿吟。行役方如此。逢師懶話心。

（注）

△行役　謂跋涉在役也。詩魏風陟岵：『父曰嗟予子行役，夙夜無已。』疏：『汝從軍行役在道之時，當早起夜寐，無得已止。』按後世通謂行旅之事爲行役。

行次潼關題驛後軒

飛閣極層臺。終南此路回。山形朝闕去。河勢抱關來。雁過秋風急。蟬鳴宿霧開。平生無限意。驅馬任塵埃。

(校)

△終南　南字原缺，據全唐詩補。全唐詩校：『南，一作童。』

△闕　原校：『一作岳。』

△抱　原校：『一作入。』

△蟬　原校：『一作雞。』

(注)

△潼關　關名。在陝西潼關縣，縣以關名。地當黃河之曲，據崤、函之固，扼秦、晉、豫三省之衝；關城雄踞山腰，下臨黃河，素稱險要。

△終南　山名。其脈橫亙陝西南部，東端入河南至陝縣，西端入甘肅至天水縣，卽秦嶺也。主峯在長安縣南。

晨至南亭呈裴明府

南齋夢釣竿。晨起月猶殘。露重螢依草。風高蝶委蘭。池光秋鏡澈。山色曙屏寒。更懸陶彭澤。無心議去官。

（校）

△（題）至　全唐詩校：『一作起。』

△曙　全唐詩作曉，校云：『一作曙。』

（注）

△陶彭澤　晉陶潛嘗為彭澤令，在官八十餘日，歲終，郡遣督郵至縣，吏白應束帶見之；潛即日解印綬去職，賦歸去來辭以見意，其志趣之高潔如此。按彭澤故址即今江西湖口縣東之彭澤鄉。

灞東題司馬郊園

楚翁秦塞住。昔事李輕車。白社貧思橘。青門老仰瓜。讀書三逕草。沽酒一籬花。更欲尋芝朮。商山便寄家。

（校）

△（題）　全唐詩校：『一作題張司馬灞東郊園。』

△楚翁秦　全唐詩校：『一作秦公尋。』

△仰　全唐詩校：『一作種。』

（注）

△李輕車　文選鮑照東武吟：『始隨張校尉，占募到河源，後逐李輕車，追虜窮塞垣。』注：『銑曰：「李廣爲輕車將軍，從大將軍擊右賢王。」』

△白社　古隱士之居，多以白茅爲屋，因名白社。說見名勝志。

△青門　古長安城東南門也。阮籍詠懷詩：『昔聞東陵瓜，近在青門外。』參閱元正詩注。

△芝朮　芝，神草也。見說文。按古以芝爲瑞草，服之得仙，故又名靈芝。朮，本作荒，山薊也。見爾雅釋草。本草：『蒼朮服之可成仙，故有山精仙朮之號。』顏延之釋何衡陽書：『芻豢之功，幸至百齡；芝朮之懿，亟聞千歲。』李白望黃鶴樓詩：『地古遺草木，庭寒老芝朮。』

△商山　在陜西商縣東南。秦始皇時，四皓嘗隱居於此。見高士傳。

游維山新興寺宿石屏村謝叟家

晚過石屏村。村長日漸曛。僧歸下嶺見。人語隔溪聞。谷響寒耕雪。山明夜燒雲。家家扣銅鼓。欲賽魯將軍。

（校）

△維　全唐詩校：『一作樵。』
△漸　原校：『一作易。』
△溪　原校：『一作江。』

（注）

△燒　音少，嘯韻。放火也。見廣韻。白居易秋思詩：『夕照紅於燒。』

△欲賽魯將軍　自注：『村有魯肅廟。』按肅字子敬，三國吳東城人。富而好施，能擊劍騎射，又善屬文。周瑜薦諸孫權，甚見親重。瑜死，舉肅自代；拜奮武校尉，擢偏將軍。從權破皖城，轉橫江將軍卒。賽，謂報神福也。俗於神誕日，具儀仗金鼓雜戲等，迎神出廟，周遊街巷，謂之賽會；即周禮鄉儺之遺意也。

塞下

夜戰桑乾北。秦兵半不歸。朝來有鄉訊。猶自寄征衣。

（校）

△北　原校：『一作雪。』

（注）

△桑乾　河名，亦名盧溝河，即古㶟水，俗名渾河。源出山西朔縣東洪濤山之洪濤泉；東入察哈

爾省境，經陽原、涿鹿、懷來諸縣；折東南，穿長城，入河北省境，經宛平、固安、永清、霸諸縣，至天津之浦口，入運河。此河水流湍急；在宛平以下，潰決時聞，河道遷徙無定，故有無定河之稱。賈島詩：『無端更渡桑乾水，卻望幷州是故鄉。』

送從兄歸隱藍溪三首

（一）

名高猶素衣。窮巷掩荆扉。漸老故人少。久貧豪客稀。塞雲橫劍望。山月抱琴歸。幾日藍溪醉。藤花拂釣磯。

（校）

△名高猶素衣　原校：『一作氣高身不達。』又：『猶，一作尙。』

△幾日藍溪醉藤花拂釣磯　原校：『一作莫遣藍溪路，青苔滿釣磯。』

（注）

△藍溪　亦名藍水、藍谷水，又稱牧護關水。源出陝西藍田縣東藍田谷；西流經藍關、藍橋，過王順山下，西北流入灞水。

（二）

京洛多高蓋。憐兄劇斷蓬。身隨一劍老。家入萬山空。夜憶蕭關月。行悲易水風。無人知此意。甘臥白雲中。

（注）

△高蓋　文選張衡東京賦：『結飛雲之袷輅，樹翠羽之高蓋。』蓋，車蓋也。

△蕭關　縣名，唐置。故城在今甘肅固原縣北。

△易水　水名。有中易、北易、南易之分，均出河北省易縣境。史記荊軻傳：『燕太子丹使荊軻刺秦王。云云。至易水之上，既祖取道，高漸離擊筑，荊軻和而歌，為變徵之聲，士皆垂淚涕泣，又前而歌曰：「風蕭蕭兮易水寒，壯士一去兮不復還。」』

（三）

燕雁下秋塘。田家自此忙。移蔬通遠水。收果待繁霜。野碓舂秔滑。山廚焙茗香。客來還有酒。隨事宿茅堂。

（校）

△隨事宿茅堂　隨字原缺，據萬本及全唐詩補。按此詩全唐詩作村舍，注云：『一作送從兄歸隱

藍溪第三首。』

(注)

△碓　音對，舂具也。

△秔　音庚，稻之不黏者。

△焙　音佩，火乾也。

思歸

疊嶂平蕪外。依依識舊邦。氣高詩易怨。愁極酒難降。樹暗支公院。山寒謝守窗。殷勤樓下水。幾日到荆江。

(注)

△支公　卽晉高僧支遁，字道林，嘗隱修於支硎山（在江蘇吳縣西南），別稱支硎；世稱支公。又稱林公。謝安、王羲之等並與結方外交。後居餘杭山，哀帝時詔至洛陽，繼竺潛講法於禁中，善談玄理，傾動一時。太和二年，自洛陽還山，未幾卒。李白詩：『卓絕道門秀，談玄乃支公。』

△謝守　見留別趙端公詩注。

△荆江　卽荆溪，在江蘇宜興縣南。以近荆南山而得名。輿地紀勝：『荆溪首受蕪湖水，東至陽羨入太湖。』

晚泊七里灘

天晚日沈沈。歸舟繫柳陰。江村平見寺。山郭遠聞砧。樹密猿聲響。波澄雁影深。榮華暫時事。誰識子陵心。

（注）

△七里灘　在浙江桐廬縣嚴陵山西。淸一統志：『葉夢得避暑錄話：「七里灘兩山聳起壁立，連亙七里，土人謂之瀧。」舊志：「七里灘上距嚴州四十里，又下數里乃至釣臺，兩山夾峙，水駛如箭，諺云：『有風七里，無風七十里。』言舟行難於牽挽，惟視風爲遲速也。」』

△子陵　東漢嚴光字。按光一名遵，浙江餘姚人。少與光武同遊學；及光武卽位，光變姓名，隱居不見；帝思其賢，物色得之，除諫議大夫，不就，歸隱富春山，耕釣以終。後人名其釣處曰嚴陵瀨。

蒜山津觀發軍

羽檄徵兵急。轅門選將雄。犬羊憂破竹。貔武極飛蓬。定繫猖狂虜。何煩矍鑠翁。更探黃谷略。重振黑山功。別馬嘶營柳。驚烏散井桐。低星連寶劍。殘月讓雕弓。浪曉戈鋋裏。山晴鼓角中。甲開魚照水。旗颺虎拏風。去想金河遠。行聞玉塞空。漢庭應有問。師律在元戎。

(校)

△(題)　全唐詩作登蒜山觀發軍。山下校云：『一本有津字。』

△武　全唐詩作虎。校云：『一作武。』

△蓬　全唐詩校：『一作龍。』

△繫　原校：『一作擊。』

△谷　全唐詩作石。校云：『一作谷。』

△聞　原校：『一作知。』

(注)

△蒜山　在江蘇鎮江縣西九里。元和志：『山多澤蒜，因名。』輿地紀勝：『陸龜蒙題曰算山。或以周瑜與武侯議拒曹操，謀算於此，故名。』寰宇記：『東晉末孫恩浮海至丹徒，率衆登蒜山，劉裕擊破之。』

△羽檄　亦曰羽書，徵兵之書也。漢書高帝紀：『吾以羽檄徵天下兵。』注：『檄者，以木簡爲書，長尺二寸，用徵召也；其有急事，則加以鳥羽插之，示速疾也。』

△轅門　周禮天官掌舍：『設車宮轅門。』注：『謂王行止宿阻險之處，備非常，次車以爲藩，則仰車，以其轅表門。』疏：『謂仰兩乘車，轅相向以表門，故名爲轅門。』漢書項籍傳：『見

諸侯將入轅門。』注亦引此。按後世官署外門曰轅門，其行館稱行轅，卽襲此義。

△犬羊　文選魏文帝與吳質書：『以犬羊之質，服虎豹之文。』注引揚雄法言：『敢問質？曰：「羊質而虎皮，見草而悅，見豺而戰。」』按此喻文質不相稱也。

△矍鑠　後漢書馬援傳：『矍鑠哉是翁也。』注：『矍鑠，勇貌也。』

△黃谷略　谷，當作石。黃石略，謂黃石公三略也。詳哭虞將軍詩注。

△黑山　在河南濬縣西北。一名墨山。東漢末，于毒白、繞眭固等，據此作亂，時稱黑山賊。

△元戎　猶云總戎，主軍事者之稱。

寄題商洛王隱居

近逢商洛客。知爾住南塘。草閣平春水。柴門掩夕陽。隨蜂收野蜜。尋麝采生香。更憶前年醉。松花滿石牀。

(注)

△商洛　後漢書班固傳：『商洛緣其隈。』注：『商及上洛，皆縣名。』按古商縣在今陝西省商縣東，上洛縣卽今陝西省商縣治。

晨裝

帶月飯行旅。西游關塞長。晨雞鳴遠戍。宿雁起寒塘。雲卷四山雪。風凝千樹霜。誰家游俠子。沈醉臥蘭堂。

(校)

△(題)　原校：『一本作洛中。』全唐詩校：『一作早發洛中次甘水，一作甘泉。』

△游俠子　原校：『一作歌舞散。』

△誰家游俠子沉醉臥蘭堂　全唐詩校：『一作停驂一回首，隱隱見嵩陽。』

(注)

△蘭堂　文選張衡南都賦：『揖讓而升，宴于蘭堂。』

聞歌

新秋弦管清。時轉遏雲聲。曲盡不知處。月高風滿城。

(注)

△遏雲聲　用列子湯問『響遏行雲』事。謂聲調高亮，能遏止行雲也。

題韋隱居西齋

斸藥去還歸。家人半掩扉。山風藤子落。溪水豆花肥。寺遠僧來少。橋危客過稀。不聞砧杵動。應解製荷衣。

（校）

△（題）　全唐詩校：『一作題韋處士山居。』

△去　字原缺，據全唐詩補。

△動　原校：『一作響。』

△製　全唐詩校：『一作剪。』

（注）

△荷衣　隱者之服也。楚辭離騷：『製芰荷以爲衣兮，集芙蓉以爲裳。』孔稚珪北山移文：『焚芰製而裂荷衣，抗塵容而走俗狀。』

李瞑秀才西行

萬里不辭勞。寒裝疊縕袍。停車山店雨。掛席海門濤。鷹勢暮偏急。鶴聲秋更高。知君北邙路。留劍泣黃蒿。

（校）

△（題）瞑　全唐詩作溟，校云：『一作瞑。』

△縕　原校：『一作雪。』

（注）

△北邙　山名，在河南洛陽縣北，接偃師、鞏、孟津三縣界。東漢建武十一年，恭王祉葬於北邙，其後王侯公卿多葬此。按唐新樂府有北邙行，樂府詩集曰：『北邙行，言人死葬北邙，與梁甫吟、泰山吟、蒿里吟同意。』王建詩：『北邙山頭少閒土，盡是洛陽人舊墓；舊墓人家歸葬多，堆着黃金無置處。』張籍詩：『洛陽北門北邙道，喪車轔轔入秋草。』又：『人居朝市未解愁，請君暫向北邙遊。』觀此可知其概矣。

△留劍句　史記吳太伯世家：『季札初使北過徐，徐君好季札劍，口弗敢言，札心知之，爲使上國，未獻。還至徐，徐君已死，乃解劍繫徐君冢樹而去。』

馬鎮西故第

將軍久已沒。行客自興哀。功業山長在。繁華水不回。亂藤侵廢井。荒菊上叢臺。借問此中事。幾家歌舞來。

（校）

△藤　原校：『一作芹。』

△借問此中事幾家歌舞來　全唐詩校：『一作惟見軍中卒，朝朝戲馬來。』

（注）

△借問　藉人而問之，故曰借問。江總詩：『借問藏書處，唯君故人在。』

重遊鬱林寺道玄上人院

藤杖叩松關。春溪斸藥還。雨晴巢燕急。波暖浴鷗閑。倚檻花臨水。回舟月照山。憶歸師莫笑。書劍在人間。

（校）

△溪　全唐詩校：『一作深。』

（注）

△書劍　古時文人隨身之物。高適詩：『誰知書劍老風塵。』

泛谿

疑與武陵通。青谿碧嶂中。水寒深見石。松晚靜聞風。遯跡驅雞吏。冥心失馬翁。纔應畢婚嫁。還此息微躬。

（注）

△驅鷄吏　詳送上元王明府赴任詩注。

△失馬翁　詳懷舊居詩注。

和李相國并序

蒙賓客李相國見示和宣武盧僕射以吏部高尚書自江南赴闕貺大梨白鷳。因贈五言六韻攀和。

巨實珍異果。馴雛重越禽。摘來漁浦上。攜在兎園陰。霜合凝丹頰。風披歛素襟。刀分瓊液散。籠蔽雪華深。虎帳齋中設。龍樓洛下吟。含消兼受彩。應貴冢卿心。

（校）

△(題)李相國　全唐詩作相國李公。

△冢卿　全唐詩校：『一作異鄉。』

（注）

△兎園　園名，漢梁孝王所築，故址在今河南商丘縣治東。西京雜記：『梁孝王好營宮室苑囿之樂，作曜華之宮，築兎園；園中有百靈山；山有膚寸石，落猿巖、棲龍岫；又有雁池，池間有鶴洲鳧渚；其諸宮觀相連延亙數十里，奇果異樹，瑰禽怪獸畢備，王日與宮人賓客弋釣其中。』

△虎帳　王建寄汴州令狐相公詩：『三軍江口擁雙旌，虎帳長開自教兵。』

△龍樓　漢書成帝紀：『成帝爲太子，初居桂宮，上嘗急召太子，出龍門樓。』注：『張晏曰：「門樓上有銅龍，若白鶴飛廉之爲名也。」』

△含消　梨名。三秦記：『漢武帝園，一名樊川，一名御宿，有大梨，如五升瓶，落地則破，取

者以布囊承之，名含消梨。』洛陽伽藍記：『報德寺有含消梨，重六斤，從樹投地，盡化爲水。』庾信奉梨詩：『接枝秋轉脆，含消落更香。』

△冢卿　孤卿也。見周書大匡篇『王乃召冢卿』句孔晁注。按周禮天官掌次：『孤卿有邦事，則張幕設案。』注：『孤，王之孤三人，副三公論道者。』漢書百官公卿表：『太師、太傅、太保，是爲三公，又立三少爲之副，少師、少傅、少保，是爲孤卿，與六卿爲九焉。』

洛東蘭若夜歸

一衲老禪床。吾生半異鄉。管弦愁裏老。書劍夢中忙。鳥急山初暝。蟬稀樹正涼。又歸何處去。塵路月蒼蒼。

（注）

△蘭若　梵語阿蘭若之略，僧人所居處也。上官儀酬薛舍人萬年宮晚景寓直懷友詩：『長嘯求煙霞，高步尋蘭若。』

送段覺歸杜曲閑居

書劍南歸去。山扉別幾年。苔侵巖下路。果落洞中泉。紅葉高齋雨。青蘿曲檻煙。寧知遠游客。羸馬太行前。

（注）

△杜曲　在陝西長安縣南。唐時杜氏世居於此，故名。雍錄：『樊川韋曲東十里有南杜、北杜，杜固謂之南杜，杜曲謂之北杜。』

寄天鄉寺仲儀上人富春孫處士

詩僧與釣翁。千里兩情通。雲帶雁門雪。水連漁浦風。心期榮辱外。名掛是非中。歲晚亦歸去。田園淸洛東。

（注）

△富春　山名，在浙江桐廬縣西。東漢嚴光嘗隱耕於此。山前臨富春江，江側有嚴陵瀨，相傳卽嚴光游釣處。今山邊有石，名爲嚴子陵釣臺。

△雁門　山名，在山西代縣西北。山海經謂雁飛出於其間，故名。唐時置關於絕頂，形勢雄險，至元始廢。見代州志。

△淸洛　文選潘岳藉田賦：『淸洛濁渠，引流激水。』

雨後憶湖山居

前山風雨涼。歇馬坐垂楊。何處芙蓉落。南渠秋水香。

（校）

△（題） 全唐詩校：『一作雨中憶湖山居。』

（注）

△芙蓉 荷也。爾雅釋草『荷，芙渠』注：『別名芙蓉。』爾雅疏：『江東人呼荷華爲芙蓉。』

陪少師李相國崔賓客宴居守狄僕射池亭

池色似瀟湘。仙舟日正長。燕飛驚蛺蝶。魚戲動鴛鴦。雲聚歌初轉。風回舞欲翔。暖醅松葉嫩。寒粥杏花香。羅綺留春色。笙竽送晚光。何須明月夜。紅燭在華堂。

（校）

△似瀟湘 原校：『一作擬三湘。』

△戲 原校：『一作躍。』

△聚 原校：『一作定。』

△夜 原校：『一作下。』

（注）

△少師 官名，三孤之一。書周官：『少師、少傅、少保曰三孤。』傳：『孤，特也，言卑於公，尊於卿，特置此三者。』

寄契盈上人

何處是西林。疏鐘復遠砧。雁來秋水闊。鴉盡夕陽沈。婚嫁乖前志。功名異夙心。湯師不可問。江上碧雲深。

（注）

△西林　寺名，在江西星子縣廬山麓，晉僧慧永建。按此借以泛稱佛寺也。

△湯師　沈約宋書：『沙門惠休，善屬文，徐湛之與之甚厚。世祖命使還俗。本姓湯，位至揚州從事也。』按江淹擬休上人詩有『日暮碧雲合』之句，故結處及之。

晨起二首

（一）

桂樹綠層層。風微煙露凝。簷楹含落月。幃幌耿殘燈。蘄簟曙香冷。越瓶秋水澄。心閑即無事。何異住山僧。

（校）

△耿　全唐詩作映，校云：『一作耿。』

（注）

△蘄簟　羣芳譜：『蘄竹出黃州府蘄州，以色瑩者爲簟，節疏者爲笛，帶鬚者爲杖。』韓愈詩：『蘄州笛竹天下知。』白居易病中逢秋招客夜酌詩：『臥簟蘄竹冷，風襟邛葛疏。』

（二）

殘月皓煙露。掩門深竹齋。水蟲鳴曲檻。山鳥下空階。淸鏡曉看髮。素琴秋寄懷。因知北窗客。日與世情乖。

（校）

△全唐詩校：『此首一題作山齋秋晚。』

△客　原校：『一作臥。』

（注）

△素琴　晉書陶潛傳：『性不解音，而蓄素琴一張，絃徽不具，每朋酒之會，則撫而和之。』文選江淹恨賦：『素琴晨張。』姚揆潁州客舍詩：『素琴孤劍尙閑遊，誰共芳樽話唱酬。』

洞靈觀冬青

霜霰不凋色。兩株交石壇。未秋紅實淺。經夏綠陰寒。露重蟬鳴急。風多鳥宿難。何如西禁柳。晴舞玉闌干。

（校）

△經　原校：『一作終。』

（注）

△洞靈觀　在江西臨川縣西六里，有魏夫人壇，唐睿宗命道士葉法善醮於壇西，建此觀奉之。

△冬青　常綠亞喬木，高丈餘，葉互生，卵形而尖，全邊，質厚有光澤，夏月開黃白色小花，果實圓小而色赤。本草綱目李時珍曰：『冬青卽今俗呼凍青樹者。』又云：『凍青，女貞別種也，山中時有之，但以葉微團而子赤者爲凍青，葉長而子黑者爲女貞。』

友人自荊襄歸江東

商洛轉江濆。一杯聊送君。劍愁龍失伴。琴怨鶴離羣。楚驛枕秋水。湘帆凌暮雲。猿聲斷腸處。應向雨中聞。

（注）

△（題）　自注：『新喪其偶。』

△劍愁龍失伴　晉惠帝時，廣武侯張華見斗牛之間有紫氣；聞豫章人雷煥妙達緯象，乃召問之，煥曰：『豐城寶劍之精上徹於天耳。』因以煥爲豐城令，令尋之；煥到縣，掘獄屋基得一石函，中有雙劍；乃一以送華，一自佩之。華得劍，復煥書曰：『詳觀劍文，乃干將也；莫邪何復不

至？雖然，天生神物，終當合耳。』華誅，失劍所在。煥卒，子華持劍過延平津，劍忽躍出墮水，但見二龍蟠縈有文章，水浪驚沸，於是失劍。見晉書張華傳。按吳越春秋：『干將，吳人；莫邪，干將之妻也。干將作劍，莫邪斷髮剪爪，投於爐中，金鐵乃濡，遂以成劍。陽曰干將，陰曰莫邪。』正字通：『干將、莫邪，當是鑄劍者夫婦之名；故雄劍名干將，雌劍名莫邪。』

冬日開元寺贈元孚上人二十韻

一鉢事南宗。僧儀稱病容。曹溪花裏別。蕭寺竹前逢。燭影深寒殿。經聲徹曙鐘。欲齋簷下鴿。初定壁吟蛩。詩繼休遺韻。書傳永逸蹤。藝多人譽洽。緣絕道情濃。汲澗瓶沈藻。眠堦錫掛松。雲鳴新放鶴。池臥舊降龍。露茗山厨焙。霜秔野碓舂。梵文明處譯。禪衲暖時縫。層塔題應遍。飛軒步不慵。繡梁交薜荔。畫井倒芙蓉。翠戶垂旗網。朱窗列劍鋒。寒風金磬遠。晴雪玉樓重。妙理三乘達。清才萬象供。山高橫睥睨。灘淺聚艨艟。微靄蒼平楚。殘暉淡遠峯。林疏霜摵摵。波靜月溶溶。劍出因雷煥。琴焦遇蔡邕。西方如有社。支許合相從。

（校）

△（題）開元寺　全唐詩作宣城開元寺，非。

△下　原校：『一作睡。』全唐詩作睡，校云：『一作下，一作翕。』

△鵠　全唐詩校：『一作鵠。』
△蹤　原誤作縱，據全唐詩改。
△遠　全唐詩校：『一作響。』

（注）

△南宗　禪家宗派也。詳和友人送僧歸桂州靈巖寺詩注。
△曹溪　見盈上人詩注。
△三乘　佛家語，謂聲聞乘（小乘）、緣覺乘（中乘）、菩薩乘（大乘）也。
△睥睨　城垣也。釋名釋宮室：『城上垣曰睥睨，言於其孔中睥睨非常也。』
△艨艟　戰船也。舊五代史賀瓌傳：『以艨艟戰艦，扼其中流。』亦作艨衝。釋名釋船：『外狹而長曰艨衝，以衝突敵船也。』
△摵摵　風葉之聲。貢師泰詩：『秋風摵摵衣綿薄，夜雨蕭蕭燭焰低。』
△劍出因雷煥　詳友人自荊襄歸江東詩注。
△琴焦遇蔡邕　東漢時吳人有燒桐以炊者，蔡邕聞其火裂之音，知爲良材，因請取而裁爲琴，果有美音，而其尾猶焦，時人名曰焦尾琴。見後漢書蔡邕傳。姚鵠詩：『焦桐誰料卻爲琴。』王禹偁詩：『幽興將何遣？焦琴貰酒來。』
△支許　謂支伯、許由也。按堯以天下讓於許由、支伯，二人皆不受；後舜又以天下讓支伯，支

伯亦不受，曰：『予適有幽憂之病，方且治之，未暇治天下也。』見莊子讓王。文選阮籍爲鄭沖勸晉王牋：『臨滄洲而謝支伯，登箕山而揖許由。』

送同年崔先輩

西風帆勢輕。南浦遍離情。菊艷含秋水。荷花遞雨聲。扣舷灘鳥沒。移棹草蟲鳴。更憶前年別。槐花滿鳳城。

（注）

△南浦　文選江淹別賦：『送君南浦，傷如之何？』

△鳳城　謂京城也。詳京口閑寄京洛友人詩注。

山雞

珍禽暫不扃。飛舞躍前庭。翠網摧金距。雕籠減繡翎。月圓如望鏡。花暖似依屏。何必舊巢去。山山芳草靑。

（注）

△山鷄　水經泿水注：『南越志曰：「縣多鵕鸃，鵕鸃，山鷄也，光釆鮮明，五色炫耀，利距善

門，世以家鷄鬥之，則可擒也。」』

△月圓如望鏡　異苑：『山鷄愛其毛羽，映水則舞。魏武帝時，南方獻之，帝欲其鳴舞而無由，公子倉舒，令置大鏡其前，鷄鑑形而舞，不知止，遂死。』崔護山鷄舞石鏡詩：『廬峯開石鏡，人說舞山鷄。』按山鷄鑑形則舞，圓月似鏡，故云然。

孤　雁

昔年雙頡頏。池上靄春暉。霄漢力猶怯。稻粱心已違。蘆洲寒獨宿。榆塞夜孤飛。不及營巢燕。西風相逐歸。

（校）

△宿　原校：『一作立。』

△逐　原校：『一作伴。』

（注）

△頡頏　鳥飛上下貌。詩邶風燕燕：『燕燕于飛，頡之頏之。』傳：『飛而上曰頡，飛而下曰頏。』按陳奐謂傳文當是頡頏二字之互譌，凡鳥飛必卬上而後注下，故傳先釋頏之飛而上曰頏，再釋頡之飛而下曰頡，以盡其翺翔回顧之狀也。

△榆塞　謂北方邊塞也。駱賓王送鄭少府入遼詩：『邊烽驚榆塞。』又于濆戍客南歸詩：『北別

黃榆塞，南歸白雲鄉。』按漢書韓安國傳：『累石爲城，樹榆爲塞。』蓋古時邊徼植榆，故稱北塞曰榆塞。

寓懷

南國浣紗伴。盈盈天下姝。盤金明繡帶。動珮響羅襦。素手怨瑤瑟。淸心悲玉壺。春華坐銷落。未忍泣蘼蕪。

（校）

△動　原校：『一作鳳。』

△泣蘼蕪　原校：『一作嫁狂夫。』

（注）

△蘼蕪　古詩：『上山采蘼蕪，下山逢故夫。』謝朓和王主簿怨情詩：『相逢詠蘼蕪，辭寵悲班扇。』釋惠標詠山詩：『幽人披薜荔，怨妾采蘼蕪。』

洛中游眺貽同志

康衢一望通。河洛正天中。樓勢排高鳳。橋形架斷虹。遠山晴帶雪。寒水晚多風。幾日還攜手。鳥鳴花滿宮。

(校)

△架　原校：『一作掛。』

(注)

△河洛　謂黃河與洛水也。史記封禪書：『昔三代之君，皆在河、洛之間。』

夏日戲題郭別駕東堂

微風起畫鸞。金翠暗珊珊。晚樹垂朱實。春篁靈粉竿。散香蘄簟滑。沈水越瓶寒。猶恐何郎熱。冰生白玉盤。

(注)

△別駕　官名。漢置別駕從事史，爲州刺史之佐吏；刺史行部，別乘傳車從行，故名。隋及唐爲郡官。

△珊珊　玉聲也。文選宋玉神女賦：『拂墀聲之珊珊。』翰注：『珊珊，玉聲也。』杜甫宴洞中詩：『時聞雜佩聲珊珊。』

△何郎　謂何晏也。晏字平叔，三國魏宛人，性自喜，粉白不去手，美姿儀，時有傅粉何郎之稱。世說新語容止：『何平叔美姿儀，面至白，魏明帝疑其傅粉，正夏月，與熱湯餅，既噉，大汗

出，以朱衣自拭，色轉皎然。』

長安旅夜

久客怨長夜。西風吹雁聲。雲移河漢淺。月泛露華清。掩瑟獨凝思。緩歌空寄情。門前有歸路。迢遞洛陽城。

（校）

△長　原校：『一作良。』

△漢　原校：『一作色。』

△獨　原校：『一作必。』

（注）

△河漢　卽銀河也。文選古詩十九首：『河漢淸且淺。』孟浩然詩：『微雲澹河漢。』

鸂鶒

池寒柳復凋。獨宿夜迢迢。雨頂冠應冷。風毛劍欲飄。故巢迷碧水。舊侶越丹霄。不是無歸處。心高多寂寥。

（校）

△歸　原校：『一作栖。』

（注）

△鸂鶒　水鳥名。按此鳥專食短狐，乃溪中敕逐害物者，其形大於鴛鴦而色多紫，亦好並遊，故有紫鴛鴦之稱。見本草綱目。

懿安皇太后挽歌詞

陵前春不盡。陵下夜何窮。未信金蠶老。先驚玉燕空。挽移蘭殿月。笳引柏城風。自此隨龍馭。喬山翠靄中。

（注）

△懿安皇太后　唐憲宗之后，郭子儀孫女，華州人。懿安，其謚號也。見唐書卷七十七。

△金蠶　古殉葬之具。以銅鑄為蠶形，飾以金銀，曰金蠶。後漢書張奐傳注：『永嘉末，發齊桓公墓，得水銀池金蠶數十箔。』

△玉燕　洞冥記：『神女留玉釵，以贈漢武帝，帝賜趙倢伃，昭帝時發匣，有白燕飛昇天，後宮人學作釵，因名玉燕釵，言吉祥也。』述異記：『闔閭大夫墓中，金蠶玉燕各千餘隻。』

△蘭殿　文選顏延年宋文皇后元皇后哀策文：『蘭殿長陰，椒塗弛衛。』向注：『蘭殿椒塗，后妃所居也。言蘭殿，取其香也；椒塗，以椒塗室也。』王褒明君詞：『蘭殿辭新寵，椒房餘故情

。』唐太宗帝京篇：『望古茅茨約，瞻今蘭殿廣。』

△柏城　即柏壁城，在山西新絳縣西南二十里。讀史方輿紀要：『柏壁城，其城高二丈，周八里，後魏置東雍州治焉。後周置絳州，初亦治此。唐初劉武周及其將宋金剛陷幷、澮等州，世民進討，自龍門渡河，屯柏壁，大破其別將于美良川。』

△龍馭　謂天子車駕也。白居易長恨歌：『天旋地轉迴龍馭。』一說，舊稱天子駕崩曰龍馭賓天，言其乘龍仙去也。意可互發。

示弟

自爾出門去。淚痕長滿衣。家貧爲客早。路遠得書稀。文字何人賞。煙波幾日歸。秋風正搖落。孤雁又南飛。

(校)

△何人賞　原校：『一作誰人重。』

(注)

△搖落　謂凋殘也。魏文帝燕歌行：『秋風蕭瑟天氣涼，草木搖落露爲霜。』

送樓煩李別駕

琴清詩思勞。更欲學龍韜。王粲暫停筆。呂虔初佩刀。夜吟關月靜。秋望塞雲高。去去從軍樂。鵰飛代馬豪。

（注）

△樓煩　縣名，漢置，有今山西省神池、五寨二縣境；晉徙今崞縣東；北齊廢；唐時又置，在今靜樂縣南。

△王粲　字仲宣，三國魏高平人。博學多識，文詞敏贍，蔡邕奇其才，聞其在門，倒屣迎之；衆見其年少短小，皆爲驚異。漢末避亂荆州依劉表，後仕魏，累官侍中。爲建安七子之一。

△呂虔初佩刀　詳李定言自殿院銜命歸闕拜外郎俄遷右史因寄詩「王祥與佩刀」句注。

△代馬　文選曹植朔風詩：『願騁代馬，倏忽北徂。』良注：『代馬，胡馬也。』善注：『韓詩外傳曰：「代馬依北風。」』

聞兩河用兵因貽友人

故人日已遠。身事與誰論。性拙難趨世。心孤易感恩。秋悲憐宋玉。夜舞笑劉琨。徒有干時策。青山尚掩門。

（注）

△宋玉句　文選宋玉九辯：『悲哉秋之爲氣也，蕭瑟兮草木搖落而變衰，憭慄兮若在遠行，登山

臨水兮送將歸。』王逸序云：『宋玉者，屈原弟子也，閔其師忠而放逐，故作九辯以述其志。』

△劉琨句　劉琨，字越石，晉魏昌人。少有志氣，負縱横才，與祖逖契，常午夜聞鷄相與起舞。及聞逖被用，與親故書曰：『吾枕戈待旦，志梟逆賊，常恐祖生先吾着鞭。』見晉書本傳。韋莊詩：『靜笑劉琨舞，閑思阮籍吟。』

獻白尹

醉舞任生涯。褐寬烏帽斜。庾公先在郡。疏傅早還家。林晚鳥爭樹。園春蜂護花。高吟應更逸。嵩洛舊煙霞。

（校）

△蜂　全唐詩校：『一作蝶。』

（注）

△（題）白尹　自注：『即樂天也。』按白居易，字樂天，唐太原人，元和進士；遷左拾遺，出爲江州司馬，歷刺杭、蘇二州；文宗立，遷刑部侍郎；會昌間，以刑部尚書致仕。居易文章精切，詩平易近人；與元稹齊名，時稱元、白。歸後居香山，與詩僧如滿結香火社，自號香山居士。有白氏長慶集。

△庾公　謂晉庾亮也。參閱酬錢汝州詩『庾樓』句注。

△疏傅　謂漢疏廣也。按廣字仲翁，蘭陵人。明春秋。宣帝時，徵爲博士，爲太子太傅。居五歲，以老辭，帝與太子贈遺甚厚；而廣盡散諸故舊，不治田產；或勸爲子孫計，廣曰：『賢而多財，則損其志；愚而多財，則益其過。』人服其遠識。

△嵩洛　嵩，謂嵩山，在河南省登封縣北。古曰方外；又名嵩高。爲五嶽中之中嶽。山有三尖峯：中曰峻極，東曰太室，西曰少室。洛，謂洛陽。按樂天致仕後居香山，香山在洛陽縣南龍門山之東，故結處及之。

茅山贈梁尊師

雲屋何年客。靑山白日長。種花春掃雪。看籙夜焚香。上象壺中闊。平生夢裏忙。幸承仙籍後。乞取大還方。

(校)

△取　原校：『一作與。』

(注)

△籙　道家秘文也。隋書經籍志：『道經受道之法，初受五千文籙，次受三洞籙，籙皆素書，記

諸天曹官屬佐吏之名。』

△上象　蘇軾詩：『羽客衣冠朝上象，野人香火祝春蠶。』

△壺中　雲笈七籤：『施存，魯人，學大丹之道，遇張申，爲雲臺治官，常懸一壺，如五升器大，化爲天地，中有日月，夜宿其內，自號壺天，人謂曰壺公。』元稹幽棲詩：『壺中天地乾坤外，夢裏身名旦暮間。』參閱移擷太平寄前李明府詩注。

△仙籍　仙家之戶籍也。雲笈七籤：『名上仙籍。』

△大還方　猶言仙方也。按大還卽大還丹，仙藥之名。李白草創大還贈柳官廸詩：『赫然稱大還，與道本無隔。』姚合贈王尊師詩：『犬隨鶴去遊諸洞，龍作人來問大還。』

聞薛先輩陪大夫看早梅因寄

澗梅寒正發。莫信笛中吹。素艷雪凝樹。清香風滿枝。折驚山鳥散。攜任野蜂隨。今日從公醉。何人倒接䍦。

（注）

△笛中吹　樂府詩集：『梅花落，本笛中曲也。按唐大角曲亦有大單于、小單于、大梅花、小梅花等曲，今其聲猶有存者。』鮑照梅花落：『中庭雜樹多，偏爲梅咨嗟，問君何獨然？念其霜中

能作花，露中能作實，搖蕩春風媚春日，念爾零落逐風飈，徒有霜華無霜質。』李白與史郎中欽聽黃鶴樓上吹笛詩：『黃鶴樓中吹玉笛，江城五月落梅花。』

△倒接䍦　錢起酬揚補闕見過詩：『未勝杯前倒接䍦。』接䍦，卽白接䍦，頭巾也。晉書山簡傳：『簡每出遊嬉，多之池上，置酒卽醉，有兒童歌曰：「山公出何許？往至高陽池，時時能騎馬，倒着白接䍦。」』按爾雅釋鳥：『鷺春鉏。』注：『白鷺也，頭翅背上皆有長翰毛，今江東人取以爲睫攡，名之曰白鷺縗。』睫攡，卽接䍦也；當時或以白鷺之羽爲飾，故曰白接䍦。

送前緱氏韋明府南游

酒闌橫劍歌。日暮望關河。道直去官早。家貧爲客多。山昏函谷雨。木落洞庭波。莫盡遠游興。故園荒薜蘿。

(注)

△木落洞庭波　楚辭九歌湘夫人：『嫋嫋兮秋風，洞庭波兮木葉下。』

(箋)

△柳亭詩話：『葛常之曰：「余讀許渾詩，愛其『道直去官早，家貧爲客多』之句，非親嘗者不知其味也贈蕭兵曹曰：『客道恥搖尾，皇恩寬犯鱗。』道直去官早之實也。將離郊原曰：『久貧辭國遠，多病在家稀。』家貧爲客多之實也。」』按丁卯集道直二句，乃送前緱氏韋明府南遊之作，

非自謂也。』

看雪

松亞竹珊珊。心知萬井歡。山明迷舊徑。溪滿漲新瀾。客去瑤臺曙。兵防玉塞寒。紅樓知有酒。誰肯學袁安。

(注)

△亞　通壓。杜甫上巳宴集詩：『花蕊亞枝紅。』

△袁安　字邵公，東漢汝陽人。爲人嚴重有威。未達時，洛陽大雪，人多出乞食，安獨僵臥不起，洛陽令按行至安門，見而賢之，舉爲孝廉，除陰平長任城令。永平間，拜楚郡太守；會楚王英謀反事，下郡覆考，連繫者數千人，安到郡理獄，得出者四百餘家。累遷太僕，擢司徒。和帝時，竇氏擅政，安守正不阿，彈劾不避權幸，天子大臣，皆恃賴之。

思天台

赤城雲雪深。山客負歸心。昨夜西齋宿。月明琪樹陰。

(注)

△天台　山名，在浙江天台縣北。參閱早發天台中巖寺度關嶺次天姥岑詩注。

△赤城　山名，在天台縣北六里。參閱送郭秀才遊天台詩注。

遡慈和寺移宴

高寺移清宴。漁舟繫綠蘿。潮平秋水闊。雲斂暮山多。廣檻停簫鼓。繁絃散綺羅。西樓半牀月。莫問夜如何。

（注）

△夜如何　詩小雅庭燎：『夜如何其？夜未央。』杜甫春宿左省詩：『明朝有封事，數問夜如何？』

送林處士自閩中道越由霅抵兩川

書劍少青眼。風波初白頭。鄉關背黎嶺。客路轉蘋洲。處困道難固。乘時恩易酬。鏡中非訪戴。劍外欲依劉。高枕海天暝。落帆江雨秋。鼉聲應遠鼓。蜃氣學危樓。智者役千慮。達人輕百憂。唯聞陶靖節。多在醉鄉游。

（注）

△霅　卽霅溪，亦曰霅川，在浙江吳興縣南。寰宇記：『自浮玉山曰苕溪，自銅峴山曰前溪，自天目山曰餘不溪，自德淸縣前北流至州（卽湖州，今吳興）南興國寺曰霅溪。凡四水合爲一溪，

東北流四十里入太湖。』

△兩川　今四川省之地，唐時置東川、西川兩節度使，因稱兩川。唐書李吉甫傳：『請以西川授崇文而屬礪東川，使兩川得以相制。』按高崇文爲西川節度使，嚴礪爲東川節度使。

△鏡中非訪戴　鏡，謂鏡湖，在浙江紹興縣南三里，湖面甚廣，跨山陰、會稽二縣之界，總納二縣附近之水，而東接曹娥江。按剡溪即曹娥江之上游，晉王徽之嘗雪夜訪戴逵於此，故詩連及之。用一非字，明其目的地在四川也。

△劍外欲依劉　劍外，意謂劍門以外。按劍門，山名，在四川劍閣縣北。此用以代蜀。依劉，用王粲之荆州依劉表事。詳酬和杜侍御詩注。

△鼉聲應遠鼓　鼉，音鮀，一名鼉龍，又名猪婆龍，長一二丈，四足，背尾鱗甲，似短吻鱷。皮堅，古用以冒鼓，謂之鼉鼓。詩大雅靈臺：『鼉鼓逢逢，矇瞍奏公。』按鼉夜鳴應更，初更一鳴而止，二更再鳴，其聲如鼓，故江、淮之間，謂爲鼉鼓，亦或謂鼉更。說見埤雅及晉安海物記。韓駒次韻王給事觀殿試唱名詩：『江南江北聽鼉吏。』

△蜃氣學危樓　說文：『蜃，大蛤，雉入水所匕，从虫辰聲。』本草綱目鱗部蛟龍下李時珍曰：『蛟之屬有蜃，其狀似蛇而大，有角。』舊說謂蜃能吐氣爲樓臺。史記天官書：『海旁蜃氣象樓臺。』三齊略記：『海上蜃氣，時結樓臺，名海市。』爾雅翼：『蜃雖無可觀，然其吐氣象樓臺，海中春夏間，依約島溆，常有此氣。』賈弇孟夏詩：『蜃氣爲樓閣，蛙聲作管絃。』錢起重送

陸侍御使日本詩：『雲佩迎仙島，虹旌過蜃樓。』按海市蜃樓之形成，乃因光線折射而生之現象，實與蜃氣無關也。

△醉鄉　謂醉中之境界。唐書王績傳：『績著醉鄉記，以次劉伶酒德頌。』韓愈送王秀才序：『吾少時讀醉鄉記，私怪隱居者無所累於世，而猶有是言，豈誠旨於味邪？』

宣城贈蕭兵曹

桂檝謫湘渚。三年波上春。舟寒剡溪雪。衣破洛城塵。客道恥搖尾。皇恩寬犯鱗。花時去國遠。月夕上樓頻。貪酒不辭病。傭書非爲貧。行吟值漁父。坐隱對樵人。紫陌罷雙轍。碧潭窮一綸。高歌更南去。煙水是通津。

(注)

△舟寒剡溪雪　詳對雪詩注。

△搖尾　韓愈應科目與時人書：『若俛首帖耳，搖尾而乞憐者，非我之志也。』按犬乞人憐，輒搖其尾，因以此喻人之卑屈。

△犯鱗　猶言嬰鱗。韓非子說難：『夫龍之爲蟲也柔，可狎而騎也；然其喉下有逆鱗徑尺，若有人嬰之者，則必殺人。人主亦有逆鱗，說者能無嬰人主之逆鱗則幾矣。』注：『嬰，觸也。』按史記韓非傳正義云：『說者能不犯人主逆鱗則庶幾矣。』後世因謂人臣敢諫諍而冒犯君主之威嚴

曰嬰鱗、犯鱗。陳書後主紀：『詔曰：「時鮮犯鱗。」』蘇軾謝中書舍人啓：『出而從仕，有狂狷嬰鱗之愚。』

△行吟値漁父　楚辭漁父：『屈原既放，游於江潭，行吟澤畔，顏色憔悴，形容枯槁，漁父見而問之曰：「子非三閭大夫與？何故至於斯？」屈原曰：「舉世皆濁我獨淸，衆人皆醉我獨醒，是以見放。」云云。』按洪興祖謂屈原放逐，憂愁吟歎，故作是篇，假設與漁父問答，以寄其意。漁父蓋亦當時之隱士也。

△紫陌　賈至早朝大明宮呈兩省僚友詩：『銀燭朝天紫陌長，禁城春色曉蒼蒼。』唐詩選箋注：『天有紫薇垣，人主之宮象之，故京師曰紫宮、紫宸、紫陌。』劉禹錫自朗州至京師贈看花諸君詩：『紫陌紅塵拂面來，無人不道看花回。』唐詩選箋注：『紫陌，謂京師阡陌。』

留題偃師主人

孤城漏未殘。行侶拂征鞍。洛北去游遠。淮南歸夢闌。曉燈回壁暗。晴雪捲簾寒。更盡主人酒。出門行路難。

(校)

△游　原校：『一作愁。』

(注)

△偃師　縣名，在河南洛陽縣東。本殷西亳地；漢時置縣，以周武王伐紂，嘗於此築城，息偃戎師，故名。

△行路難　李白行路難：『君不見吳中張翰稱達生，秋風忽憶江東行，且樂生前一杯酒，何須身後千載名。』白居易太行路：『行路難，難於山，險於水。』按鮑照有行路難十九首，樂府詩集：『樂府解題曰：「行路難，備言世路艱難及離別悲傷之意，多以君不見爲首。」按陳武別傳曰：「武常牧羊諸家，牧豎有知歌謠者，武遂學行路難。」則所起亦遠矣。唐王昌齡又有變行路難。』此曲仿作者極多，而以李白三首最膾炙人口。

送南陵李少府

高人亦未閑。來往楚雲間。劍在心應壯。書窮鬢已斑。落帆秋水寺。驅馬夕陽山。明日南昌尉。空齋又掩關。

（校）

△（題）　全唐詩校：『一作送李公自淮楚之南昌。』

（注）

△楚雲　謂楚地之雲。韓翃送客之鄂州詩：『江口千家帶楚雲，江花亂點雲紛紛。』

△南昌尉　謂漢梅福也。按福字子眞，壽春人，明尙書、穀梁春秋，爲郡文學，官南昌尉。後棄官歸，讀書養性。時大將軍王鳳專擅朝政，屢上書請削王氏威柄，皆不納。迨王莽專政，乃棄家出游，之九江，傳已仙去。其後有人見之於會稽，變姓名爲吳市門卒云。

別韋處士

南北斷蓬飛。別多相見稀。更傷今日酒。未換昔年衣。舊友幾人在。故鄉何處歸。秦原向西路。雲晚雪霏霏。

（校）

△人　原校：『一作多。』

（注）

△秦原　猶言秦地。秦，謂陝西。李嶠詩：『涿鹿開中冀，秦原闢帝畿。』

九日登樟亭驛樓

鱸鱠與蓴羹。西風片席輕。潮回孤島晚。雲斂衆山晴。丹羽下高閣。黃花垂古城。因秋倍多感。鄉樹接咸京。

（校）

△晚　原校：『一作遠。』

（注）

△鱸鱠與蓴羹　晉張翰因見秋風起，乃思吳中菰菜、蓴羹、鱸魚膾。曰：『人生貴適志，何能羈宦數千里以要名爵乎？』遂命駕而歸。見晉書本傳。後世謂鄉思曰蓴鱸之思，本此。按鱠，細切魚肉也。廣韻：『膾，魚膾，說文曰：「細切肉也。」鱠同膾。』

再游越中傷朱餘慶先輩直上人

昔年湖上客。留訪雪山翁。王氏船猶在。蕭家寺已空。月高花有露。煙合水無風。處處多遺韻。何曾入剡中。

（注）

△王氏船　晉書王徽之傳：『居山陰，夜雪初霽，月色清朗，忽憶戴逵，逵時在剡，便夜乘小船詣之。』

京口津亭送張崔二侍御

愛樹滿西津。津亭墮淚頻。素車應度洛。珠履更歸秦。水接三湘暮。山通五嶺春。傷離與懷舊。明日白頭人。

（校）

△（題）　全唐詩校：『一作津亭送張崔侍御府散北歸。』

（注）

△京口　即今江蘇鎮江縣治。

△素車　禮玉藻：『乘素車。』孫希旦集解：『素車，車不漆者。』周禮春官巾車『素車』注：『素車，以白土堊車也，此卒哭所乘。』

△珠履　史記春申君傳：『春申君客三千餘人，其上客皆躡珠履。』文選左思吳都賦：『出躡珠履，動以千百里。』杜甫短歌行贈王郎司直：『西得諸侯棹錦水，欲向何門趿珠履。』

△三湘　湘水與灕水同源合流，而後分離，世稱灕湘；合瀟水後曰瀟湘，合蒸水後曰蒸湘，是爲三湘。

△五嶺　嶺，漢書及後漢書作領。漢書張耳傳：『南有五嶺之戍。』服虔注：『山嶺有五，因以爲名，交趾合浦界有此領。』顏師古曰：『服說非也。領者，西自衡山之南，東窮於海，一山之限耳，而別標名則有五焉。』按衡山在湖南省境，爲五嶺山脈之支脈，起於衡山縣之西北；西南行，綿延於湘、資二水之間；盡於潙山，稱衡山脈。主峯在衡山縣西北，衡陽縣北。

江樓夜別

離別奈情何。江樓凝艷歌。蕙蘭秋露重。蘆葦夜風多。深怨寄清瑟。遠愁生翠蛾。酒酣相顧起。明月棹寒波。

（校）

△樓　全唐詩校：『一作頭。』

（注）

△凝　徐引聲謂之凝。見文選謝朓鼓吹曲『凝笳翼高蓋』李善注。

△艷歌　樂府琵琶調曲有艷歌行，見樂府解題。白居易詩：『花枝缺處青樓開，艷歌一曲酒一盃。』

△翠蛾　白居易詩：『正抽碧線繡紅羅，忽聽黃鶯斂翠蛾。』張祜詩：『微動翠蛾抛舊態，緩遮檀口唱新詞。』

送惟素上人歸新安

山空葉復落。一逕下新安。風急渡谿晚。雪晴歸寺寒。尋雲策藤杖。向日倚蒲團。寧憶西游客。勞勞歌路難。

（注）

△新安　即今安徽歙縣治。

△藤杖　臨海異物志：『䈲藤圍數寸，重於竹，可人爲杖。』

△蒲團　蒲質而形圓，故曰蒲團。僧家坐禪及跪拜之具。歐陽詹詩：『草席蒲團不掃塵。』

△勞勞　即辛勞之意。陳陶詩：『壯心殊未展，登陟漫勞勞。』

霅上宴別

山斷水茫茫。洛人西路長。笙歌留遠棹。風雨寄華堂。紅壁耿秋燭。翠簾凝曉香。誰堪從此去。雲樹滿陵陽。

（校）

△霅　全唐詩校：『一作灞。』

△人　原校：『一作濱。』

△寄　全唐詩校：『一作醉。』

△簾　原校：『一作簷。』

△誰堪　全唐詩校：『一作何言。』

（注）

△陵陽　山名，在安徽宣城縣城內，黟山之支峯也。參閱與張道士同訪李隱居不遇詩注。

下第別楊至之

花落水潺潺。十年離舊山。夜愁添白髮。春淚減朱顏。孤劍北游塞。遠書東出關。逢君話心曲。一醉霸陵間。

(注)

△楊至之　楊發，字至之，唐馮翊(即今陝西大荔縣治)人，文宗太和進士。見唐書。

△霸陵　在陝西長安縣東，漢文帝陵也。漢書文帝紀：『文帝治霸陵，皆瓦器，不以金銀銅錫爲飾，因其山，不起墳。』陵西北爲霸陵故城。

尋戴處士

車馬長安道。誰知大隱心。蠻僧留古鏡。蜀客寄新琴。曬藥竹齋暖。擣茶松院深。思君一相訪。殘雪似山陰。

(校)

△院　原校：『一作逕。』

(注)

△思君一相訪殘雪似山陰　晉王徽之居山陰，嘗雪夜憶戴逵而泛舟訪之，因以爲喻。按山陰，縣名，秦置，隋廢入會稽縣；唐以後復析置；清與會稽縣同爲紹興府治；民國廢府，併山陰、會稽二縣置紹興縣。

放　猿

殷勤解金鎖。昨夜雨淒淒。山淺憶巫峽。水寒思建溪。遠尋紅樹宿。深向白雲啼。好覓來時路。煙蘿莫共迷。

（校）

△昨　原校：『一作別。』

△遠尋　原校：『一作好依。』

△向　原校：『一作入。』

△覓來時路　原校：『一作便南歸路。』

△共迷　原校：『一作自迷。』

（注）

△巫峽　三峽之一。在四川省巫山縣東，湖北省巴東縣西。因巫山爲名，兩岸絕壁，舟行極險。水經江水注：『江水東逕巫峽，杜宇所鑿，以通江水，其間首尾百六十里。每晴初霜旦，林寒澗肅，常有高猿長嘯，聲極淒厲，故漁者歌曰：『巴東三峽巫峽長，猿鳴三聲淚沾裳。』』

△建溪　源出福建省浦城縣北仙霞嶺，曰南浦溪；南流至崇安縣東北，納崇溪；折東南經建陽縣，亦曰建陽溪；至建甌縣北，與源出浙江省慶元縣之松溪會；南至南平縣東爲劍津，即古延平津

；東南流爲閩江之北源。

將離郊園留示弟姪

身賤與心違。秋風生旅衣。久貧辭國遠。多病在家稀。山暝客初散。樹涼人未歸。西都萬餘里。明旦別柴扉。

（校）

△柴扉　原校：『一作荊扉。』

（注）

△西都　西漢都長安，稱西都，故城在今陝西長安縣西北。隋、唐兩朝，縣治東南遷，卽今治，仍都之。

夜歸丁卯橋村舍

月涼風靜夜。歸客泊巖前。橋響犬遙吠。庭空人散眠。紫蒲低水檻。紅葉半江船。自有還家計。南湖二頃田。

（注）

△丁卯橋　在江蘇鎭江縣城南三里丁卯港。晉元帝子裒鎭廣陵，運糧出京口，因水涸，奏請立埭

（壅水爲堰），用丁卯日，後人建橋，遂名爲丁卯橋。用晦嘗築別墅於其側，故詩集以丁卯名焉。

（箋）

△族姓考：『許渾，唐詩人，居鎮江，有別墅在丁卯橋。題詩云：「裴相功名冠四朝，許渾身世老漁樵。若論風月江山主，丁卯橋應作午橋。」』按午橋，謂午橋莊，在洛陽縣南十里，卽唐裴度所居綠野堂也。築山穿池，有風亭水榭燠閣涼臺之勝。見淸一統志。

題青山館

昔人詩酒地。芳草思王孫。白水半塘岸。青山橫郭門。懸巖碑已折。盤石井猶存。無處繼行樂。野花空一樽。

（注）

△（題）青山館　自注：『卽謝公館。』按青山在安徽當塗縣東南，亦名青林山，南齊謝朓嘗築室於山南，唐時因改名謝公山。李白悅謝氏青山，有終老此山之志；今山北有李白墓，山麓有宋米芾所書『第一山』碑。

△芳草思王孫　楚辭：『王孫遊兮不歸，春草生兮萋萋。』王維詩：『隨意春芳歇，王孫自可留。』杜甫詩：『短畦帶碧草，悵望思王孫。』

秋日白沙館對竹

蕭蕭凌霜雪。濃翠異三湘。疏影月移壁。寒聲風滿堂。捲簾秋更早。高枕夜偏長。忽憶秦溪路。萬竿今正涼。

(校)

△(題)　全唐詩校：『一作題渚塘館竹。』白沙，全唐詩作衆哲，校云：『一作白沙。』竹，原訛作行，據全唐詩改正。

△秦溪　全唐詩校：『一作南遊。』

△今　字原缺，據萬本及全唐詩補。

(注)

△三湘　見京口津亭送張崔二侍御詩注。

春日題韋曲野老村舍二首

(一)

遶屋遍桑麻。村南第一家。林繁樹勢直。溪轉水紋斜。竹院晝看筍。藥欄春賣花。故園歸未得。到此是天涯。

(校)

△院　字原缺，據全唐詩補。

（注）

△韋曲　地名。在陝西長安縣南。唐時韋氏世居於此，故名。鄭谷詩：『韋曲樊川雨半晴。』

△桑麻　蠶織所需。漢書董仲舒傳：『五穀以食之，桑麻以衣之。』孟浩然過故人莊詩：『開軒面場圃，把酒話桑麻。』皎然尋陸羽不遇詩：『移家雖帶郭，野徑入桑麻。』

（二）

背嶺枕南塘。數家村落長。鶯啼幼婦懶。蠶出小姑忙。煙草近溝濕。風花臨路香。自憐非楚客。春望亦心傷。

（校）

△背　萬本同。全唐詩作北，校云：『一作背。』

（注）

△小姑　妻謂夫妹曰小姑。王建新嫁娘詞：『三日入廚下，洗手作羹湯。未諳姑食性，先遣小姑嘗。』

泛五雲溪

此溪何處路。遙問白髯翁。佛廟千巖裏。人家一島中。魚傾荷葉露。蟬噪柳林風。急瀨鳴車軸。微波漾釣筒。石苔縈棹綠。山果拂舟紅。更就前溪宿。村橋與剡通。

（注）

△五雲溪　即若耶溪，在浙江紹興縣南二十里若耶山下。

△車軸　法苑珠林：『注大洪雨，其滴甚粗，或如車軸。』長阿含經：『漸降大雨，滴如車軸。』陸游詩：『風聲翻海濤，雨點墮車軸。』

△釣筒　皮陸松陵倡和集：『陸龜蒙漁具詩序云：「緡而竿者總謂之筌，筌之流曰筒。」二人各有釣筒詩。』黃庭堅詩：『落日幾家收釣筒。』陸游詩：『擬看溪丁下釣筒。』

崇聖寺別楊至之

蕭寺暫時逢。離憂滿病容。寒齋秋少燕。陰壁夜多蛩。樹暗水千里。山深雲萬重。懷君在書信。莫過雁回峯。

（校）

△時　原校：『一作相。』

（注）

△崇聖寺　岳陽風土記：『君山崇聖寺，舊楚興寺也，有井曰柳毅井。』

△楊至之　見下第別楊至之詩注。

△雁回峯　湖南衡陽縣南有回雁峯，峯勢如雁之回旋，故名。按世俗相傳，雁飛至此，不過，遇春而回。詩人常以此爲故實，秦觀詞：『衡陽猶有雁傳書，郴陽和雁無。』范成大驂鸞錄亦謂：『陽鳥不過衡山，至此而返。』

途經李翰林墓

氣逸何人識。才高舉世疑。禰生狂善賦。陶令醉能詩。碧水鱸魚怨。青山鵩鳥悲。至今孤塚在。荆棘楚江湄。

（校）

△善　原校：『一作解。』

△能　原校：『一作吟。』

△怨　全唐詩作思，校云：『一作怨。』

△至今孤　全唐詩校：『一作不堪遺。』

△在　全唐詩校：『一作上。』

（注）

△禰生句　禰衡，字正平，東漢平原人。少有才辯而尚氣傲，曹操欲見之，不肯往，復有恣言。

操懷忿，而以才名，不欲殺之，乃遣送劉表，表初重之，旋又以侮慢不見容，又送與江夏太守黃祖；祖長子射時爲章陵太守，尤善於衡，射大會賓客，人有獻鸚鵡者，射舉札於衡前曰：『願先生賦之。』衡攬筆而賦，辭彩甚麗。後以出言不遜，黃祖殺之，年僅二十六。

△鵬鳥句　詳贈蕭兵曹詩及重遊練湖懷舊詩注。

嚴陵釣臺貽行侶

故人天下定。歸釣碧巖幽。舊跡隨苔古。高名寄水流。鳥喧羣木晚。蟬急衆山秋。更待新安月。憑君暫駐舟。

（校）

△（題）行侶　侶，原誤作宮，據全唐詩改正。

△歸釣碧巖幽　全唐詩校：『一作歸釣獨悠悠。』歸，全唐詩作垂。

（注）

△嚴陵釣臺　在浙江桐廬縣西富春山上。參閱晚泊七里灘詩『子陵』句注。

△新安　江名，浙江之上游也。圖經：『自浙江桐廬以上抵歙浦，皆曰新安江。』

南樓春望

南樓春一望。雲水共昏昏。野店歸山路。危橋帶郭村。晴煙和草色。夜雨長溪痕。下岸誰家住。殘陽半掩門。

（注）

△昏昏　昏，暗也，冥也。陰鏗詩：『霏霏野霧合，昏昏隴日沉。』蘇味道遇風詩：『颯颯吹萬里，昏昏同一色。』

送無夢道人先歸甘露寺

飄飄隨晚浪。杯影入鷗羣。岸凍千船雪。巖陰一寺雲。夜燈江北見。寒磬浦西聞。鶴嶺煙霞在。歸期不羨君。

（校）

△飄　原校：『一作颻。』

△岸　全唐詩校：『一作萍。』

△浦　全唐詩作水，校云：『一作浦。』

（注）

△甘露寺　在江蘇鎮江縣北固山上。參閱甘露寺感事貽同志詩注。

△杯影句　參閱乘月棹舟送大曆寺靈聰上人不及詩『杯浮野渡』句注。

閑居孟夏卽事

綠樹蔭青苔。柴門臨水開。簟涼初熟麥。枕膩乍經梅。魚躍海風起。鼉鳴江雨來。佳人竟何處。日夕上樓臺。

（校）

△（題）卽事　全唐詩校：『一作有懷。』

△臨　原校：『一作向。』

△膩　原校：『一作潤。』

△風　原校：『一作雲。』

△佳人竟何處　原校：『一作佳期今已晚。』

（注）

△鼉鳴江雨來　本草：『藏器曰：「鼉形如龍，聲甚可畏，長一丈者，能吐氣成雲致雨。」集解：「時珍曰：性能橫飛，不能上騰，其聲如鼓，夜鳴應更，謂之鼉鼓，亦曰鼉更，俚人聽之以占雨。」』皇甫松大隱賦：『雉雊霧旦，鼉鳴雨天。』

題灞西駱隱士

磻溪連灞水。商嶺接秦山。靑漢不回駕。白雲長掩關。雀喧知鶴靜。鳧戲識鷗閑。卻笑南昌尉。悠悠城市間。

(校)

△長　原校：「一作空。」

△識　原校：「一作覺。」

(注)

△磻溪　在陝西寶雞縣東南，北流入於渭。參閱晚自朝臺至韋隱居郊園詩注。

△**灞水**　源出陝西藍田縣東；西南流，折西北，經長安，過灞橋，北流入渭。此水古名滋水，秦穆公更名霸水，以彰霸功；隋時復名滋水；唐以後始稱灞水。

△商嶺　即商山，在陝西商縣東南。

△南昌尉　見送南陵李少府詩注。

溪亭二首

(一)

溪亭四面山。橫柳半溪灣。蟬響螗螂急。魚深翡翠閑。水寒留客醉。月上與僧還。猶戀蕭蕭竹。西齋未掩關。

（注）

△翡翠　郭璞詩：『翡翠戲蘭苕，容色更相鮮。』參閱游溪夜回寄道玄上人詩注。

（二）

暖枕眠溪柳。僧齋昨夜期。茶香秋夢後。松韻晚吟時。共戲魚翻藻。爭棲鳥墜枝。重陽應一醉。栽菊助東籬。

（注）

△東籬　陶潛飲酒詩：『采菊東籬下，悠然見南山。』岑參九日使君席奉餞衛中丞赴長中詩：『爲報使君多泛菊，更將絃管醉東籬。』

秋日赴闕題潼關驛樓

紅葉晚蕭蕭。長亭酒一瓢。殘雲歸太華。疏雨過中條。樹色隨山迥。河聲入海遙。帝鄉明日到。猶自夢漁樵。

（校）

△（題）　原校：『別本作行次潼關逢魏扶東歸。』

△紅葉晚蕭蕭　原校：『首句云：「南北斷蓬飄。」下五句並同。』

△過　原校：『一作落。』

△山　字原缺，據全唐詩補。全唐詩校：『一作關。』

△海　全唐詩校：『一作塞。』

△帝鄉漁樵二句　原校：『卒章云：「勞歌此分首，風急馬蕭蕭。」』

（注）

△潼關　見行次潼關題驛後軒詩注。

△太華　山名，在陝西華陰縣南十里，卽西嶽也。以西有少華，故曰太華。華，去聲，讀若話。

△中條　山名，在山西永濟縣東南十五里，與華山夾峙黃河南北，河水卽自此折而東流。

（箋）

△俞陛雲曰：『凡作客途風景詩者，山川形勢，最宜明瞭。筆氣能包掃一切，而句法復雄宕高超，斯爲上乘。許詩其佳選也。開篇從秋日說起，若仙人跨鶴，翩然自空而降。首句卽押韻，神味尤儁。三四句皆潼關左右之名山，太華在關西，中條在關東，皆數百里而近。殘雲挾雨，自東而西，應過中條而歸太華，地望固確，詩句彌工。五句以雍州爲積高之壤，入關以後，迤邐而登，故樹色亦隨關而迴。余曾在風陵渡河，望潼關樹色，高入雲中，深歎其迴字之妙。六句言大河橫亙關前，浩浩黃流，遙通滄海，表裏山河之險，湧現毫端。以上皆紀客途風景，篇終始言赴闕。觚棱在望，而故鄉回首，猶夢漁樵，知其榮利之淡也。』又：『溫庭筠亦有潼關詩云：「十里曉

雞關樹暗，一行寒雁隴雲愁。」與此作同工，非特饒有韻味，且「曉雞句」用雞鳴度關事，運典入化，可爲學詩之炳燭。』

△吳摯甫曰：『高華雄渾，丁卯壓卷之作。』

吳門送客早發

吳歌咽深思。楚客怨歸程。寺曉樓臺迥。江秋管吹淸。早潮低水檻。殘月下山城。惆悵同舟日。湘南春草生。

（校）

△樓臺迥　原校：『一作鐘聲遠。』

（注）

△吳門　江蘇吳縣之別稱。

送太昱禪師

禪牀深竹裏。心與徑山期。結社多高客。登壇盡小師。早秋歸寺遠。新雨上灘遲。別後江雲碧。南齋一首詩。

（注）

△結社　溫庭筠重遊圭峯宗密禪師精廬詩：『暫對杉松如結社，偶同麋鹿自成羣。』

△小師　比丘受具足戒後，未經十夏以上，稱曰小師。見釋氏要覽。按比丘對人謙稱亦曰小師。

△江雲句　語本江淹擬休上人詩，取別怨意也。參閱和友人送僧歸桂州靈巖寺詩『碧雲千里暮愁合』句注。

旅懷

征車何軋軋。南北極天涯。孤枕易爲客。遠書難到家。鄉連雲外樹。城閉月中花。猶有扁舟思。前年別若耶。

(校)

△車　原校：『一作輪。』

△思　原校：『一作興。』

(注)

△軋軋　車聲也。劉克莊運糧行：『縣符傍午催調發，大車小車聲軋軋。』

△若耶　溪名，在浙江紹興縣南二十里若耶山下，北流入鏡湖。相傳爲西施浣紗處，故亦稱浣紗溪。李白詩：『五月西施采，人看隘若耶。』按又名五雲溪，寰宇記謂爲歐冶子鑄劍之所。

秋來水上亭。幾處似巖扃。戲鳥翻紅葉。游龜帶綠萍。管絃心戚戚。羅綺鬢星星。行樂非吾事。西齋尚有螢。

(校)

△(題)　全唐詩校：『一作與羣公宴南亭。』

△行　全唐詩校：『一作此。』

(注)

△巖扃　猶言巖戶、巖扉。杜甫橋陵詩：『瑞芝產廟柱，好鳥鳴巖扃。』白居易夢仙詩：『祕之不敢泄，誓志居巖扃。』

△戚戚　心動也。孟子梁惠王：『於我心有戚戚然。』注：『戚戚然心有動也。』

△星星　喻白也。謝靈運詩：『戚戚感物歎，星星白髮垂。』

早發壽安次永壽渡

東西車馬塵。鞏洛與咸秦。山月夜行客。水煙朝渡人。樹涼風浩浩。灘淺石磷磷。會待功名就。扁舟寄此身。

(校)

△(題)永壽　全唐詩校：『壽，一作濟。』

△東西　二字原缺，據全唐詩補。

△浩浩　全唐詩作皓皓，校云：『一作浩浩。』

（注）

△壽安　後魏置甘棠縣，相傳為周時召伯聽政之所。隋改壽安。金改為宜陽。卽今河南宜陽縣治。

泊松江渡

漠漠故宮地。月涼風露幽。雞鳴荒戍曉。雁過古城秋。楊柳北歸路。蒹葭南渡舟。去鄉今已遠。更上望京樓。

（校）

△（題）　全唐詩校：『一作南游泊船江驛。』

△風露　原校：『一作雲木。』全唐詩校：『一作雲水。』

△曉　原校：『一作明。』非。全唐詩校：『一作暗。』

（注）

△松江　太湖之支流。卽今吳淞江也。在江蘇省境。

△漠漠　寂無聲響也。荀子解蔽：『聽漠漠而以為啕啕。』注：『漠漠，無聲也。』陶潛命子詩

：『紛紛戰國，漠漠衰周。』注：『漠漠，寂寞也。』

送魚思別處士歸有懷

讌罷衆賓散。長歌攜一枝。溪亭相送遠。山郭獨歸遲。風檻夕雲散。月軒寒露滋。病來雙鬢白。不是舊離時。

(校)

△(題)　全唐詩校：『一作南亭送張祜。』

△衆賓散　全唐詩校：『散，一作送。』

△枝　全唐詩作巵，校云：『一作枝。』

△雲　全唐詩校：『一作陽。』

△月　全唐詩校：『一作日。』

△舊　全唐詩校：『一作別。』

(注)

△長歌　文選謝莊月賦：『情紆軫其何託？愬皓月而長歌。』

維舟秦淮過溫州李給事宅

給事爲郎日。青溪醉隱銜。冰池通極浦。雪逕遶高巖。珠玉砂同見。松梅墜共芟。帝圖憂一失。臣節恥三緘。代有王陵戇。時無靳尚讒。定應操直筆。寧爲發空函。霧黑連雲棧。風狂截海帆。石梯迎雨潤。沙井帶潮鹹。蠟屐青筇杖。籃輿白罽衫。應勞此歸夢。山路正巉巉。

（校）

△銜、砂、應、白罽衫　六字原缺，據全唐詩補。

△見　全唐詩作弃，校云：『一作見。』

△梅墜　全唐詩作筠草，校云：『一作梅墜。』

△操　全唐詩作標，校云：『一作操。』

（注）

△秦淮　河名。源出江蘇溧水縣東北；西北流，至南京市東南，入通濟水門，橫貫城中，西出三山水門，入長江。秦時所開，故名。舊時南京之歌樓舞館，駢列兩岸，畫舫游艇，紛集其間，夙稱金陵勝地。杜牧泊秦淮詩『煙籠寒水月籠沙，夜泊秦淮近酒家。』

△給事　詳經李給事舊居詩注。

△青溪　在南京市東北。即三國時吳所鑿東渠。晉郗僧施嘗泛舟於此，每溪一曲，作詩一首。寰宇記：『溪洩玄武湖水，南入秦淮。溪上有柵；東晉時蘇峻攻青溪柵，卞壼戰死於此。今溪水多

堙；所存者惟自舊內傍遶出淮青橋與秦淮河合之一曲而已。』

△珠玉句　晉書王衍傳：『衍儁秀有令望，希心玄遠，未嘗語利。王敦過江，常稱之曰：「夷甫（衍字）處衆中，如珠玉在瓦礫間。」』

△三緘　喻愼言也。家語觀周：『孔子觀周，遂入太祖后稷之廟，廟堂右階之前，有金人焉，三緘其口，而銘其背曰：古之愼言人也。』

△王陵　漢沛人。始爲縣豪，高祖微時，陵兄事之；及高祖起沛，陵聚衆屬之。楚、漢戰時，陵母爲項羽所得，陵使至，羽使陵母招陵，陵母私送使者曰：『爲我語陵，善事漢王，無以我故懷二心。』乃伏劍死。天下既定，陵受封爲安國侯。惠帝時用爲右丞相。呂后欲王諸呂，以問陵，陵不可，乃遷陵太傅，實奪其權，謝病免。

△靳尚　戰國楚上官大夫。與三閭大夫屈原同事懷王。原博聞強記，明於治亂，王重其才，尚輩嫉讒之。原既疏，遂憂愁幽思，而作離騷。事詳史記。

△直筆　謂史官據事直書也。晉書郭璞傳：『忝荷史臣，敢忘直筆，惟義是規。』又慕容盛載記：『時無直筆之史，後儒承其謬誤。』

△空函　晉書殷浩傳：『桓溫將以殷浩爲尚書令，遺書告之，浩欣然許焉。將答書，慮繆誤，開閉者數十，竟達空函，大忤溫意，由是遂絕。』

△蠟屐　晉書阮孚傳：『孚性好屐，或有詣阮，正見自蠟屐，因自歎曰：「未知一生當着幾量

屐。」』

△青節杖　白居易詩：『手把青節杖，頭戴白綸巾。』

△籃輿　竹轎也。晉書孫畧傳：『每行乘籃輿。』

△罽　毛織布也。漢書高帝紀：『賈人毋得衣錦繡、綺縠、絺紵、罽。』注：『罽，織毛，若今毾及氍毹之類也。』王先謙補注：『錢大昭曰：「罽，當作𦆅。」』

△巉巉　高峻貌。韓愈望秋詩：『終南曉望蹋龍尾，倚大更覺青巉巉。』韋莊李氏小池亭十二韻詩：『積石亂巉巉，庭莎綠不芟。』

【按卷上遊錢塘青山李隱居西齋一首，全唐詩注：『一作李郢詩。』又卷上送沈卓少府任江都、客至，及卷下江上燕別、贈僧四首，原注皆謂『或作趙嘏詩』，眞贋莫辨，聊付闕如。】

丁卯集補遺一

五言絕句

長安早春懷江南

雲月有歸處。故山淸洛南。如何一花發。春夢徧江潭。

（校）

△如何　全唐詩校：『一作秦城。』

△徧　全唐詩校：『一作滿。』

（注）

△故山　猶言故鄉。謝靈運初發石首城詩：『故山日旣遠，風波豈還時。』

送客南歸

野寺薜蘿晚。官渠楊柳春。歸心已無限。更送洞庭人。

（校）

△（題）　全唐詩校：『一作寓居崇聖寺送客南浦。』

（注）

△薜蘿　李紳詩：『山城小閣臨靑嶂，紅樹蓮宮接薜蘿。』

△官渠　漢書：『哀帝爲董賢治大第，開門向北闕，引王渠灌園地。』注：『王渠，官渠也，猶今御溝。』白居易詩：『官渠禁流水。』

丁卯集補遺二

七言絕句

送曾主簿歸楚州省覲予亦明日歸姑孰

帆轉清淮極鳥飛。落帆應換老萊衣。河亭未醉先惆悵。明日還從此路歸。

(校)

△極　全唐詩校：『一作及。』

(注)

△姑孰　今安徽當塗縣治。參閱姑孰官舍詩注。

重別

淚沿紅粉濕羅巾。重繫蘭舟勸酒頻。留卻一枝河畔柳。明朝猶有遠行人。

(校)

△(題)　全唐詩校：『一作重別曾主簿。』

（注）

△（題）　全唐詩注：『時諸妓同餞。』

（箋）

△謝疊山曰：『故人送別，多折柳以贈，見其繾綣。諸妓餞行，淚沿紅粉濕羅巾，重繫蘭舟勸酒頻，亦可謂有意矣。然皆非眞情，而留卻一枝河畔柳，其心又欲贈明朝遠行之人，可見淚濕羅巾，頻頻勸酒，皆外貌欺人也。』

湖上

髣髴欲當三五夕。萬蟬清雜亂泉紋。釣魚船上一尊酒。月出渡頭零落雲。

（注）

△三五　謂舊曆之望日也。古詩十九首：『三五明月滿，四五蟾兎缺。』

宿水閣

野客從來不解愁。等閑乘月海西頭。未知南陌誰家子。夜半吹笙入水樓。

（注）

△閣　通閣。樓也，見玉篇。

謝亭送別

勞歌一曲解行舟。紅葉青山水急流。日暮酒醒人已遠。滿天風雨下西樓。

（校）

△別　全唐詩校：『一作客。』

△葉　全唐詩校：『一作樹。』

（注）

△謝亭　丹陽記：『京師三亭：新亭，吳舊亭也，（東晉安帝）隆安中，丹陽尹司馬恢移今地；謝石創征虜亭；三吳縉紳創冶亭。』按謝亭謂征虜亭也。

（箋）

△謝疊山曰：『水急流則舟行速，醉中見紅葉青山，景象可愛，必不瞻望涕泣矣。日暮酒醒，行人已遠，豈能無惜別之懷？滿天風雨，離愁當增幾倍也。』

酬李當

知有瑤華手自開。巴人虛唱懶封回。山陰一夜滿溪雪。借問扁舟來不來。

（注）

△瑤華　喻貴重也。謝脁答呂法曹詩：『惠而能好我，問以瑤華音。』

△巴人　文選張協雜詩：『陽春無和者，巴人皆下節。』翰注：『郢中之歌，有陽春、巴人二曲；陽春，高曲，和者甚少；巴人，下曲，和者數千人。』

△山陰扁舟二句　用王子猷雪夜訪戴事。詳對雪詩注。

蟬

噪柳鳴槐晚未休。不知何事愛悲秋。朱門大有長吟處。剛傍愁人又送愁。

（注）

△朱門　謂豪富之家也。郭震詠蛩詩：『苦吟莫向朱門裏，滿耳笙歌不聽君。』

夜過松江渡寄友人

清露白雲明月天。與君齊棹木蘭船。南湖風雨一相失。夜泊橫塘一渺然。

（校）

△過　全唐詩校：『一作泊。』

（注）

△松江　卽吳淞江，在江蘇省境。

△橫塘　見夜泊永樂有懷詩注。

守風淮陰

遙見江陰夜漁客。因思京口釣魚時。一潭明月萬株柳。自去自來人不知。

（注）

△淮陰　縣名。故城在今江蘇淮陰縣東南。參閱淮陰阻風寄楚州韋中丞詩注。

△京口　即今江蘇鎮江縣治。參閱京口閑寄京洛友人詩注。

送楊發東歸

紅花半落燕于飛。同客長安今獨歸。一紙鄉書報兄弟。還家羞著別時衣。

（注）

△楊發　字至之。見下第別楊至之詩注。按至之馮翊人，馮翊舊治在長安東北，故曰送其東歸也。

△燕于飛　陳江總燕燕于飛：『二月春暉暉，雙燕理毛衣。』

亡題

商嶺採芝尋四老。紫陽收朮訪三茅。欲求不死長生訣。骨裏無仙不肯教。

（校）

△（題）全唐詩校：『一作學仙。』

（注）

△商嶺　即商山，在陝西商縣東南。參閱四皓廟詩及旌儒廟詩注。

△三茅　漢茅盈，少秉異操，年十八，入恆山修道；後隱江南之茅山，人稱爲茅君。仲弟固，官執金吾，季弟衷，爲五官大夫，各棄官求兄於茅山，咸得仙去。相傳老君拜盈爲司命眞君，固爲定籙眞君，衷爲保生眞君，世遂稱三茅君。參閱贈茅山高拾遺詩『茅山』句注。

下第懷友人

獨掩衡門花盛時。一封書信緩歸期。南宗更有瀟湘客。夜夜月明聞竹枝。

（注）

△衡門　詩陳風衡門：『衡門之下，可以棲遲。』衡門，謂以橫木爲門，言淺陋也。按朱傳謂爲隱居自樂而無求者之辭，言衡門雖淺陋，然亦可以游息也。

△竹枝　詳盧山人自巴蜀由湘潭歸茅山因贈詩注。

客有卜居不遂薄遊汧隴因贈

海燕西飛白日斜。天門遙望五侯家。樓臺深鎖無人到。落盡春風第一花。

（注）

△汧隴　汧，水名。源出陝西隴縣之汧山（卽岍山）。東南流經汧陽、鳳翔二縣，至寶雞縣入渭水。

△天門　君門之尊稱。杜甫宣政殿退朝晚出左掖詩：『天門日射黃金牓，春殿晴曛赤羽旗。』

△五侯　後漢書宦者傳：『桓帝封單超新豐侯、徐璜武原侯、俱瑗東武陽侯、左悺上蔡侯、唐衡汝陽侯，五人同日封，世謂之五侯。自是權歸宦官，朝政日亂矣。』韓翃寒食詩：『日暮漢宮傳蠟燭，輕煙散入五侯家。』

（箋）

△謝疊山曰：『此詩解其卜居不遂之鬱結也。五侯之家，富貴極矣，今遙望其廬，樓臺深鎖無人到，落盡春風第一花，人生如寄，英雄以宇宙爲家，此身所到等逆旅耳，何必以無家爲憂。五侯有樓臺而不得居，寒士無室廬者，亦可以寬心矣。』

陳宮怨二首

（一）

風暖江城白日遲。昔人遺事後人悲。草生宮闕國無主。玉樹後庭花爲誰。

（注）

△玉樹後庭花　南史：『陳後主以宮人袁大捨等爲文學士，因狎客共賦新詩，采其尤豔者，有玉樹後庭花、臨春樂等曲。』杜牧泊秦淮詩：『商女不知亡國恨，隔江猶唱後庭花。』

（二）

地雄山險水悠悠。不信隋兵到石頭。玉樹後庭花一曲。與君同上景陽樓。

（注）

△不信隋兵到石頭　陳後主聞隋兵臨江，曰：『王氣在此，虜必自敗。』隋將賀若弼、韓擒虎入城內，後主乃逃於井。見南史陳本紀。按石頭，城名，故址在今南京市西石頭山後。石頭山北緣大江，南秦淮口，六朝以來，皆守此爲固，諸葛亮所云石頭虎踞是也。見建康志。

△景陽樓　在江蘇江寧縣北。詳汴河亭詩注。

送薛先輩入關

一卮春酒送離歌。花落敬亭芳草多。若問歸期已深醉。只應孤夢繞關河。

（注）

△敬亭　山名，在安徽宣城縣北。原名昭亭山，又名査山。山上舊有敬亭，爲南齊謝朓吟詠處，因名。山高數百丈；東臨宛、句二水，南俯城堙；巖壑幽深，爲近郊名勝。李白詩：『相看兩不厭，只有敬亭山。』即此。

韓信廟

朝言雲夢暮南巡。已爲功名少退身。盡握兵權猶不得。更將心計託何人。

注）

△韓信廟　用晦淮陰阻風寄楚州韋中丞詩：『劉伶臺下稻花晚，韓信廟前楓葉秋。』按韓信，漢淮陰（今江蘇淮陰縣東南）人。佐高祖滅項羽，立爲楚王。與張良、蕭何，稱漢興三傑。後被告謀反，高祖僞遊雲夢，執之至雒陽，赦爲淮陰侯。陳豨反，高祖親征，信稱病不從，呂后用蕭何謀，紿至長樂宮，斬之，夷三族。

過湘妃廟

古木蒼山捲翠娥。月明南浦起微波。九疑望斷幾千載。斑竹淚痕今更多。

（注）

△湘妃廟　在湖南岳陽縣西南洞庭湖中之君山。按君山亦名湘山、洞庭山，相傳舜妃湘君嘗遊此

，故名。見水經注。

△九疑　山名，亦作九嶷，又名蒼梧山，虞舜葬處，在今湖南寧遠縣。

△斑竹　博物志：『堯之二女，舜之二妃，曰湘夫人，舜崩，二妃啼，以啼揮竹，竹盡斑。』羣芳譜：『斑竹卽吳地稱湘妃竹者，其斑如淚痕，世傳二妃將沉湘水，望蒼梧而泣，灑淚成斑；出峽州宜都縣飛魚口，鮮美可愛；杭產者不如。亦有二種，出古辣者佳，出陶虛山者次之。』

寄雲際寺敬上人

萬山秋雨水縈回。紅葉多從紫閣來。雲冷竹齋禪衲薄。已應飛錫過天台。

（校）

△過　全唐詩校：『一作入。』

（注）

△紫閣　卽紫閣峯，在陝西鄠縣東南，其陰卽渼陂。杜甫秋興詩：『紫閣峯陰入渼陂。』韋莊過渼陂懷舊詩：『渼陂可是當時事，紫閣空餘舊日煙。』迤東有白閣、黃閣二峯，三峯相距不甚遠。

△飛錫過天台　文選孫綽遊天台山賦：『王喬控鶴以沖天，應眞（羅漢）飛錫以躡虛。』釋氏要覽：『今僧遊行嘉稱飛錫，此因高僧隱峯遊五臺，出淮西，擲錫飛空而往也，若西方得道僧，往

來多是飛錫。』張謂送僧詩：『鍾嶺更飛錫，爐峯期結伽。』

聽琵琶

欲寫明妃萬里情。紫槽紅撥夜丁丁。胡沙望盡漢宮遠。月落天山聞一聲。

(注)

△明妃　即王昭君。漢元帝宮女，秭歸人。元帝後宮，按圖召幸，宮人皆賄畫工；昭君自恃其貌，獨不與，畫工乃惡圖之。其後以昭君賜匈奴和親，及入辭，光彩射人，悚動左右，貌爲後宮冠；帝悔恨，窮案其事，畫工毛延壽等皆棄市，而昭君竟行。卒葬匈奴。晉時避司馬昭諱，改曰明妃。石崇作歌，稱爲王明君。古樂府有昭君怨。

△紫槽　槽，置絃器上以架者絃。南唐後主題琵琶背詩：『餘煖在檀槽。』葉夢得琵琶詩：『白鴿飛來入紫槽。』

△撥　鼓絃之物。唐書蘇頲傳：『市琵琶，捍撥玲瓏。』

覽故人贈僧院

高閣清吟寄遠公。四時雲月一篇中。今來借問獨何處。日暮槿花零落風。

(注)

△遠公　即晉僧慧遠。詳金陵阻風登延祚閣詩注。

晨起西樓

留情深處駐橫波。斂翠凝紅一曲歌。明月下樓人未散。共愁三徑是天河。

（注）

△橫波　言目斜視，如水波之橫流也。文選傅毅舞賦：『眉連娟以增繞兮，目流睇而橫波。』韋莊秦婦吟：『一寸橫波剪秋水。』

紫藤

綠蔓穠陰紫袖低。客來留坐小堂西。醉中掩瑟無人會。家近江南罨畫溪。

（注）

△罨畫溪　在浙江長興縣西。鄭谷詩：『溪將罨畫通。』

宿咸宜觀

羽袖飄飄杳夜風。翠幢歸殿玉壇空。步虛聲盡天未曉。露壓桃花月滿宮。

（校）

△杳　全唐詩校：『一作香。』

△未　全唐詩校：『一作將。』是也。

（注）

△步虛聲　謂誦經聲也。異苑：『陳思王遊山，忽聞空裏誦經聲，淸遠遒亮，解音者則而寫之，爲神仙聲，道士效之，作步虛聲。』張籍詩：『卻到瑤壇上頭宿，應聞空裏步虛聲。』

送崔珦入朝

書劍功遲白髮新。強登蕭寺送歸秦。月斜松桂倚高閣。明日江南江北人。

（注）

△書劍　陳子昂詩：『平生聞高義，書劍百夫雄。』蘇軾詩：『未成報國慚書劍，豈不懷歸畏友朋。』參閱送嶺南盧判官罷職歸華陰山居詩注。

病中和大夫翫江月

江上懸光海上生。仙舟迢遞繞軍營。高歌一曲同筵醉。卻是劉楨坐到明。

（注）

△劉楨句　文選劉楨贈五官中郎將詩：『余嬰沈痼疾，竄身淸漳濱。』用晦引以自況，言在病中也。按宣城崔大夫召聯句偶疾不獲赴因獻詩有『漳浦題詩怯大巫』句，可合觀。

讀戾太子傳

佞臣巫蠱已相疑。身沒湖邊築望思。今日更歸何處是。年年芳草上臺基。

（注）

△戾太子　漢武帝太子，名據。少習春秋，以巫蠱之獄自殺。後帝知其寃，田千秋復訟雪之，帝作思子宮，並作歸來望思之臺。後據孫病己嗣立，是爲孝宣帝；追謚曰戾。董仲舒曰：『有其功而無其意曰戾。』

酬對雪見寄

飛度龍山下遠空。拂簷縈竹晝濛濛。知君吟罷意無限。曾聽玉堂歌北風。

（注）

△龍山　見對雪詩注。

△玉堂　宮殿之稱。纘古叢編：『楚蘭臺之宮有玉堂；宋玉風賦：「徜徉乎中庭，北上玉堂」，

是也。』

王可封臨終

十世爲儒少子孫。一生長負信陵恩。今朝埋骨寒山下。爲報慈親休倚門。

（注）

△信陵恩　王昌齡詩：『曾爲大梁客，不負信陵恩。』羅隱詩：『世亂共嗟王粲老，時危俱受信陵恩。』按信陵，即戰國魏信陵君，仁而下士，故詩云然。

△慈親倚門　謂望子之切也。戰國策齊策：『王孫賈年十五，事閔王，王出走，失王之處。其母曰：「女朝出而晚來，則吾倚門而望；女暮出而不還，則吾倚閭而望。女今事王，王出走，女不知其處，女尚何歸？」』

僧院影堂

香銷雲凝舊僧家。僧刹殘燈壁半斜。日暮松煙空漠漠。秋風吹破妙蓮華。

（校）

△凝　全唐詩校：『一作散。』

△妙　全唐詩校：『一作紙。』

（注）

△影堂　僧家供置佛祖眞影之堂舍也。雍陶詩：『秋磬數聲天欲曉，影堂斜掩一燈深。』卽指此而言。

△香銷雲凝　最勝王經六：『所有種種香雲香蓋，皆是金光明最勝王威神之力。』香雲香蓋，謂香煙上結爲雲形、蓋形者。按凝，全唐詩校作散，味詩意，似較勝。

△蓮華　華嚴經：『一切諸佛世界，悉見如來坐蓮華寶師子之座。』諸佛皆以蓮華爲座者，蓋取華嚴經『蓮華藏世界』之義。（按佛報身之淨土，爲寶蓮華所成，故云蓮華藏世界也。）

記夢

曉入瑤臺露氣淸。座中唯有許飛瓊。塵心未盡俗緣在。十里下山空月明。

（校）

△下山　全唐詩校：『一作山前。』

（注）

△（題）　全唐詩注引本事詩云：『渾常夢登山，有宮室淩雲，人云此崑崙也，旣入，見數人方飮，招之，至暮而罷，渾賦詩云云。他日復夢至其處，飛瓊曰：「子何故顯余姓名於人間？」座上卽改爲「天風吹下步虛聲」，曰：「善。」』按許飛瓊，古仙女也。漢武內傳：『王母乃命侍女

許飛瓊鼓震靈之簧。』

三十六灣

縹緲臨風思美人。荻花楓葉帶離聲。夜深吹笛移船去。三十六灣秋月明。

（注）

△三十六灣　古地名。在湖南湘陰縣。

丁卯集補遺三

五言律詩

陪王尙書泛舟蓮池

蓮塘移畫舸。泛泛日華淸。水暖魚頻躍。煙秋雁早鳴。舞如回雪態。歌轉遏雲聲。客散山公醉。風高月滿城。

（注）

△畫舸　舸，舟也。方言：『南楚、江、湘，凡船大者謂之舸。』梁元帝詩：『蓮舟夾鶴髦，畫舸覆緹油。』岑參泛浣花溪詩：『紅亭移酒席，畫舸逗江村。』

△回雪句　張衡觀舞賦：『裾似飛鸞，袖如回雪。』陳子良賦得妓詩：『回雪掌中輕。』蔣防賦得春風扇微和詩：『舞席皆回雪，歌筵暗送塵。』意可互發。按回雪，狀舞姿之輕妙也。

△遏雲句　詳聽歌鷓鴣辭『響轉碧霄雲駐影』句注。

△山公　謂晉山簡。參閱聞薛先輩陪大夫看早梅因寄詩『倒接䍦』句注。

贈裴處士

爲儒白髮生。鄉里早聞名。煖酒雪初下。讀書山欲明。字形翻鳥跡。詩調合猿聲。門外滄浪水。知君欲濯纓。

（校）

△欲　全唐詩校：『一作未。』

（注）

△字形翻鳥跡　謂鳥篆也。按古篆形如鳥跡，故云。索靖草書狀：『蒼頡既正書契，是爲蝌斗鳥篆。』謝可宗雁字詩：『雲箋冷印蟲書蹟，烟墨濃模鳥篆形。』張耒詩：『青引嫩苔留鳥篆，綠垂殘葉帶蟲書。』意可互發。

△滄浪濯纓二句　孟子離婁上：『有孺子歌曰：「滄浪之水清兮，可以濯我纓；滄浪之水濁兮，可以濯我足。」』楚辭漁父：『漁父莞爾而笑，鼓枻而去，歌曰：「滄浪之水清兮，可以濯吾纓；滄浪之水濁兮，可以濯吾足。」遂去，不復與言。』

將赴京師留題孫處士山居二首

（一）

草堂近西郭。遙對敬亭開。枕膩海雲起。簟涼山雨來。高歌懷地肺。遠賦憶天台。應學相如志。終須駟馬回。

（校）

△敬　全唐詩校：『一作鏡。』

△海　全唐詩校：『一作江。』

△學　全唐詩校：『一作笑。』

（注）

△敬亭　山名，在安徽宣城縣北。謝脁遊敬亭山詩：『茲山亘百里，合沓與雲齊。』白居易詩：『再喜宣城章句動，飛觴遙賀敬亭山。』參閱送許先輩入關詩注。

△地肺　商山之別稱。在陝西商縣東南。秦時四皓隱此，號商山四皓。山有七盤十二繂，林壑深邃，形勢幽勝。

△相如駟馬二句　成都記：『司馬相如初西去，過昇仙橋，題柱曰，不乘高車駟馬，不過此橋。』

（箋）

△娛書堂詩話：『唐許渾題孫處士居云：「高歌懷地肺，遠賦憶天臺」，極爲的對。』

（二）

西巖有高興。路僻幾人知。松蔭花開晚。山寒酒熟遲。游從隨野鶴。休息遇靈龜。長見鄰翁說。容華似舊時。

（校）

△幾人　全唐詩校：『一作有誰。』

△晚　全唐詩校：『一作少。』

△隨　全唐詩校：『一作收。』

（注）

△野鶴　喻隱士也。野鶴不與雞鶩爲羣，有類隱士之超然塵外，因以爲喻。韋應物贈王侍御詩：『心同野鶴與塵遠，詩似冰壺見底清。』

題崇聖寺

西林本行殿。池榭日坡陁。雨過水初漲。雲開山漸多。曉街垂御柳。秋院閉宮莎。借問龍歸處。鼎湖空碧波。

（注）

△（題）　自注：『寺，故行宮也。』

△坡陁　坡同陂。文選司馬相如子虛賦：『罷池陂陁。』翰注：『陂陁，寬廣貌。』

△鼎湖　史記封禪書：『黃帝鑄鼎於荆山下，鼎成，乘龍上仙，後人因名其地曰鼎湖。』按鼎湖在今河南閿鄉縣南三十五里荆山之下。後人引此言帝王崩逝，寓乘龍仙去之意。

下第寓居崇聖寺感事

懷土泣京華。舊山歸路賒。靜依禪客院。幽學野人家。林晚鳥爭樹。園春蝶護花。東門有閑地。誰種邵平瓜。

(校)

△土　全唐詩校：『一作玉。』

△鳥　全唐詩校：『一作鴉。』

(注)

△邵平瓜　見元正詩『青門』句注。

曉發天井關寄李師晦

山在水滔滔。流年欲二毛。湘潭歸夢遠。燕趙客程勞。露曉紅蘭重。雲晴碧樹高。逢秋正多感。萬里別同袍。

（注）

△天井關　在山西晉城縣南四十五里太行山上，亦曰太行關。形勢雄峻，素稱天險。

喜遠書

端居換時節。離恨隔龍瀧。苔色上春閣。柳陰移晚窗。寄懷因桂水。流淚極楓江。此日南來使。金盤魚一雙。

（校）

△魚　全唐詩校：『一作鯉。』

（注）

△端居　猶言平居。孟浩然臨洞庭上張丞相詩：『欲濟無舟楫，端居恥聖明。』

△龍瀧　即龍川與瀧水。詳留別趙端公詩注。

△寄懷因桂水　文選江淹擬休上人詩：『桂水日千里，因之平生懷。』注：『言因桂水以通情也。』

△魚一雙　謂書札也。古人寄書，常以尺素結成雙鯉形，故云。按魚，全唐詩校作鯉，是也。古樂府：『尺素如殘雪，結成雙鯉魚。』劉禹錫詩：『相思望淮水，雙鯉不應稀。』范成大詩：『平生書札頻雙鯉。』皆謂此也。

懷江南同志

南國別經年。雲晴波接天。蒲深鸂鶒戲。花暖鷓鴣眠。竹暗湘妃廟。楓陰楚客船。唯應洞庭月。萬里共嬋娟。

（校）

△（題）　全唐詩校：『一作送客。』

△嬋　全唐詩校：『一作娟。』

（注）

△湘妃廟　見過湘妃廟詩注。

△唯應洞庭月萬里共嬋娟　文選謝莊月賦：『洞庭始波，木葉微脫。』又：『情紆軫其何託，愬皓月而長歌。歌曰：「美人邁兮音塵闕，隔千里兮共明月，臨風歎兮將焉歇，川路長兮不可越。」』許詩意當本此。按嬋娟，謂色態美好也。孟郊嬋娟篇：『月嬋娟，眞可憐。』

洛中秋日

故國無歸處。官閑憶遠遊。吳僧秣陵寺。楚客洞庭舟。久病先知雨。長貧早覺秋。壯心能幾許。伊水更東流。

(注)

△伊水　源出河南盧氏縣熊耳山，東北流經嵩縣、伊陽、洛陽、偃師，南入於洛。漢書地理志：『宏農盧氏縣東有熊耳山，伊水所出。』

將赴京師蒜山津送客還荊渚

尊前萬里愁。楚塞與皇州。雲識瀟湘雨。風知鄠杜秋。潮平猶倚棹。月上更登樓。他日滄浪水。漁歌對白頭。

(校)

△(題)　全唐詩校：『一作將赴京師津亭別蕭處士。』

△猶　全唐詩校：『一作仍。』

△頭　全唐詩校：『一作鷗。』

(注)

△蒜山　在江蘇鎮江縣西九里。詳蒜山津觀發軍詩注。

△荊渚　卽荊州，唐爲江陵府。按江陵在今湖北潛江縣西。

△皇州　猶言帝都。謝脁詩：『春色滿皇州。』

△鄠杜　二縣名，均在今陝西省境。用晦別劉秀才詩有『孤帆夜別瀟湘雨，廣陌春期鄠杜花』之句，可合觀之。

△滄浪漁歌二句　參閱贈裴處士詩注。

潼關蘭若

來往幾經過。前軒枕大河。遠帆春水闊。高寺夕陽多。蝶影下紅藥。鳥聲喧綠蘿。故山歸未得。徒詠採芝歌。

（校）

△軒　全唐詩校：『一作山。』

△芝　全唐詩校：『一作薇。』

（注）

△採芝歌　按琴曲有採芝操。古今樂錄曰：『商山四皓隱居，高祖聘之，四皓不出，仰天歎而作歌。』崔鴻曰：『四皓爲秦博士，遭世闇昧，坑黜儒術，退而作此。』

翫殘雪寄江南尹劉大夫

豔陽無處避。皎潔不成容。素質添瑤水。清光散玉峯。眠鷗猶戀草。棲鶴未離松。聞在金鑾望。羣仙對九重。

(校)

△江　全唐詩校：『一作河。』

△望　全唐詩校：『一作賞。』

(注)

△金鑾　唐殿名。在大明宮內。兩京記：『隴首山支隴起平地，上有殿名金鑾殿。殿旁坡名金鑾坡，翰林故事置學士院；後又置東學士院於金鑾坡。』

△九重　謂天子所居之處，或逕用以稱天子。楚辭九辯：『豈不鬱陶而思君兮，君之門以九重。』楊愼古雋：『九，陽數之極，故天子稱九重。』

陪越中使院諸公鏡波館餞明臺裴鄭二使君

傾幕來華館。淹留二使君。舞移淸夜月。歌斷碧空雲。海郡樓臺接。江船劍戟分。明時自鶱翥。無復歎離羣。

(注)

△明臺　議政之臺也。管子桓公問：『黃帝立明臺之議者，上觀於賢也；堯有衢室之問者，下聽於人也。』王融策秀才文：『思政明臺。』

△騫翥　飛舉貌。晉書袁湛傳：『范泰贈湛詩云：「亦有後出雋，離羣頗騫翥。」』

春泊弋陽

江行春欲半。孤枕弋陽堤。雲暗猶飄雪。潮寒未應溪。飲猿聞棹散。飛鳥背船低。此路成幽絕。家山聳洛西。

(注)

△弋陽　江名。江西之信江，在弋陽縣界曰弋陽江。讀史方輿紀要：『弋陽江，志云：「弋溪，源出靈山，西流合葛溪，曰弋者，以水形橫斜似弋也。」』

晨別翛然上人

吳僧誦經罷。敗衲倚蒲團。鐘韻花猶斂。樓陰月向殘。晴山開殿響。秋水捲簾寒。獨恨孤舟去。千灘復萬灘。

(校)

△向　全唐詩校：『一作尙。』

△千灘　全唐詩校：『灘，一作山。』

(注)

△蒲團　僧家坐禪及跪拜之具。蘇軾詩：『此身分付一蒲團，靜對蕭蕭竹數竿。』

送客江行

蕭蕭蘆荻花。郢客獨辭家。遠棹依山響。危檣轉浦斜。水寒澄淺石。潮落漲虛沙。莫與征徒望。鄉園去漸賒。

(注)

△郢客　杜甫陪鄭廣文遊何將軍山林詩：『刺船思郢客，解水乞吳兒。』按郢，春秋楚都。西魏置郢州，北周改為石城郡，唐復置郢州，故治即今湖北鍾祥縣。

△鄉園　孟浩然入峽寄弟詩：『因君下南楚，書此示鄉園。』元結橘井詩：『鄉園不見重歸鶴，姓字今為第幾仙？』

將歸塗口宿鬱林寺道玄上人院二首

(一)

西巖一磬長。僧起樹蒼蒼。閑殿灑寒水。誦經焚晚香。竹風雲漸散。杉露月猶光。無復重來此。歸舟凌夕陽。

(校)

△晚　全唐詩校：『一作曉。』

(注)

△(題)　按卷下有重遊鬱林寺道玄上人院詩，可合觀。

(二)

春尋採藥翁。歸路宿禪宮。雲起客眠處。月殘僧定中。藤花深洞水。槲葉滿山風。清境不能住。朝朝慚遠公。

(注)

△禪宮　寺也。司空曙經廢寶慶寺詩：『禪宮亦消歇，塵世轉堪哀。』錢起詩：『西日積山含碧空，東方吐月滿禪宮。』

△遠公　即晉僧慧遠，此以喻道玄上人也。

題宣州元處士幽居

潺湲遶門水。未省濯纓塵。鳥散千巖曙。蜂來一逕春。杉松還待客。芝朮不求人。寧學磻溪叟。逢時罷隱淪。

(校)

△淪　全唐詩校：『一作綸。』

（注）

△宣州　即今安徽宣城縣治。

△磻溪隱淪二句　磻溪叟，謂周太公望也。按磻溪在陝西寶雞縣東南，源出南山茲谷，北流入渭。溪中有泉，曰茲泉。相傳太公望垂釣於此，而遇文王，故云。參閱晚自朝臺至韋隱居郊園詩注。

題倪處士舊居

儒翁九十餘。舊向此山居。生寄一壺酒。死留千卷書。檻摧新竹少。池淺故蓮疏。但有子孫在。帶經還荷鋤。

（校）

△（題）　全唐詩校：『一作經。』

△山　全唐詩校：『一作村，一作中。』

△檻　全唐詩校：『一作欄。』

△子　全唐詩校：『一作小。』

△荷　全唐詩校：『一作自。』

贈梁將軍

曾經黑山虜。一劍出重圍。年長窮書意。時淸隱釣磯。高齋雲外住。瘦馬月中歸。唯說鄉心苦。春風雁北飛。

（校）

△釣磯　全唐詩校：『一作戰機。』

△齋　全唐詩校：『一作僧。』

（注）

△黑山　在河南濬縣西北。參閱蒜山津觀發軍詩注。

春望思舊游

適意極春日。南臺披薜蘿。花光晴漾漾。山色晝峨峨。湘水美人遠。信陵豪客多。唯憑一瓢酒。彈瑟縱高歌。

（校）

△適意　全唐詩校：『一作何處。』

△水　全唐詩校：『一作渚。』

(注)

△南臺　謂御史臺也。通鑑梁武帝大同十年：『卿一人處南臺。』杜佑曰：『御史臺在宮闕西南，故名。』

病中二首

(一)

三年嬰酒渴。高臥似袁安。秋色鬢應改。夜涼心已寬。風衣藤簟滑。露井竹牀寒。臥憶郊扉月。恩深未掛冠。

(注)

△酒渴　皮日休閑夜酒醒詩：『酒渴漫思茶，山童呼不起。』韋莊酒渴愛江清詩：『酒渴何方療？江波一掬清。』

△袁安　字邵公，東漢汝陽人。詳看雪詩注。

△掛冠　後漢書逢萌傳：『王莽殺其子宇。萌謂友人曰：「三綱絕矣，不去禍將及人。」即解冠掛東都城門，歸將家屬浮海，客於遼東。』今言辭官曰掛冠本此。

(二)

私歸人暫適。扶杖遶西林。風急柳溪響。露寒莎徑深。一身仍白髮。萬慮只丹心。此意無言處。高齋託素琴。

(校)

△私　全唐詩校：『一作欲。』

△適　全唐詩校：『一作靜。』

(注)

△丹心　謂忠心也。或言丹忱、丹誠、丹款、丹衷，義並同。吳融詩：『皇恩自抱丹心報，清頌誰將白雪酬？』

△素琴　劉禹錫陋室銘：『可以調素琴，閱金經。』陸游水亭詩：『水亭不受俗塵侵，葛帳筠牀弄素琴。』參閱晨起詩第二首注。

姑孰官舍寄汝洛友人

官靜亦無能。平生少面朋。務開唯印吏。公退只棊僧。藥鼎初寒火。書龕欲夜燈。安知北溟水。終日送摶鵬。

（校）

△開　全唐詩校：『一作閑。』

△書　全唐詩校：『一作香。』

（注）

△（題）　按卷上有姑孰官舍詩，可合觀。

△北溟摶鵬二句　詳酬河中杜侍御重寄詩『羽翼應摶北海風』句注。

恩德寺

樓臺橫復重。猶有半巖空。蘿洞淺深水。竹廊高下風。晴山疏雨後。秋樹斷雲中。未盡平生意。孤帆又向東。

（校）

△有　全唐詩校：『一作在。』

△後　全唐詩校：『一作外。』

△樹　全唐詩校：『一作磬。』

△盡　全唐詩校：『一作竟。』

天竺寺題葛洪井

羽客鍊丹井。井留人已無。舊泉靑石下。餘甃碧山隅。雲朗鏡開匣。月寒冰在壺。仍聞釀仙酒。此水過瓊酴。

（校）

△留　全唐詩校：『一作存。』

△餘　全唐詩校：『一作移。』

△仙　全唐詩校：『一作春。』

△水　全唐詩校：『一作味。』

（注）

△天竺寺　浙江杭縣靈隱山飛來峯之南，有天竺山，山有三天竺寺，在飛來峯南者曰下天竺寺，在稽留峯北者曰中天竺寺，均隋建，在北高峯麓者曰上天竺寺，吳越建。釋氏稽古略：『寶掌和尚如吳，云云。太宗貞觀十五年，返杭之飛來峯棲止之，今中天竺寺也，有「行盡支那四百州，此中偏稱道人遊」之句。』

△羽客　謂道士也。世稱道士之衣曰羽衣，故云。王裒詩：『仙童時可遇，羽客屢相逢。』

△酴　酒母也，見說文。按玉篇：『麥酒不去滓飲也。』

朗上人院晨坐

簟涼襟袖淸。月沒尚殘星。山果落秋院。水花開曉庭。疏藤風嫋嫋。圓桂露冥冥。正憶江南寺。巖齋聞誦經。

（注）

△嫋嫋　風動貌。李白悲淸秋賦：『荷花落兮江色秋，風嫋嫋兮夜悠悠。』

△冥冥　昏晦也。詩小雅無將大車：『維塵冥冥。』箋：『冥冥者，蔽人目明令無所見也。』高適詩：『二月猶北風，天陰雪冥冥。』

送客歸湘楚

無辭一杯酒。昔日與君深。秋色換歸鬢。曙光生別心。桂花山廟冷。楓樹水樓陰。此路千餘里。應勞楚客吟。

（校）

△（題）湘　全唐詩校：『一作荆。』

△杯　全唐詩校：『一作尊。』

△昔日　全唐詩校：『一作平昔。』

△樓　全唐詩校：『一作亭。』

（注）

△一杯酒　王維送元二使安西詩：『勸君更盡一杯酒，西出陽關無故人。』

過故友舊居

往年公子宅。夜宴樂難忘。高竹助疏翠。早蓮飄暗香。珠盤凝寶瑟。綺席邐華觴。今日皆何處。閉門春草長。

（校）

△蓮　全唐詩校：『一作荷。』

△珠盤　全唐詩校：『一作門人。』

△綺席　全唐詩校：『一作坐客。』

△長　全唐詩校：『一作荒。』

（注）

△寶瑟　趙孟頫詩：『綺筵寶瑟何時會？割錦纏頭不計錢。』

送客歸峽中

津亭多別離。楊柳半無枝。住接猿啼處。行逢雁過時。江風颺帆急。山月下樓遲。還就西齋宿。煙波勞夢思。

（校）

△（題）　全唐詩校：『一作將赴京師津亭別蕭處士。』

△無　全唐詩校：『一作枯。』

△江風颺帆急　全唐詩校：『一作江帆望風急。』

△宿　全唐詩校：『一作寢。』

△夢　全唐詩校：『一作所。』

△西齋煙波二句　全唐詩校：『一作此夕歸城郭，不眠人詎知。』

題冲沼上人院

斸石種松子。數根侵杳冥。天寒猶講律。雨暗尚尋經。小殿燈千盞。深爐水一瓶。碧雲多別思。休到望溪亭。

（校）

△（題）冲　全唐詩校：『一作重。』

△松　全唐詩校：『一作杉。』

△根　全唐詩校：『一作株。』
△尚　全唐詩校：『一作亦。』
△溪　全唐詩校：『一作江，一作名。』

（注）
△講律　朱慶餘送僧遊縉雲詩：『寺幽堪講律，月冷稱當禪。』張籍律僧詩：『持齋唯一食，講律豈曾眠。』律，謂戒律。戒者，防非止惡之義；律者，法律之義；如五戒、十善戒，乃至二百五十戒，皆佛徒之戒律也。按佛家有經、律、論三藏，經說定學，律說戒學，論說慧學，此三者包藏一切法義，故名三藏也。
△碧雲句　見和友人歸桂州靈巖寺詩『碧雲千里暮愁合』句注。

和畢員外雪中見寄

仙署淹清景。雪華松桂陰。夜凌瑤席宴。春寄玉京吟。燭晃垂羅幙。香寒重繡衾。相思不相訪。煙月剡溪深。

（校）
△淹　全唐詩校：『一作掩。』

（注）

△仙署　白帖：『諸曹郎曰粉署，亦曰仙署。』馬戴山中寄姚合員外詩：『敢招仙署客，暫此拂朝衣。』

△玉京、剡溪　並見對雪詩注。

春醉

酒醲花一樹。何暇卓文君。客坐長先飲。公閑半已醺。水鄉春雨足。山郭夜多雲。何以參禪理。榮枯盡不聞。

(注)

△卓文君　漢臨邛人，卓王孫女。有文學，司馬相如飲於卓氏，文君新寡，相如以琴心挑之，文君夜亡奔相如。相如與俱之臨邛，盡賣其車騎，買一酒舍酤酒，而令文君當壚，相如身自著犢鼻褌，與保庸雜作，滌器於市中。見史記司馬相如傳。

題岫上人院

病客與僧閑。頻來不掩關。高窗雲外樹。疏磬雨中山。離索秋蟲響。登臨夕鳥還。心知落帆處。明月淛河灣。

(注)

△淛河　集韻：『淛，江名，或作浙。』山海經：『禹治水，以至淛河。』

送客南歸有懷

綠水暖青萍。湘潭萬里春。瓦尊迎海客。銅鼓賽江神。避雨松楓岸。看帆楊柳津。長安一杯酒。座上有歸人。

(校)

△松　全唐詩校：『一作歸。』

△楊　全唐詩校：『一作漾。』

(注)

△賽　謂報神福也。正字通：『今俗報祭日賽願。』陸游詩：『到家更約西鄰女，明日河橋看賽神。』

李生棄官入道因寄

西巖一徑通。知學採芝翁。寒暑丹心外。光陰白髮中。水深魚避釣。雲迥鶴辭籠。坐想還家日。人非井邑空。

(校)

△西巖一徑通　全唐詩校：『一作千巖路不窮。』

△學　全唐詩校：『一作訪。』

(注)

△採芝翁　高士傳：『四皓者，皆河內軹人也，或在汲，一曰東園公，二曰甪里先生，三曰綺里季，四曰夏黃公，皆修道潔己，非義不動。秦始皇時見秦虐政，乃退入藍田而作歌曰：「莫莫高山，深谷逶迤，曄曄紫芝，可以療飢，唐虞世遠，吾將何歸？駟馬高蓋，其憂甚大，富貴之畏人，不如貧賤之肆志。」乃共入商雒隱地肺山，以待天下定。及秦敗，漢高聞而徵之，不至，深自匿終南山，不能屈已。』參閱潼關蘭若詩注。

送韓校書

恨與前歡隔。愁因此會同。跡高芸閣吏。名散雪樓翁。城閉三秋雨。帆飛一夜風。酒醒鱸鱠美。應在竟陵東。

(注)

△校書　官名，掌校讎書籍。魏始置祕書校書郎，隋、唐及宋皆置之，屬祕書省。

△芸閣　謂祕書省也。漢蘭臺爲宮中藏書之所，又以芸香可以辟書蠹，故稱祕書省曰芸臺；亦曰芸閣、芸署。

△竟陵　郡名。晉置。卽今湖北鍾祥縣治。

秋晚登城

城高不可下。永日一登臨。曲檻涼飈急。空樓返照深。葦花迷夕棹。梧葉散秋砧。謾作歸田賦。蹉跎歲欲陰。

(注)

△歸田賦　東漢張衡有歸田賦。見文選卷十五。善注：『歸田者，張衡仕不得志，欲歸於田，因作此賦。』翰注：『衡遊京師，四十不仕，順帝時，閹官用事，欲歸田里，故作是賦。』按歸田，謂辭官退隱也。沈炯建除詩：『閉門窮巷裏，靜掃詠歸田。』

江西鄭常侍赴鎭之日有寄因酬和

來暮亦何愁。金貂在鷁舟。旆隨寒浪動。帆帶夕陽收。布令滕王閣。裁詩郢客樓。卽應歸鳳沼。中外贊天休。

(注)

△金貂　漢時冠飾。漢書谷永傳：『戴金貂之飾，執常伯之職者。』注：『常伯，侍中。』後漢書輿服志：『武弁大冠，諸武官冠之，侍中中常侍加黃金璫，附蟬爲文，貂尾爲飾。』按漢時插

貂以黃金爲竿，侍中插左，常侍插右，貂用赤黑色，王莽用黃貂，各附服色所尚。見晉書輿服志。晉阮孚遷黃門侍郎、散騎常侍，嘗以金貂換酒，爲所司彈劾。見本傳。唐、宋人稱侍從貴臣，亦多用金貂之語。

△滕王閣　故址在今江西新建縣西章江門上，西臨大江。唐滕王元嬰都督洪州時建，故名。參閱留別趙端公詩注。

△鳳沼　卽鳳池，指中書省所在地。詳聞韶州李相公移拜郴州因寄詩注。

△天休　書湯誥：『各守爾典，以承天休。』傳：『守其常法，承天美道。』按國語周語引湯誥語，韋解：『休，慶也。』

蒙河南劉大夫見示與吏部張公喜雪酬唱輒敢攀和

風度龍山暗。雲凝象闕陰。瑞花瓊樹合。仙草玉苗深。欲醉梁王酒。先調楚客琴。卽應攜手去。將此助商霖。

（注）

△風度龍山　見對雪詩注。

△象闕　卽象魏，亦謂之魏闕，宮門外懸法之所也。沈約上建闕表：『宜詔匠人，建茲象闕。』

△梁王酒　文選謝惠連雪賦：『歲將暮，時旣昏，寒風積，愁雲繁，梁王不悅，游於兎園。迺置

旨酒，命賓友，召鄒生，延枚叟。相如末至，居客之右。俄而微霰零，密雪下，王迺歌北風於衛詩，詠南山於周雅。授簡於司馬大夫曰：「抽子秘思，騁子妍辭，侔色揣稱，爲寡人賦之。」相如於是避席而起，逡巡而揖，曰：「臣聞雪宮建於東國，雪山峙於西域。岐昌發詠於來思，姬滿申歌於黃竹。曹風以麻衣比色，楚謠以幽蘭儷曲。盈尺則呈瑞於豐年，袤丈則表沴於陰德。雪之時義遠矣哉！云云。」』羅隱看雪詩：『細粘謝客衣襟上，輕墮梁王酒醆中。』

△商霖　書說命上：『若歲大旱，用汝作霖雨。』按此殷高宗命傅說之辭，故曰商霖，蓋以喻濟世澤民也。

下第送宋秀才游岐下楊秀才還江東

年來不自得。一望幾傷心。風轉蕙蘭色。月移松桂陰。馬隨邊草遠。帆落海雲深。明旦各分首。更聽梁甫吟。

（校）

△隨　全唐詩校：『一作嘶。』

△明旦各分首　全唐詩校：『一作從此無鄉別。』

（注）

△梁甫吟　樂府楚調曲名。樂府詩集：『謝希逸琴論曰：「諸葛亮作梁甫吟」』；陳武別傳曰：「武

遂學泰山梁甫吟、幽州馬客吟之屬」；蜀志曰：「諸葛亮好爲梁甫吟」，然則不起於亮矣。李勉琴說曰：「梁甫吟，曾子撰」；琴操曰：「曾子耕太山之下，天雨雪凍，旬月不得歸，思其父母，作梁山歌」。按梁甫，山名，在泰山下。梁甫吟蓋言人死葬此山，亦葬歌也。又有泰山梁甫吟，與此頗同。』

南亭偶題

城下水縈回。潮衝野艇來。鳥驚山果落。龜泛綠萍開。白首書千卷。朱顏酒一杯。南軒自流涕。不是望燕臺。

（注）

△燕臺句　按河北大興縣東南有黃金臺，淸一統志云：『燕昭王於易水東南（今易縣東南）築黃金臺，延天下士；後人慕其好賢之名，亦築臺於此，爲燕京八景之一，曰金臺夕照。』

與裴三十秀才自越西歸望亭阻凍登虎丘山寺精舍

春草越吳間。心期旦夕還。酒鄉逢客病。詩境遇僧閑。倚棹冰生浦。登樓雪滿山。東風不可待。歸鬢坐斑斑。

（校）

△（題）　一本無三十、望亭、精舍等六字。見全唐詩校。

△坐　全唐詩校：『一作已。』

（注）

△虎丘山寺　江蘇吳縣西北七里有虎丘山，一名海湧山。泉石奇勝，上有浮屠，登眺則全城在目，蘇州之勝地也。吳越春秋：『闔閭冢，在閶門外虎丘，葬三日而白虎踞其上，故曰虎丘。』

太和初靖恭里感事

清湘弔屈原。垂淚擷蘋蘩。謗起乘軒鶴。機沈在檻猿。乾坤三事貴。華夏一夫冤。寧有唐虞世。心知不爲言。

（注）

△（題）　全唐詩注：『詠宋相申錫也。申錫爲王守澄所搆，謫死開州。文宗太和五年事。』

△乘軒鶴　左傳閔公二年：『衛懿公好鶴，鶴有乘軒者。』後因以喻濫廁祿位者。白居易詩：『一黜鶴辭軒。』

△檻猿　淮南子：『置猿檻中，非不巧捷，無所肆其巧。』鮑照東武吟：『昔如韝上鷹，今似檻中猿。』呂溫鹿賦：『比檻猿之駭躍，同海鳥之愁辛。』

（箋）

△胡震亨曰：『許渾靖恭里感事詩，題不明斥爲何人。某句云：「乾坤三事貴，華夏一夫冤。」此惟退相可以當之。文宗朝，宋申錫謀去宦官，反爲宦官所搆，謫死。考本傳有王守澄欲遣騎就靖恭里屠申錫家語，知此詩爲申錫作無疑。』（唐音癸籤卷二十三）

與侯春時同年南池夜話

蘆葦暮修修。溪禽上釣舟。露涼花斂夕。風靜竹含秋。素志應難契。清言豈易求。相歡一瓢酒。明日醉西樓。

（注）

△修修　荀子：『炤炤兮其用，知之明也；修修兮其用，統類之行也。』注：『修修，整齊之貌。』王融樂府：『春盡風颯颯，蘭凋木修修。』

廣陵送剡縣薛明府赴任

車馬楚城壕。清歌送濁醪。露花羞別淚。煙草讓歸袍。鳥浴春塘暖。猨吟暮嶺高。尋仙在仙骨。不用廢牛刀。

（校）

△廢　全唐詩校：『一作發。』

（注）

△牛刀　喻大材也。論語陽貨：『子之武城，聞弦歌之聲，夫子莞爾而笑曰：「割雞焉用牛刀。」』朱傳：『時子游爲武城宰，以禮樂爲教，故邑人皆弦歌也。因言其治小邑，何必用此大道也。』

遊果晝二僧院

何必老林泉。冥心便是禪。講時開院去。齋後下簾眠。鏡朗燈分焰。香銷印絕煙。眞乘不可到。雲盡月明天。

（注）

△香印句　言香印燃盡，煙已絕滅也。按香印卽香篆，以香造篆文燃之而測時者。參閱題靈山寺行堅師院詩注。

△眞乘　佛家語。謂眞實之教法也。秘藏寶鑰上：『作遷慢如眞乘寂。』

題官舍

燕雁水鄉飛。京華信自稀。簞瓢貧守道。書劍病忘機。疊鼓吏初散。繁鐘鳥獨歸。高梧與疏柳。風雨似郊扉。

（校）

△繁　全唐詩校：『一作疏。』

△疏　全唐詩校：『一作煙。』

（注）

△京華　京師爲文物所萃，因謂京師曰京華。徐陵詩：『任俠遍京華。』杜甫秋興詩：『每依北斗望京華。』

△忘機　心無紛競，淡焉漠焉，謂之忘機。高適詩：『鳥聲堪駐馬，林色可忘機。』司空圖詩：『名應不朽輕仙骨，語到忘機近佛心。』

酬報先上人登樓見寄

丹葉下西樓。知君萬里愁。鐘非黔峽寺。帆是敬亭舟。山色和雲暮。湖光共月秋。天台多道侶。何惜更南遊。

（注）

△（題）　自注：『上人自峽下來。』

△黔峽　黔，謂黔中，唐道名。有今湖北西南部、湖南西部、四川東南部、貴州北部之地。治黔州，即今四川彭水縣治。峽，山夾水也。見廣韻。

△敬亭　山名，在安徽宣城縣北。
△天台　山名，在浙江天台縣北。

曉過鬱林寺戲呈李明府

身閑白日長。何處不尋芳。山崦登樓寺。谿灣泊晚檣。洞花蜂聚蜜。岩柏麝留香。若指求仙路。劉郎學阮郎。

(校)

△檣　全唐詩校：『一作航。』

泛舟尋鬱林寺道玄上人遇雨而返因寄

禪扉倚石梯。雲濕雨淒淒。草色分松逕。泉聲咽稻畦。棹移山鳥沒。鐘斷嶺猿啼。入夜花如雪。回舟憶剡溪。

(校)

△咽　全唐詩校：『一作溢。』

(注)

△剡溪　詳對雪詩注。

鬱林寺

臺殿冠嵳峩。春來日日過。水分諸院少。雲近上方多。衆籟凝絲竹。繁英耀綺羅。酒酣詩自逸。乘月棹寒波。

(注)

△嵳峩　峻險突兀之貌。楚辭招隱士：『山氣巃嵸兮石嵳峩。』

贈高處士

宅前雲水滿。高興一書生。垂釣有深意。望山多遠情。夜棊留客宿。春酒勸僧傾。未作干時計。何人問姓名。

(注)

△干時　謂求合於時也。蔡邕陳太丘碑文：『不激訐以干時，不遷貳以臨下。』

送僧歸金山寺

老歸江上寺。不忘舊師恩。駐錫逢山色。停杯見浪痕。秋濤呑楚驛。曉月上荆門。爲訪題詩處。莓苔幾字存。

(校)

△杯　全唐詩校：『一作橈。』

(注)

△金山寺　即江天寺，在江蘇鎮江縣西北金山上。按金山一名浮玉山，又名伏牛山、獲符山。自唐裴頭陀獲金於此，李錡鎮潤州，表聞賜名，始曰金山。見九域志。

△駐錫　林逋詩：『蕭閑水西寺，駐錫莫忘歸。』黃鎮成詩：『若到上方應駐錫，遙聞法鼓動春潮。』

△荊門　山名，在湖北宜都縣西北。山下水勢湍急，爲長江絕險處。

△莓苔　隱花植物之一種，多生於石上。劉長卿尋南溪常道士詩：『一路經行處，莓苔見屐痕。』

金谷桃花

花在舞樓空。年年依舊紅。淚光停曉露。愁態倚春風。開處妾先死。落時君亦終。東流兩三片。應在夜泉中。

(校)

△在　全唐詩校：『一作到。』

（注）

△金谷　園名，晉石崇建，在河南洛陽縣西北。按卷上有金谷園詩，可合觀。

憶長洲

香徑小船通。菱歌遶故宮。魚沈秋水靜。鳥宿暮山空。荷葉橋邊雨。蘆花海上風。歸心無處託。高枕畫屏中。

（注）

△長洲　縣名。唐置；其地古有長洲苑，因名。按長洲苑爲吳王闔閭遊獵處，故址當在今江蘇吳縣西南。越絕書：『闔閭走犬長洲。』吳郡志：『長洲苑在姑蘇南，太湖北。』

△畫屏　屏風之飾以彩畫者，詩家每借以形容景物之美。韋莊題盤豆驛水館後軒詩：『極目晴川展畫屏，地從桃塞接蒲城。』

寄殷堯藩

直道知難用。經年向水濱。宅從栽竹貴。家爲買書貧。就學多新客。登朝盡故人。蓬萊自有路。莫羡武陵春。

（校）

△(題) 全唐詩校：『一作再寄殷堯藩秀才。』

△新 全唐詩校：『一作名。』

(注)

△(題) 按卷上有寄殷堯藩秀才詩，可參閱。

△蓬萊 唐官名，本曰大明宮。是爲東內。在今陝西長安縣東。雍錄：『大明宮本太極宮之後苑，高宗改名蓬萊宮，取後蓬萊池爲名。有三殿，皆在龍首山上，含元殿基高於平地四丈，含元北爲宣政，宣政北爲紫宸，每退北輒又加高，至紫宸而極。其後蓬萊殿，殿有池，則平地。』

△武陵句 用陶潛桃花源記事。王安石即事詩：『歸來向人說，疑是武陵源。』

題鄒處士隱居

桑柘滿江村。西齋接海門。浪衝高岸響。潮入小池渾。品樹陰棊局。山花落酒樽。相逢亦留宿。還似識王孫。

(校)

△(題) 全唐詩校：『一作題裴處士園林。』

△接 全唐詩校：『一作對。』

△陰 全唐詩校：『一作蔭。』

△逢亦　全唐詩校：『一作歡更。』

送僧歸敬亭山寺

十年劍中路。傳盡本師經。曉月下黔峽。秋風歸敬亭。開門新樹綠。登閣舊山青。遙想論禪處。松陰水一瓶。

(注)

△本師　稱所從受業之師也。按佛門中人皆奉釋迦世尊爲根本教師，故大灌頂神咒經有『本師釋迦牟尼佛』之語。

△黔峽敬亭二句　用晦酬報先上人登樓見寄詩有『鐘非黔峽寺，帆是敬亭舟』之句，意可互發。

△遙想論禪處松陰水一瓶　景德傳燈錄：『朗州刺史李翱嚮師（藥山惟儼禪師）玄化，屢請不起，乃躬入山謁之，師執經卷不顧。云云。（翱）問曰：「如何是道？」師以手指上下，曰：「會麼？」翱曰：「不會。」師曰：「雲在天，水在瓶。」翱乃欣愜作禮而述一偈曰：「練得身形似鶴形，千株松下兩函經，我來問道無餘說，雲在青天水在瓶。」』按藥山惟儼禪師，唐絳州人。俗姓韓，十七歲依潮陽西山慧照禪師出家，二十九歲受戒，四十一歲入藥山，接化衆徒，家風孤峻。圓寂於文宗太和八年二月，壽八十有四，敕謚弘道大師。計卽用晦登進士第後二年也。

新卜原上居寄袁校書

貧居樂游此。江海思迢迢。雪夜書千卷。花時酒一瓢。獨愁秦樹老。孤夢楚山遙。有路應相念。風塵滿黑貂。

（校）

△貧居　全唐詩校：『一作新歲。』

△此　全唐詩校：『一作北。』

△愁　全唐詩校：『一作吟。』

天街曉望

明星低未央。蓮闕迴蒼蒼。疊鼓催殘月。疏鐘迎早霜。關防浮瑞氣。宮館耀神光。再拜為君壽。南山高且長。

（注）

△天街　謂京師街市也。韓愈早赴街西行香詩：『天街東西異。』

△南山　即終南山，其脈綿亙陝西、河南、甘肅等地，主峯在長安縣南。

江上喜洛中親友繼至

戰馬昔紛紛。風驚嵩少塵。全家南渡遠。舊友北來頻。罷酒松筠晚。賦詩楊柳春。誰言今夜月。同是洛陽人。

（校）

△昔紛紛　全唐詩校：『一作雨河濱。』

△楊柳　全唐詩校：『一作蘭杜。』

△誰言　全唐詩校：『一作何憐。』

下第歸朱方寄劉三復

素衣京洛塵。歸棹過南津。故里跡猶在。舊交心更親。月高蕭寺夜。風暖庾樓春。詩酒應無暇。朝朝問旅人。

（注）

△朱方　春秋吳邑，其地在今江蘇丹徒縣東南。左傳襄公二十七年：『齊慶封奔吳，吳句餘與之朱方。』

△劉三復　見和浙西從事劉三復送僧南歸詩注。

△素衣京洛塵　陸機詩：『京洛多風塵，素衣化爲緇。』句當祖此。

△庾樓　詳李秀才近自塗口遷居新安適枉緘書見寬悲戚因以此答詩注。

送人歸吳興

綠水棹雲月。洞庭歸路長。春橋懸酒幔。夜栅集茶檣。箬葉沈溪暖。蘋花遶郭香。應逢柳太守。爲說過瀟湘。

(校)

△人　全唐詩校：『一作客。』

△幔　全唐詩校：『一作旆。』

△箬葉　全唐詩校：『一作巖影，一作樹影。』

(注)

△吳興：郡名。即今浙江吳興縣治。

△酒幔　幔，幕也。見說文。竇叔向夜宿表兄宅話舊詩：『明朝又是孤舟別，愁見河橋酒幔青。』

△柳太守　謂唐柳宗元也。宗元字子厚，河東人。貞元進士，拜監察御史。爲文雅健雄深，論議踔厲奮發。坐事貶永州（今湖南零陵縣）司馬，涉履蠻瘴，迍厄感鬱，一寓之於文。終柳州刺史，世號柳柳州。（按唐時改郡爲州，則稱刺史；改州爲郡，則稱太守，以刺史爲太守之互名，非舊刺史之職也。柳州嘗改曰龍城郡，故詩稱宗元爲太守也。）

月夜期友人不至

坐待故人宿。月華清興秋。管弦誰處醉。池館此時愁。風過渚荷動。露含山桂幽。孤吟不可曙。昨夜共登樓。

(校)

△興　全唐詩校：『一作欲。』

△醉　全唐詩校：『一作宿。』

△荷　全唐詩校：『一作蒲。』

△可　全唐詩校：『一作覺。』

白馬寺不出院僧

禪空心已寂。世路任多岐。別院客長見。閉關人不知。寺喧聽講絕。廚遠送齋遲。牆外洛陽道。東西無盡時。

(校)

△空心　全唐詩校：『一作心空。』

(注)

△白馬寺　在河南洛陽縣東二十里故洛陽城西。漢明帝時，摩騰、竺法蘭初自西域以白馬馱經而來，舍於鴻臚寺，遂取寺爲名，創置白馬寺，爲僧寺之始。唐垂拱、宋淳化、元至順、明洪武間

俱重修之。

△閉關　佛家語，謂閉居養道念也。禪餘內集：『閉關學道。』

寄袁校書

擾擾換時節。舊山琪樹陰。猶乖青漢志。空負白雲心。廣陌塵埃遠。重門管吹深。勞歌極西望。芸省有知音。

（校）

△（題）　全唐詩校：『一作袁都校書。』

△空　全唐詩校：『一作方。』

（注）

△芸省　謂祕書省也。見事物異名錄。

贈柳璟馮陶二校書

霄漢兩飛鳴。喧喧動禁城。桂堂同日盛。芸閣間年榮。香掩蕙蘭氣。韻高鸞鶴聲。應憐茂陵客。未有子虛名。

（校）

△動　全唐詩校：『一作滿。』

△間　全唐詩校：『一作隔。』

（注）

△禁城　猶言皇城。賈至早朝大明宮呈兩省僚友詩：『銀燭朝天紫陌長，禁城春色曉蒼蒼。』

△桂堂　晉郤詵遷雍州刺史，武帝於東堂會送。詵嘗自言對策為天下第一，猶桂林一枝，崑山片玉。後因以『桂林一枝』喻秀出於衆美之中者。參閱李秀才近自塗口遷居新安詩注。韋莊詩：『郤堂流桂影。』即用此事。

△芸閣　謂秘書省也。孟浩然懷王校書詩：『永懷芸閣友，寂寞滯揚雲。』

△茂陵客　用晦自況也。詳寓居開元精舍酬薛才見貽詩注。

△子虛　司馬相如有子虛賦，虛藉子虛、烏有先生、亡是公三人為辭。以子虛虛言也，烏有先生烏有此事也，亡是公者亡其人也。後因稱虛無之事曰子虛烏有。

王秀才自越見尋不遇題詩而迴因以酬寄

南齋知數宿。半為木蘭開。晴閣留詩遍。春帆載酒回。煙深楊子宅。雲斷越王臺。自有孤舟興。何妨更一來。

（校）

△尋　全唐詩校：『一作訪。』

（注）

△楊子宅越王臺　並詳冬日登越王臺懷歸詩注。

秋霽潼關驛亭

霽色明高巘。關河獨望遙。殘雲歸太華。疏雨過中條。鳥散綠蘿靜。蟬鳴紅樹凋。何言此時節。去去任蓬飄。

（校）

△殘雲疏雨二句　與卷下秋日赴闕題潼關驛樓詩三四兩句，文字全同，可參閱。

△鳴　全唐詩校：『一作稀。』

送客歸蘭谿

花下送歸客。路長應過秋。暮隨江鳥宿。寒共嶺猨愁。衆水喧嚴瀨。羣峯抱沈樓。因君幾南望。曾向此中遊。

（校）

△歸客　全唐詩校：『一作君處。』

（注）

△蘭谿　谿，亦作溪。寰宇記：『蘭溪水，出箬竹山，其側多蘭，唐武德初蘭溪縣指此爲名。』輿地紀勝：『蘭溪泉，陸羽茶經以爲天下第三泉。』按蘭溪縣卽今湖北蘄水縣治。

△嚴瀨　在浙江省桐盧縣南浙江之濱，爲東漢嚴光垂釣處，因名。

△沈樓　沈，謂沈約。詳後送段覺歸東陽兼寄竇使君詩注。

貽終南山隱者

中巖多少隱。提榼抱琴遊。潭冷蘚蘿晚。山香松桂秋。瓢閑高樹掛。杯急曲池流。獨有迷津客。東西南北愁。

（注）

△榼　酒器也，見說文。左傳成公十六年：『使行人執榼承飲，造於子重。』

△曲池　按陝西長安縣東南有曲江，池名。漢武帝造宜春苑於此。水流曲折，有如之江，故名。唐開元間，更加疏鑿。池畔有紫雲樓、芙蓉苑、杏園、慈恩寺、樂遊原諸勝。每歲中和、上巳，遊客如雲；秀士登科，亦賜宴於此。今已堙爲陸。

送李文明下第鄜州覲兄

征夫天一涯。醉贈別吾詩。雁迴參差遠。龍多次第遲。甯歌還夜苦。宋賦更秋悲。的的遙相待。淸風白露時。

(校)

△吾　全唐詩校：『一作君。』

(注)

△鄜州　即今陝西鄜縣治。

△甯歌句　用春秋甯戚事。離騷：『甯戚之謳歌兮，齊桓聞以該輔。』王逸注：『甯戚，衞人，修德不用而商賈，宿齊東門外；桓公夜出，甯戚方飯牛而歌；桓公聞之，知其賢，舉用爲客卿。』

△宋賦句　文選宋玉九辯：『悲哉秋之爲氣也，蕭瑟兮草木搖落而變衰，憭慄兮若在遠行，登山臨水兮送將歸。』按宋玉，戰國楚人，屈原弟子，爲楚大夫。悲其師放逐，作九辯述其志；又作神女、高唐等賦，皆寓言託興之什也。

送段覺歸東陽兼寄竇使君

山水引歸路。陸郎從此諳。秋茶垂露細。寒菊帶霜甘。臺倚烏龍嶺。樓侵白雁潭。沈公如借問。心在浙河南。

（校）

△在　全唐詩校：『一作斷。』

（注）

△東陽　郡名，三國吳置。隋改婺州。唐爲婺州東陽郡，故治卽今浙江金華縣。

△陸郎　吳志陸績傳：『績，字公紀，吳人也。年六歲，於九江見袁術，術出橘，績懷三枚去，拜辭墮地，術謂曰：「陸郎作賓客而懷橘乎？」績答曰：「欲歸遺母。」術大奇之。』

△烏龍至浙河四句　自注：『烏龍嶺、白雁潭在嚴州。沈約曾守婺，以比賓使君也。』按嚴州，唐置，淸仍之，屬浙江省，治建德，轄建德、淳安、桐廬、遂安、壽昌、分水六縣。婺，卽婺州，沈休文曾守此，故用晦送客歸蘭谿詩有『羣峯抱沈樓』之語。

韶州送竇司直北歸

江曲山如畫。貪程亦駐舟。果隨巖狖落。槎帶水禽流。客散他鄉夜。人歸故國秋。樽前掛帆去。風雨下西樓。

（校）

△（題）北歸　全唐詩校：『一作出嶺。』

△下　全唐詩校：『一作在。』

（注）

△韶州　卽今廣東曲江縣治。

△司直　唐東宮官。唐書百官志：『司直一人，正七品上，掌糾劾宮寮及率府之兵。』

傷馮秀才

旅葬不可問。茫茫西隴頭。水雲青草濕。山月白楊愁。琴信有時罷。劍場無處留。淮南舊煙月。孤棹更逢秋。

（校）

△雲　全唐詩校：『一作煙。』

△淮南孤棹二句　全唐詩校：『一作淮南今夜月，孤棹倚西樓。更，一作又。』

送鄭寂上人南行

儒家有釋子。年少學支公。心出是非外。跡辭榮辱中。錫寒秦嶺月。杯急楚江風。離怨故園思。小秋梨葉紅。

（校）

△離　全唐詩校：『一作唯。』

(注)

△支公　即晉高僧支遁。詳思歸詩注。

△杯急句　用南朝宋僧杯度事。詳乘月棹舟送大曆寺靈聰上人不及詩注。

贈王處士

歸臥養天眞。鹿裘烏角巾。茂陵閑久病。彭澤醉長貧。冠蓋西園夜。笙歌北里春。誰憐淸渭曲。又老釣魚人。

(校)

△里　全唐詩校：『一作巷。』

△曲　全唐詩校：『一作上。』

(注)

△鹿裘　列子天瑞：『孔子游於太山，見榮啓期行乎郕之野，鹿裘帶索，鼓琴而歌。』羅隱詩：『他日酒筵應見問，鹿裘魚艇隔朱輪。』鄭雲叟思山詠：『因賣丹砂下白雲，鹿裘怕惹九衢塵。』

△烏角巾　角巾，巾之有角者，古隱居者所用。烏，黑色也。見韻會。杜甫南鄰詩：『錦里先生烏角巾，園收芋栗未全貧。』

△茂陵句　漢司馬相如病免，家居茂陵，故云。

△彭澤句　晉陶潛嘗爲彭澤令，在官八十餘日，後解印綬去職，賦歸去來辭以見意。家居安貧樂道，以詩酒自娛，故曰『醉長貧』也。

△冠蓋西園夜　冠蓋，謂仕宦之冠服車蓋也。亦用爲仕宦者之稱。文選曹植公讌詩：『公子敬愛客，終宴不知疲，清夜遊西園，飛蓋相追隨。』善注：『公子，謂文帝。』明一統志：『西園在彰德府鄴縣舊治，魏曹操所作，古今題詠甚多。』按鄴縣故城在今河南臨漳縣西。

△清渭釣魚二句　用周姜子牙隱釣渭濱事。詳晚白鶴臺至韋隱居郊園詩『垂白待文王』句注。

送友人歸荊楚

調瑟勸離酒。苦語荊楚門。竹斑悲帝女。草綠怨王孫。潮落九疑迴。雨連三峽昏。同來不同去。迢遞更傷魂。

(注)

△竹斑句　詳過湘妃廟詩『斑竹』句注。

△草綠句　詳題青山館詩『芳草思王孫』句注。

重傷楊攀處士二首

（一）

綠雲多學術。黃髮竟無成。酒縱山中性。詩留海上名。讀書新樹老。垂釣舊磯平。今日悲前事。西風聞哭聲。

（校）

△（題）傷　全唐詩校：『一作哭。』

△術　全唐詩校：『一作古。』

△海　全唐詩校：『一作世。』

（注）

△綠雲　自注：『攀自號綠雲翁。』

△黃髮　詩魯頌閟宮：『黃髮台背。』箋：『皆壽徵也。』陶潛桃花源記：『黃髮垂髫，並怡然自樂。』

（二）

從官任直道。幾處脫長裾。歿後兒猶小。葬來人漸疏。新鄰占池館。長史覓圖書。身賤難相報。平生恨有餘。

(校)

△新鄰　全唐詩校：『一作鄰家，一作鄰翁。』

△長史　全唐詩校：『一作門吏。史，一作吏。』

△身賤平生二句　全唐詩校：『一作無復前秋事，空齋賦子虛。』

(注)

△長裾　舊唐書輿服志：『長裾廣袖，襜如翼如。』

送友人罷舉歸東海

滄波天塹外。何島是新羅。舶主辭番遠。碁僧入漢多。海風吹白鶴。沙日曬紅螺。此去知投筆。須求利劍磨。

(注)

△天塹　謂天然之坑塹，足資阻隔者也。塹，亦作壍。南史孔範傳：『隋師將濟江，羣官請爲備防，範奏曰：「長江天壍，古來限隔，虜軍豈能飛渡？」』

△新羅　古國名，本辰韓之一部。西漢時朴赫居世統一辰韓、弁韓之地，始建新羅。傳至昔解脫，改國號曰鷄林，又數傳而爲金氏。後爲百濟、高句麗所侵，乞援於唐，唐高宗出兵滅百濟、高句麗，以其地歸新羅，統一半島，謹事於唐。五代時殺虐頻仍，國又分裂，遂爲高麗太祖王建所

滅。

苦雨

江昏山半晴。南阻絕人行。葭菼連雲色。杉松共雨聲。早秋仍燕舞。深夜更鼉鳴。爲報迷津客。訛言未可輕。

（校）

△江昏山　全唐詩校：『一作山昏天。』

△阻　全唐詩校：『一作陌。』

（注）

△葭菼　葭，葦之未秀者，見說文。詩召南騶虞：『彼茁者葭。』傳：『蘆也。』菼，荻也。詩衞風碩人：『葭菼揭揭。』

△鼉鳴　詳閑居孟夏即事詩注。

遊茅山

步步入山門。仙家鳥徑分。漁樵不到處。麋鹿自成羣。石面迸出水。松頭穿破雲。道人星月下。相次禮茅君。

（注）

△茅山　見贈茅山高拾遺詩注。

舟次武陵寄天竺僧無晝

谿長山幾重。十里萬株松。秋日下丹檻。暮雲歸碧峯。樹棲新放鶴。潭隱舊降龍。還在孤舟宿。臥聞初夜鐘。

（注）

△天竺　寺名。詳天竺寺題葛洪井詩注。

△降龍　釋、道兩家，俱相傳有降龍伏虎故事，謂能制御眞龍眞虎也。如苻秦僧涉公，能使龍下鉢中。東漢道士趙炳，能禁虎使伏地。又十八羅漢，有降龍、伏虎二尊者是也。

下第歸蒲城墅居

失意歸三徑。傷春別九門。薄煙楊柳路。微雨杏花村。牧豎還呼犢。鄰翁亦抱孫。不知余正苦。迎馬問寒溫。

（注）

△蒲城　古縣名，故城在今陝西大荔縣西。

△三徑　喻隱士所居。庾肩吾贈周處士詩：『三徑沒荒林。』王勃贈李十四詩：『亂竹開三徑，飛花滿四鄰。』

△九門　禮月令：『毋出九門。』注：『天子九門，路門、應門、雉門、庫門、皋門、城門、近郊門、遠郊門、關門。』

重賦鷺鷥

何年去此地。南浦滿鳧雛。雲漢知心遠。林塘覺思孤。低飛下晚樹。獨睡映新蒲。爲爾多歸興。前年在五湖。

(校)

△何年去此地　全唐詩校：『一作如何長在楚。』

△睡　全唐詩校：『一作宿。』

△在　全唐詩校：『一作別。』

(注)

△歸興五湖二句　用晦鷺鷥詩云：『何事歸心倚前閣，綠蒲紅蓼練塘秋。』五湖、練塘皆在吳，用晦本家丹陽（今江蘇丹陽縣），久客京師，又屢試不第，故歸思特深也。

途中寒食

處處哭聲悲。行人馬亦遲。店閑無火日。村暖斫桑時。泣路同楊子。燒山憶介推。清明明日是。甘負故園期。

（注）

△寒食　節名。荊楚歲時記：『冬至後一百五日謂之寒食，禁火三日。』注：『據曆，合在清明前二日，亦有去冬至一百六日者。』

△泣路同楊子　淮南子說林訓：『楊子見岐路而哭之，爲其可以南可以北。』

△燒山憶介推　介推，卽介之推，亦作介子推。春秋時人。從晉文公出亡，凡十九年；文公還國爲君，推不言祿，祿亦不及；乃與母隱於綿山。其後文公求之，不出；公復焚山以逼之，推竟抱木死。按後漢書周舉傳：『太原舊俗，以介之推焚骸，咸言神靈不樂舉火，由是每冬中輒一月寒食。』魏武帝集所載禁火罰令云：『聞太原、上黨、西河、雁門，冬至後百五日皆絕火寒食，云爲介之推。』琴操曰：『介之推抱木而死，晉文公哀之，令人五月五日不得舉火。』諸書所載寒食禁火時日雖各有不同，惟胥以爲介之推事；特亦有異說，名義考云：『介之推亡月在仲冬，而寒食在仲春之末，清明之前，云云。周官司烜氏：「仲春以木鐸修火禁於國中。」禁火則寒食，周制已然，於介之推何與？』

深春

故里千帆外。深春一雁飛。干名頻慟哭。將老欲何歸。朱轂抛還憶。交親晚更稀。空持望鄉淚。霑灑寄來衣。

（校）

△帆　全唐詩校：『一作山。』

△干名頻慟哭　全唐詩校：『一作謀身堪自哭。』

△朱　全唐詩校：『一作米。』

△更　全唐詩校：『一作見。』

△持　全唐詩校：『一作餘。』

（注）

△干名　干，求也。韋莊東遊遠歸詩：『扣角干名計已疏，劍歌休恨食無魚。』

歲首懷甘露寺自省上人

心悟覺身勞。雲中棄寶刀。久閑生髀肉。多壽長眉毫。客棹春潮急。禪齋暮雪高。南濡一回首。山碧水滔滔。

（校）

△雪　全唐詩校：『一作雨。』

（注）

△（題）　自注：『上人嘗有戰功。』

△甘露寺　在江蘇鎮江縣北固山上。參閱甘露寺感事貽同志詩注。

△南濡　川名。按濡，本作泠，亦作零。採茶記：『李季卿至揚州，遇陸鴻漸，曰：「陸君別茶，聞揚子南泠水又殊絕。」』煎茶水記：『較水之與茶宜者凡七等，揚子江南泠水第一，淮水最下。』

尋周鍊師不遇留贈

閉門池館靜。云訪紫芝翁。零落槿花雨。參差荷葉風。夜碁全局在。春酒半壺空。長嘯倚西閣。悠悠名利中。

（注）

△鍊師　唐六典：『道士德高思精者，謂之鍊師。』

△紫芝翁　李商隱四皓廟詩：『本爲留侯慕赤松，漢庭方識紫芝翁。』又：『廟前便接山門路，不長青松長紫芝。』馮浩注：『高士傳：「四皓作紫芝之歌。」紫芝，隱居之物；青松，棟樑之

器，故云。』

題灞西駱隱居

志凌三蜀客。心愛五湖人。拼死酒中老。謀生書外貧。掃花眠石榻。擣藥轉溪輪。往往乘黃犉。鹿裘烏角巾。

（注）

△犉　牝牛也，見玉篇。按馬之牝者亦曰犉。史記封禪書：『天下亭亭，有畜犉馬。』謂牝馬也。又凡獸之牝者亦曰犉。齊民要術：『陶朱公曰：「子欲速富，當畜五犉。」』注：『牛、馬、豬、羊、驢五畜之犉。』據此則犉爲牝之通稱。

△鹿裘烏角巾　見贈王處士詩注。

旅夜懷遠客

異鄉多遠情。夢斷落江城。病起慚書癖。貧家負酒名。過春花自落。竟曉月空明。獨此一長嘯。故人天際行。

（注）

△書癖　癖，嗜好偏也。王建寄杜侍御詩：『破除心力緣書癖，傷瘦花枝爲酒顚。』

秋夜櫂舟訪李隱居

望月憶披襟。長溪柳半陰。高齋初釀酒。孤棹遠攜琴。犬吠秋山迥。雞鳴曉樹深。開門更欹枕。誰識野人心。

（注）

△野人　論語先進：『先進於禮樂，野人也；後進於禮樂，君子也。』劉寶楠正義：『野人者，凡民未有爵祿之稱也。』

臥病寄諸公

飛蓋集蘭堂。清歌遞柏觴。高城楡柳蔭。虛閣芰荷香。海月秋偏靜。山風夜更涼。自憐書萬卷。扶病對螢光。

（注）

△飛蓋　文選曹植公讌詩：『清夜遊西園，飛蓋相追隨。』劉峻與宋玉山元思書：『驅馬金張之館，飛蓋許史之廬。』

△蘭堂　文選張衡南都賦：『及其糺宗綏族，禴祠烝嘗，以速遠朋，嘉賓是將，揖讓而升，宴于蘭堂。』用晦晨裝詩：『誰家游俠子，沈醉臥蘭堂。』

△柏觴　柏，謂柏酒。本草綱目：『柏性後凋而耐久，禀堅凝之質，乃多壽之木，元旦以之浸酒

，辟邪。』風土記：『元旦進柏葉酒。』孟浩然除夜會張少府宅詩：『舊曲梅花唱，新正柏酒傳。』杜甫元日詩：『飄零還柏酒，衰病只藜床。』觴，酒器也。

寓崇聖寺懷李校書

幾日臥南亭。卷簾秋月淸。河關初罷夢。池閣更含情。寒露潤金井。高風飄玉箏。前年共遊客。刀筆事戎旌。

（注）

△金井　井欄有雕飾美麗者，詩人因稱井曰金井，用爲藻飾之詞。王昌齡詩：『金井梧桐秋葉黃。』杜甫詩：『硯寒金井水，檐動玉壺冰。』曹鄴金井怨：『西風吹急景，美人照金井。』

秋日行次關西

金風蕩天地。關西羣木凋。早霜雞喔喔。殘月馬蕭蕭。紫陌秦山近。靑楓楚樹遙。還同長卿志。題字滿河橋。

（注）

△金風　秋風也。梁昭明太子夷則七月啓：『金風曉振，偏傷征客之心。』

△紫陌　謂京師阡陌也。見唐詩選箋注。杜甫詩：『垂鞭嚲鞚凌紫陌。』

△長卿題字二句　長卿，漢司馬相如字。按成都記云：『司馬相如初西去，過昇仙橋，題柱曰，不乘高車駟馬，不過此橋。』岑參昇仙橋詩：『長橋題柱去，猶是未達時。』韋莊東陽贈別詩：『去時此地題橋去，歸日何年佩印歸。』

山居冬夜喜魏扶見訪因贈

霜風露葉下。遠思獨裵回。夜久草堂靜。月明山客來。遣貧相勸酒。憶字共書灰。何事清平世。干名待有媒。

（注）

△魏扶　全唐詩話卷四：『扶登太和四年進士第，大中初知禮闈，入貢院，題詩云：「梧桐葉落滿庭陰，鎖閉朱門試院深，曾是當年辛苦地，不將今日負初心。」榜出，無名子削爲五言詩以譏之。』

△草堂　文選孔稚珪北山移文：『鍾山之英，草堂之靈。』注引梁簡文帝草堂傳曰：『周顒昔經在蜀，以蜀草堂寺林壑可懷，乃於鍾嶺雷次宗學館立寺，因名草堂。』按後世亦每以名其隱退自樂之所，如杜少陵在成都有兩草堂，一在萬里橋西，一在浣花溪北，皆見於詩。見老學庵筆記。白居易亦嘗面香爐峯腋作草堂。見所爲廬山草堂記。

喜李詡秀才見訪因贈

浙南分首日。誰謂別經時。路遠遙相訪。家貧喜見知。不須辭小酌。更請續新詩。但得心中劍。酬恩會有期。

(注)

△分首　謂分別而首塗也。顏氏家訓風操：『歧路言離，歡笑分首。』

△心中劍　章孝標詩：『曾將心劍作戈矛，一戰名場造化愁。』

晚投慈恩寺呈俊上人

雙巖瀉一川。十里絕人煙。古廟陰風地。寒鐘暮雨天。沙虛留虎跡。水滑帶龍涎。不及曹溪侶。空林已夜禪。

(注)

△慈恩寺　在陝西長安縣東南曲江北。長安志：『隋無量寺地，高宗在春宮為文德皇后立，故名慈恩。』寺成於貞觀二十二年，詔選京城宿望五千大德居之，寺內奉安新獲梵本諸經及瑞像舍利等。西院浮圖七級，崇三百尺，永徽三年沙門玄奘立。全寺規模宏大，有茂松修竹，境極幽邃，為長安最。

△龍涎　白居易遊悟眞寺詩：『泓澄最深處，浮出蛟龍涎。』按涎，本作次，口液也。

行次虎頭巖酬寄路中丞

樟亭去已遠。來上虎頭巖。灘急水移棹。山回風滿帆。石梯迎雨滑。沙井落潮醎。何以慰行旅。如公書一緘。

（注）

△醎　同鹹。鹽味也。書洪範：『潤下作鹹。』

題　愁

聚散竟無形。迴腸百結成。古今銷不得。離別覺潛生。降虜將軍思。窮秋遠客情。何人更憔悴。落第泣秦京。

（注）

△迴腸　中腸旋轉，謂衷懷不安也。迴，本作回。杜甫詩：『回腸杜曲煎。』韓愈詩：『倒心回腸爲青眸。』

早　行

失枕驚先起。人家半夢中。聞雞憑早晏。占斗認西東。轡濕知行露。衣單覺曉風。秋陽弄光影。忽吐半林紅。

（注）

△占斗　占，覘也。見方言。斗，謂斗宿，二十八宿之一，玄武七宿之首宿，有星六，均屬人馬座，亦稱北斗，又名南斗。白居易贈朱道士詩：『醮壇北向宵占斗，寢室東開早納涼。』羅隱黃河詩：『高祖誓功衣帶小，仙人占斗客槎輕。』

陪鄭使君泛舟晚歸

南郭望歸處。郡樓高卷簾。平橋低皁蓋。曲岸轉彤襜。江晚笙歌促。山晴鼓角嚴。羊公莫先醉。清曉月纖纖。

（注）

△皁蓋　後漢書輿服志：『中二千石、二千石皆皁蓋朱兩幡。』皁，色黑也。見玉篇。幡，車之蔽也。見聲類。儲光羲詩：『繡服光輝連皁蓋。』杜甫詩：『東藩駐皁蓋，北渚凌青荷。』

△彤襜　朱色之車帷也。

△羊公　晉書羊祜傳：『祜都督荊州諸軍事，與吳人開市大信；於是吳人翕然悅服，稱爲羊公，不之名也。』李商隱詩：『疲民呼杜母，鄰國仰羊公。』

△月纖纖　鮑照玩月詩：『始見西南樓，纖纖如玉鈎。』

酬殷堯藩

相如愧許詢。寥落向溪濱。竹馬兒猶小。荊釵婦慣貧。獨愁憂過日。多病不如人。莫怪青袍選。長安隱舊春。

(注)

△**(題)** 按卷上有寄殷堯藩秀才詩，補遺三有寄殷堯藩詩，可合觀。

△相如　謂漢司馬相如，用晦自況也。按相如字長卿，成都人，口吃而善著書。景帝時，為武騎常侍，病免。武帝時，以獻賦為郎，通西南夷有功，尋拜孝文園令，又以病免。所作有子虛、上林、大人等賦，詞藻瑰麗，氣韻排宕，為漢代之詞宗。

△許詢　喻殷堯藩也。按詢字玄度，晉人。好遊山水，而體便登陟，時人曰：『詢非徒有勝情，實有濟勝之具。』見尚友錄卷十五。世說新語賞譽：『許玄度送母始出都，人問劉尹：「玄度定稱所聞不？」劉曰：「才情過於所聞。」』又：『許掾嘗詣簡文，爾夜風恬月朗，乃共作曲室中語，襟懷之詠，偏是許之所長，辭寄清婉，有逾平日，簡文雖素契，此遇尤相咨嗟，不覺造厀，共叉手語，達於將旦，既而曰：「玄度才情，故未易多有許！」』劉長卿詩：『多謝清言異玄度，懸河高論有誰持？』韋莊詩：『人言格調勝玄度，我愛篇章敵浪仙。』

△竹馬　截竹為馬，兒童嬉戲之具也。杜牧詩：『漸抛竹馬戲。』

△荆釵　列女傳：『梁鴻妻孟光常荆釵布裙。』按荆釵布裙，謂婦女裝束之儉樸也。後人謙稱己妻曰荆妻、荆室、山荆、拙荆，皆本於此。
△青袍　仕宦之服。白居易約心詩：『黑鬢絲雪侵，青袍塵土涴。』

征西舊卒

少年乘勇氣。百戰過烏孫。力盡邊城難。功加上將恩。曉風聽戍角。殘月倚營門。自說輕生處。金瘡有舊痕。

(注)
△烏孫　漢西域國名。先居燉煌、祁連間，後逐大月氏而建烏孫國，今新疆境內溫宿縣以北伊寧縣以南皆其地。
△金瘡　白居易詩：『身被金創面多瘠，扶病徒行日一驛。』金創，謂兵刃之所傷也。創，亦作瘡。盧仝詩：『不堪秋氣入金瘡。』

南陵留別段氏兄弟

不知身老大。猶似舊時狂。爲酒遊山縣。留詩遍草堂。歸期秋未盡。離恨日偏長。更羨君兄弟。參差雁一行。

（注）

△南陵　縣名。唐時舊治即今安徽南陵縣。

△雁一行　禮王制：『兄之齒雁行。』齒，列也，相次也。雁行猶言雁序，喻兄弟也。

旅中別姪暐

相見又南北。中宵淚滿襟。旅遊知世薄。貧別覺情深。歌管一尊酒。山川萬里心。此身多在路。休誦異鄉吟。

（注）

△中宵　夜半也。晉書祖逖傳：『中宵起坐。』

松江渡送人

故國今何在。扁舟竟不歸。雲移山漠漠。江闊樹依依。晚色千帆落。秋聲一雁飛。此時兼送客。憑檻欲霑衣。

（校）

△（題）全唐詩校：『一作松江懷古。』

（注）

△松江　卽吳淞江也。按卷下有泊松江渡詩，補遺二有夜過松江渡寄友人詩，可合觀。

△故國　猶言故鄉。杜甫詩：『取醉他鄉客，相逢故國人。』

△漠漠　布列貌。謝脁遊東田詩：『遠樹曖阡阡，生煙紛漠漠。』

△依依　柔貌。詩小雅采薇：『昔我往矣，楊柳依依。』陶潛歸田園居：『曖曖遠人村，依依墟里煙。』

對雪

飛舞北風涼。玉人歌玉堂。簾帷增曙色。珠翠發寒光。柳重絮微濕。梅繁花未香。兹辰賀豐歲。簫鼓宴梁王。

（注）

△玉堂　宮殿之稱。參閱酬對雪見寄詩注。

△梁王　謂漢梁孝王也。名武，文帝第二子。立爲代王，徙淮陽，又徙梁。作曜華宮及兎園，招延四方豪傑；自是山東游士多歸之。參閱蒙河南劉大夫見示與吏部張公喜雪酬唱輒敢攀和詩注。

丁卯集補遺四

七言律詩

新興道中

芙蓉村步失官金。折獄無功不可尋。初掛海帆逢歲暮。卻開山館値春深。波渾未辨魚龍跡。霧暗寧知蚌鷸心。夜榜歸舟望漁火。一溪風雨兩巖陰。

（校）

△榜　全唐詩校：『一作傍。』

（注）

△新興　南朝梁置新州，唐改爲新興郡，故治卽今廣東新興縣。

△村步　司馬札詩：『幾家煙火依村步，何處漁歌似故鄉。』按水際謂之步。任昉述異記：『吳江中有魚步、龜步，湘中有靈妃步。』韓愈孔戣墓誌：『蕃舶至，泊步，有下碇之稅。』今通作埠，卽水濱泊船之所。

△官金　酉陽雜俎：『開元中，有大唐金，卽官金也。』

△折獄　謂斷決獄訟也。易豐：『君子以折獄致刑。』論語顏淵：『片言可以折獄者，其由也與！』

△魚龍　周禮夏官大司徒：『二曰川澤，其動物宜鱗物。』注：『鱗物，魚龍之屬。』庾信哀江南賦：『草木之遇陽春，魚龍之逢風雨。』杜甫秋興詩：『魚龍寂寞秋江冷，故國平居有所思。』

△蚌鷸　戰國策燕策：『趙且伐燕，蘇代爲燕謂惠王曰：「今者臣來過易水，蚌方出曝，而鷸啄其肉，蚌合而拑其喙，鷸曰：『今日不雨，明日不雨，即有死蚌。』蚌亦謂鷸曰：『今日不出，明日不出，即有死鷸。』兩者不肯相舍，漁者得而並擒之。今趙且伐燕，燕、趙久相支以弊大衆，臣恐強秦之爲漁父也。」』後因謂爭持者兩不相讓曰鷸蚌相持。李咸用春霖即事詩：『蚌鷸徒喧競，笙歌懶獻酬。』

下第有懷親友 并序

余下第寓居杜陵。親友間或登上第。或遂燕居。或抵湘沅。或游鄜畤。因抒長句。

萬山晴雪九衢塵。何處風光寄夢頻。花盛庾園攜酒客。草深顏巷讀書人。征帆又過湘南月。旅館還悲渭水春。無限別情多病後。杜陵寥落在漳濱。

(校)

△燕　全唐詩校：『一作閑。』

△水　全唐詩校：『一作北。』

（注）

△燕居　謂退朝而處也。見禮記仲尼燕居注。亦作宴居。

△鄜時　秦文公祀白帝之處。史記封禪書：『秦文公夢黃虵自天下屬地，其口止於鄜衍，文公問史敦，敦曰：「此上帝之徵，君其祠之！」於是作鄜時，用三牲祭白帝焉。』按說文：『好時、鄜時皆黃帝時築；或曰秦文公立。』段注：『文公立鄜時，史、漢皆云爾，而舉爲疑辭，且若好時亦文公立者，皆傳聞之異也。』杜甫北征詩：『坡陀望鄜時，巖谷互出沒。』

△九衢　三輔黃圖：『長安城面三門，四面十二門，皆通達九衢，以相經緯。』宋之問長安道詩：『樓閣九衢春。』

△庾園　見懷舊居詩注。

△顏巷　見李秀才近自塗口遷居新安詩注。

△多病漳濱二句　用劉楨臥疾漳濱事。用晦宣城崔大夫召聯句詩：『漳浦題詩怯大巫。』又病間寄郡中文士詩：『老人依舊臥清漳。』皆用此事，可合觀之。

中秋夕寄大梁劉尚書

汴人迎拜洛人留。虎豹旌旗擁碧油。刁斗嚴更軍耳目。戈鋋長控國咽喉。柳營出號風生纛。蓮幕題詩月上樓。應念散郎千里外。去年今夜醉蘭舟。

（注）

△大梁　汴梁，戰國時曰大梁，爲魏國都；故治卽今河南開封縣。

△虎豹旌旗　謂白虎旗及豹尾旗也。杜佑通典：『唐開元禮：「大駕鹵簿左青龍旗，右白虎旗各一。」』漢書揚雄傳：『在屬車間豹尾中。』注：『服虔曰：「屬車八十一乘，作三行，尚書御史乘之，最後一乘懸豹尾，豹尾以前，皆爲省中。」』韓愈沂國公碑：『豹尾神旗。』

△碧油　卽碧油幢，油幕之用碧色者，故云。

△刁斗　古時軍用之器。史記李將軍傳：『不擊刁斗以自衛。』集解：『孟康曰：「刁斗以銅作鐎，受一斗，晝炊飯食，夜擊持行。」』

△戈鋋　戈。平頭戟也。鋋，小矛也。並見說文。舊唐書李嗣業傳：『戈鋋鼓鞞，震曜山野。』

△柳營　盧綸詩：「諸戎拜柳營。』按漢周亞夫爲將軍，軍細柳以備胡，盧詩用此。後世亦泛稱軍營曰柳營。

△纛　大旗也。

△蓮幕　卽幕府也。薛逢上崔尚書書：『沙堤尚在，復瞻丞相之車；蓮幕重開，再理將軍之第。』

△散郎　謂員外郎也。唐書元稹傳：『召拜膳部員外郎。長慶初，崔潭峻方親幸，以稹歌詞數十

百篇奏御，帝大悅，問稹今安在，曰：「爲南宮散郎。」卽擢祠部郎中，知制誥。』

殘雪

憶昨新春霰雪飛。階前簷上鬥寒姿。狂風送在竹深處。隔日未消花發時。輕壓嫩蔬旁出土。冷銜幽鳥別尋枝。晚來又喜登樓見。一曲高歌和者誰。

（注）

△高歌句　文選宋玉對楚王問：『其爲陽春、白雪，國中屬而和者，不過數十人。』按白雪，古曲名。此句因見雪而思歌曲，一語雙關也。

和常秀才寄簡歸州鄭使君借猨

謝守攜猨東路長。裊藤穿竹似瀟湘。碧山初暝嘯秋月。紅樹生寒啼曉霜。陌上楚人皆駐馬。里中巴客半歸鄉。心知欲借南遊侶。未到三聲恐斷腸。

（注）

△謝守　謂南齊謝朓也。朓嘗以中書郎出爲宣城太守，故云。孟郊送任齊二秀才詩：『宣城文雅地，謝守聲問融。』按用晦思歸詩亦有『樹暗支公院，山寒謝守窗』之句，可合觀之。

△裊　通嫋，長弱貌。見廣韻。

△未到三聲恐斷腸　水經江水注：『江水東逕巫峽，杜宇所鑿，以通江水，其間首尾百六十里。每晴初霜旦，林寒澗肅，常有高猿長嘯，聲極凄厲，故漁者歌曰：「巴東三峽巫峽長，猿鳴三聲淚沾裳。」』句言未到三聲，恐已斷腸，極寫猿鳴之凄厲也。韋莊黃藤山下聞猿詩亦有『入耳便能生百恨，斷腸何必待三聲』之句，意可互發。

送人之任邛州

綠髮監州丹府歸。還家樂事我先知。羣童竹馬交迎日。二老蘭觴初見時。黃卷新書芸委積。青山舊路菊離披。亭衢自有橫飛勢。便到西垣視訓辭。

（校）

△丹　全唐詩校：『一作卌。』

（注）

△邛州　南朝梁置，隋廢；唐復置，初治依政，在今四川邛崍縣東南；尋移治臨邛，即今邛崍縣治。

△綠髮　言年少鬢髮漆黑也；黑色之有光采者似濃綠，故云。

△黃卷　通雅器用：『黃卷，黃本也。穆天子傳序：「謹以二尺黃紙寫上會要，天寶中勅御史依

舊置黃卷，書闕失。」古人用黃卷，有誤可以雌黃塗之，又能防蠹。北齊書：「制五條寫於詔牘，以版長二尺二寸雌黃塗之」，狄仁傑云：「黃卷中方與聖賢對語。」』

△西垣　中書省之異稱。韋應物和張舍人夜直中書寄吏部劉員外詩：『西垣草詔罷，南宮憶上才。』薛能送福建李大夫詩：『洛州良牧帥甌閩，曾是西垣作諫臣。』

和河南楊少尹奉陪薛司空石笋詩

暖溪寒井碧巖前。謝傅賓朋盛綺筵。雲斷石峯高並笋。日臨山勢遠開蓮。閑留幢節低春水。醉擁笙歌出暮煙。聞道詩成歸已夕。柳風花露月初圓。

（校）

△擁　全唐詩校：『一作領。』

（注）

△司空　官名。周制冬官大司空爲六卿之一，掌邦事。漢成帝綏和元年，改御史大夫爲大司空，與大司徒、大司馬並列三公。

△謝傅　謂晉謝安也。安卒贈太傅，故云。杜甫別房太尉墓詩：『對棋陪謝傅，把劍覓徐君。』

獻鄜坊丘常侍

詔選將軍護北戎。身騎白馬臂彤弓。柳營遠識金貂貴。榆塞遙知玉帳雄。秋檻鼓鼙迎朔雪。曉階旗纛起邊風。蓬萊每望平安火。應奏班超定遠功。

(注)

△常侍　官名。秦、漢有中常侍，魏、晉以來，又有散騎常侍，隋、唐內侍省有內常侍，皆爲侍從天子之職。

△彤弓　朱色之弓，天子賜有功諸侯也。書文侯之命：『彤弓一，彤矢百。』傳：『彤：赤。諸侯有大功，賜弓矢，然後專征伐。彤弓以講德習射，藏示子孫。』詩小雅彤弓：『彤弓弨兮，受言藏之。』

△金貂　冠飾也。詳江西鄭常侍赴鎮之日有寄因酬和詩注。

△玉帳　張淏雲谷雜記：『藝文志有玉帳經一卷，乃兵家厭勝之方位，謂主將於其方置軍帳，則堅不可犯，猶玉帳然。云云。李太白司馬將軍歌云：「身居玉帳臨河魁。」戌爲河魁，謂主將之帳宜在戌也。』杜甫送嚴公入朝詩：『空留玉帳術，愁殺錦城人。』王洙注：『玉帳術，兵書也。』按玉帳術，卽雲谷雜記所云，王注籠統其詞爲兵書也。

△蓬萊　唐宮名。詳寄殷堯藩詩注。

△平安火　元稹詩：『迎侯人應少，平安火莫驚。』

△班超　東漢安陵人。少傭書養母；旋投筆從戎。明帝時出使西域，西域五十餘國悉納貢內屬，

詔以超爲西域都護，封定遠侯。居西域三十一年，年老代還，旋卒。

寄當塗李遠

賦擬相如詩似陶。雲陽煙月又同袍。車前驥病駑駘逸。架上鷹閑鳥雀高。舊日樂貧能飲水。他時隨俗願餔糟。不須倚向青山住。詠雪題詩用意勞。

（注）

△當塗　卽今安徽當塗縣治。故城在蕪湖縣東北。

△雲陽　縣名。後魏置，唐改曰池陽，尋復故。故城在今陝西涇陽縣北三十里。

△駑駘　馬蹇劣謂之駑駘，因以爲才劣者之喻。楚辭九辯：『卻騏驥而不乘兮，策駑駘而取路。』注：『駑駘，喻不肖。』晉書荀崧傳：『臣學不章句，才不弘通，方之華實，儒風殊邈，思竭駑駘，庶增萬分。』

△樂貧飲水句　論語述而：『子曰：「飯疏食，飲水，曲肱而枕之，樂亦在其中矣。不義而富且貴，於我如浮雲。」』

△餔糟　楚辭漁父：『何不餔其糟而歠其釃。』按餔，食也。見孟子離婁『徒餔啜』句注。糟，酒滓。喻精華已去，徒存廢料也。

△青山　在安徽當塗縣東南三十里。南齊宣城太守謝脁嘗築室及池於山南，其宅基址尚存。唐改曰謝公山，山北有李白墓。

和崔大夫新廣北樓登眺

北望高樓夏亦寒。山重水闊接長安。修粱暗換丹楹小。疏牖全開彩檻寬。風卷浮雲披睥睨。露涼明月墜闌干。庾公戀闕懷鄉處。目送歸帆下遠灘。

（校）

△墜　全唐詩校：『一作墮。』

（注）

△睥睨　釋名釋宮室：『城上垣曰睥睨，言於其孔中睥睨非常也。』

△庾公　謂晉庾亮也。亮字元規，鄢陵人。元帝時，侍講東宮。明帝立，受詔輔政。成帝朝，為中書令，平蘇峻之亂，拜征西將軍；後代陶侃鎮武昌，仍遙制朝政。按本傳：『亮在武昌，諸佐吏殷浩之徒，乘秋夜往共登南樓，俄而不覺亮至，諸人將起避之云云。』此南樓，自可稱為庾樓，李白詩：『清景南樓夜，風流在武昌。』詠此也。

送客自兩河歸江南

兩河庶事已堪傷。南客秋歸路更長。臺畔古松悲魏帝。苑邊修竹弔梁王。山行露變茱萸色。水宿風披菡萏香。遙羨落帆逢舊友。綠蛾青鬢醉橫塘。

（校）

△（題）　全唐詩校：『一作西河送客歸江南。』

△兩河庶　全唐詩校：『一作西河陳。』

△古　全唐詩校：『一作偃。』

△山　全唐詩校：『一作雨。』

△披　全唐詩校：『一作搖。』

（注）

△魏帝臺　海錄碎事：『凌雲臺，魏文帝黃初二年築。』法書要錄：『魏明帝立凌雲臺。』

△梁王苑　柳貫詩：『梁苑且延能賦客，漢廷安用戲車郎。』梁苑，漢時梁孝王所營之兔園也。

△橫塘　有二，均在江蘇。詳夜泊永樂有懷詩注。

題陸侍御林亭

野水通池石疊臺。五營無事隱雄才。松齋下馬書千卷。蘭舫逢人酒一杯。寒樹雪晴紅豔吐。遠山雲曉翠光來。定知別後無多日。海柳江花次第開。

（注）

△五營　漢官儀：『大駕鹵簿、五營校尉在前，名曰塡衞。』唐太宗詩：『徧野屯萬騎，臨原駐五營。』

泊蒜山津聞東林寺光儀上人物故

雲齋曾宿借方袍。因說浮生大夢勞。言下是非齊虎尾。宿來榮辱比鴻毛。孤舟千棹水猶闊。寒殿一燈夜更高。明日東林有誰在。不堪秋磬拂煙濤。

（注）

△東林寺　在江西九江縣南廬山麓，晉慧遠創建。謝靈運爲鑿池種蓮，號蓮社。

△方袍　比丘所著之三種袈裟，皆爲方形，謂之方袍。僧寶傳：『作偈云：「多年塵事漫騰騰，雖著方袍未是僧。」』

△虎尾　易履：『履虎尾，不咥人，亨。』書君牙：『心之憂危，若蹈虎尾，涉于春冰。』傳：『虎尾畏噬，春冰畏陷，危懼之甚。』

△鴻毛　喻輕也。漢書司馬遷傳：『人固有一死，死有重於泰山，或輕於鴻毛。』李白梁父吟：『智者可卷愚者豪，世人見我輕鴻毛。』

春日思舊遊寄南徐從事劉三復

風暖曲江花半開。忽思京口共銜杯。湘潭雲盡暮山出。巴蜀雪消春水來。懷玉尚悲迷楚塞。捧金猶羨樂燕臺。薊門高處極歸思。隴雁北飛雙燕迴。

(校)

△湘潭巴蜀二句　按卷上淩歊臺詩頷聯二句，文字與此全同，可參閱之。

(注)

△南徐　古地名。東晉僑置徐州於京口，南朝劉宋改曰南徐。卽今江蘇鎭江縣地。

△劉三復　見和浙西從事劉三復送僧南歸詩注。

△懷玉句　用韓非子和氏篇『卞和抱璞』事。詳長安歲暮詩『卞和』句注。

△捧金句　燕昭王好賢，嘗於易水東南築臺，置千金其上，以延天下士，故云。參閱南亭偶題詩注。

△薊門　卽薊丘，在河北宛平縣北，今亦名土城關。長安客話：『今都城德勝門外有土城關，相傳古薊門遺址，亦曰薊丘。』舊多林木，蓊鬱蒼翠，風景入畫，燕京八景有薊門煙樹，卽此。

郊園秋日寄洛中友人

楚水西來天際流。感時傷別思悠悠。一尊酒盡青山暮。萬里書回碧樹秋。日落遠波驚宿雁。風吹輕浪起眠鷗。嵩陽親友如相問。潘岳閑居欲白頭。

(校)

△(題)友人　全唐詩校：『一作親友。』

△傷　全唐詩校：『一作相。』

△萬　全唐詩校：『一作千。』

△感時一尊萬里三句　與卷上送元晝上人歸蘇州兼寄張厚詩二三四句文字全同，可參閱之。

△驚　全唐詩校：『一作低。』

△相問　全唐詩校：『一作相念。』

(注)

△潘岳閑居　按晉潘岳有閑居賦，見文選卷十六。注云：『閑居賦者，此蓋取於禮篇不知世事，閑靜居坐之意也。』庾信小園賦：『潘岳面城，且適閑居之樂。』城，謂洛陽城也。

送杜秀才歸桂林

桂州南去與誰同。處處山連水自通。兩岸曉霞千里草。半帆斜日一江風。瘴雨欲來楓樹黑。火雲初起茘枝紅。愁君路遠銷年月。莫滯三湘五嶺中。

(校)

△(題)歸　全唐詩校：『一作往。』

△曉霞　全唐詩校：『一作晚烟。』

(注)

△桂州　故治即今廣西桂林縣。

△火雲　夏雲也。岑參出關經華嶽寺詩：『五月山雨熱，三峯火雲蒸。』

△三湘五嶺　詳京口津亭送張崔二侍御詩注。

春雨舟中次和横江裴使君見迎李趙二秀才同來因書四韻兼寄江南

芳草渡頭微雨時。萬株楊柳拂波垂。蒲根水暖雁初落。梅徑香寒蜂未知。詞客倚風吹暗淡。使君迴馬濕旌旗。江南仲蔚多情調。悵望青雲幾首詩。

(注)

△仲蔚　謂東漢張仲蔚也。按仲蔚扶風人，明天官，學問弘博，嘗好爲詩賦，與同郡魏景卿俱隱

身不仕，所居蓬蒿沒人。見三輔決錄注。韋莊銅儀詩：『誰念閉關張仲蔚，滿庭春雨長蒿萊。』

△青雲　喻隱逸也。三國志魏志荀攸賈詡傳評注：『張子房青雲之士，誠非陳平之倫。』

東陵赴京道病東歸寓居開元寺寄盧員外宋魏二先輩

西風吹雨雁初時。病寄僧齋罷獻書。萬里咸秦勞我馬。四鄰松桂憶吾廬。滄洲有約心還靜。青漢無媒跡自疏。不是醉眠愁不散。莫言琴酒學相如。

(注)

△東陵　地名。在今湖南岳陽縣。書禹貢：『過九江，至於東陵。』蔡傳：『東陵，巴陵也；今岳州巴陵縣也。』

△開元寺　在河南商丘縣城南。唐時建。宋更名寶融寺，又名興隆寺。寺內舊有唐顏眞卿書八關齋會報德記石幢。

△滄洲　謂水隈之地；常用以稱隱者之居。南史袁粲傳：『嘗作五言詩，言「訪迹雖中宇，循寄乃滄洲」，蓋其志也。』

贈所知

因釣鱸魚住潮河。掛帆千里亦相過。茅簷夜醉平階月。蘭棹春歸拍岸波。湖日似陰鼉鼓響。海雲纔起蜃樓多。明時又作閑居賦。誰薦東門第四科。

(注)

△淛河　見題岫上人院詩注。

△鼉鼓蜃樓　並詳送林處士自閩中道越由雲抵兩川詩注。

△閑居賦　晉潘岳有閑居賦，蓋取於禮篇不知世事，閑靜居坐之意也。參閱郊園秋日寄洛中友人詩注。

△四科　舊唐書明皇紀：『天寶十三載，上御勤政樓，試四科，制舉人策，外加詩賦各一首，制舉加詩賦自此始。』

謝人贈鞭

蜀國名鞭見惠稀。駑駘從此長光輝。獨根擁腫來雲岫。紫陌提攜在繡衣。幾度拂花香裏過。也曾敲鐙月中歸。莫言三尺長無用。百萬軍中要指揮。

(注)

△擁腫　謂卷曲不端直也。莊子逍遙遊：『吾有大樹，人謂之樗，其大本擁腫而不中繩墨。』

△繡衣　漢侍御史有繡衣直指，武帝所制。參閱酬河中杜侍御重寄詩注。

△䪭　當作鐙，施於馬鞍兩旁，足所踏者。李商隱爲榮陽公謝飛龍馬狀：『梁懸蜀鐙，几覆吳鞍。』

早秋寄劉尚書

天生心識富人侯。將相門中第一流。旗纛早開擒虎帳。戈鋋初發斬鯨舟。柳營書號海山暝。菌閣賦詩江樹秋。昨夜雨涼今夜月。笙歌應醉最高樓。

（注）

△菌閣　文選謝朓遊東田詩：『尋雲陟累榭，隨山望菌閣。』唐高宗玉華宮山銘：『菌閣流霜，椒臺凝霰。』李德裕瀑泉亭詩：『菌閣饒佳樹，菱潭有釣舟。』

及第後春情

世間得意是春風。散誕經過觸處通。細搖柳臉牽長帶。慢撼桃株舞碎紅。也從吹幌驚殘夢。何處飄香別故叢。猶以西都名下客。今年一月始相逢。

（注）

△春情　謂當春之情緒也。李羣玉感春詩：『春情不可狀，豔豔令人醉。』

△春風句　孟郊登科後詩：『昔日齷齪不足嗟，今朝曠蕩思無涯。春風得意馬蹄疾，一日看盡長

安花。』後因用春風得意爲登進士第之辭。

△散誕　謂散漫放縱也。剪燈餘話武平靈怪錄：『瓦合散誕少維持。』

歸長安

三年何處淚汍瀾。白帝城邊曉角殘。非是無心戀巫峽。自緣□臂到長安。黔江水暖還曾飲。楚岫雲深不識寒。大抵莫教聞雨後。此時腸斷不應難。

（校）

△全唐詩校：『第四句缺一字。』

（注）

△白帝城　在今四川奉節縣東白帝山。元和志：『漢末公孫述據此，殿前井有白龍出，因自稱白帝，號山曰白帝山，城曰白帝城。』李白早發白帝城詩：『朝辭白帝彩雲間，千里江陵一日還。兩岸猿聲啼不住，輕舟已過萬重山。』

寄房千里博士

春風白馬紫絲韁。正值蠶眠未採桑。五夜有心隨暮雨。百年無節待秋霜。重尋繡帶朱藤合。更認羅裙碧草長。爲報西游減離恨。阮郎纔去嫁劉郎。

（校）

△（題）　全唐詩校：『一作途經敷水。一作客有新豐館題怨別之詞，因詰傳吏，盡得其實，偶作四韻嘲之。』

△春風採桑二句　全唐詩校：『一作脩蛾顰翠倚柔桑，遙謝春風白面郎。』

△西游纔去二句　全唐詩校：『一作何處野花何處水，下峯流出一渠香。』

（注）

△房千里　字鵠舉，唐文宗太和進士，官國子博士，終高州刺史。見全唐詩。

△五夜　猶言五更、五鼓，午前三時、四時也。杜甫和賈至舍人早朝大明宮詩：『五夜漏聲催曉箭，九重春色醉仙桃。』

（箋）

△雲溪友議：『房千里博士初上第，遊嶺徼詩序云：「有進士韋滂者，自南海邀趙氏而來，十九歲爲余妾。云云。」房君至襄州，逢許渾侍御赴弘農公番禺之命，千里以情相託，許具諾焉。才到府邸，遣人訪之，擬持薪粟之給，曰：「趙氏卻從韋秀才矣。」許與房韋俱有布衣之分，欲陳之，慮傷韋義，不述之，似負韋言，素款難名，爲詩代報。云云。』

丁卯集補遺五

五言排律

秋夕宴李侍御宅

公子徵詞客。秋堂遞玉杯。月高羅幙卷。風度錦屏開。鳳管添簧品。鵾弦促柱哀。轉喉雲旋合。垂手露徐來。燭換三條燼。香銷十炷灰。蛩聲聞鼓歇。螢燄觸簾回。廣檻煙分柳。空庭露積苔。解酲須滿酌。應爲撥新醅。

（校）

△堂　全唐詩校：『一作空。』

△撥　全唐詩校：『一作潑。』

（注）

△鳳管添簧品　鮑照登廬山望石門詩：『傾聽鳳管賓，緬望釣龍子。』皇甫冉婕妤怨：『花枝出建章，鳳管發昭陽。』按鳳管卽鳳笙。風俗通云：『笙長四寸，十三簧，像鳳之身，正月之音也。』宋史樂志：『列其管爲簫，聚其管爲笙，鳳皇于飛，簫則象之，鳳皇戾止，笙則象之。』梁

簡文帝祠伍員廟詩：『按歌雜鳳笙。』簧，樂器中之薄葉，以竹箬或銅片爲之，吹之以發聲者。詩秦風車鄰：『竝坐鼓簧。』毛傳：『笙也。』朱傳：『笙中金葉，吹簧則鼓動之以出聲者也。』

△鵾弦促柱哀　劉孝綽烏夜啼：『鵾弦且輟弄。』文選張衡南都賦：『鵾雞哀鳴。』嵇康琴賦：『鵾雞遊絃。』注：『古相和歌者有鵾雞曲。』柱，琴瑟繫絃之木也。古詩十九首東城高且長：『音響一何悲，絃急知柱促。』

△蛩　吟蛩，卽蟋蟀也。埤雅：『蟋蟀隨陰迎陽，一名吟蛩。』

△解酲　世說新語任誕：『劉伶病酒渴甚，從婦求酒，婦捐酒毀器，涕泣諫曰：「君飲太過，非攝生之道，必宜斷之！」伶曰：「甚善。我不能自禁，唯當祝鬼神自誓斷之耳，便可具酒肉。」婦曰：「敬聞命。」供酒肉於神前，請伶祝誓。伶跪而祝曰：「天生劉伶，以酒爲名。一飮一斛，五斗解酲。婦人之言，愼不可聽。」便飮酒進肉，隗然已醉矣。』酲，酒病也，一日醉而覺也。見說文。孟浩然詩：『酒伴來相命，開尊共解酲。』

晨自竹徑至龍興寺崇隱上人院

佛寺通南徑。僧堂倚北坡。藤陰迷晚竹。苔滑仰晴莎。病憶春前別。閑宜雨後過。石橫聞水遠。林缺見山多。欲結三天社。初降十地魔。毒龍來有窟。靈鶴去無窠。客路隨萍梗。鄉園失薜蘿。禪心如可學。不藉魯陽戈。

（注）

△三天　佛家之三界。卽欲界、色界、無色界也。宋之問登禪定寺閣詩：『梵宇出三天，登臨望八川。』

△十地　佛家語。或曰十住，種種不一。按入理般若名爲住，住生功德名爲地。謂旣得信後進而住於佛地之位也。法苑珠林：『佛告彌勒菩薩：「我今爲汝說菩薩所得功德地法。初地菩薩猶如初月，光明未顯，然其明性皆悉具足。二地菩薩如五日月，三地菩薩如八日月，四地菩薩如九日月，五地菩薩如十日月，六地菩薩如十一日月，七地菩薩如十二日月，八地菩薩如十三日月，九地菩薩如十四日月，十地菩薩如十五日月。圓滿可觀，明相具足。」』又：『自非位登十地，行滿三祇，奚能永斷習因，感茲勝報也。』唐太宗三藏聖教序：『微言廣被，拯含類於三途；遺訓遐宣，導羣生於十地。』唐高宗慈恩寺詩：『蕭然登十地，自得會三歸。』樊忱詩：『十地祥雲合，三天瑞景開。』

△毒龍　法苑珠林：『西方有不可依山甚寒，山中有池，毒龍居之。汎殺五百商人。槃陀王學婆羅門咒，就池咒龍，龍化爲人，悔過，王捨之。』王維過香積寺詩：『日暮空潭曲，安禪制毒龍。』按禪家多以毒龍喩一切妄想，制毒龍，謂降其本心也。

△魯陽戈　淮南子覽冥訓：『魯陽公與韓構難，戰酣方暮，援戈推之，日爲之反三舍。』注：『魯陽，楚之縣公，楚平王之孫，司馬子期之子，國語所稱魯陽文子也。楚僭號稱王，其守縣大

夫皆稱公，故曰魯陽公。』司空圖有贈詩：『試問羲和能駐否？不勞頻借魯陽戈。』吳融白牡丹亭：『看久願成莊叟夢，惜留須倩魯陽戈。』

南海使院對菊懷丁卯別墅

何處曾移菊。溪橋鶴嶺東。籬疏還有艶。園小亦無叢。日晚秋煙裏。星繁曉露中。影搖金澗水。香染玉潭風。罷酒慚陶令。題詩答謝公。朝來數花發。身在尉佗宮。

（注）

△南海　郡名。治番禺，卽今廣東番禺縣。

△丁卯別墅　在江蘇鎭江縣城南三里丁卯橋側。詳夜歸丁卯橋村舍詩注。

△陶令　晉陶潛嘗爲彭澤令，故云。溫庭筠詩：『醉收陶令菊，貧賣邵平瓜。』

△尉佗句　按趙佗於秦二世時，嘗爲南海尉，故亦稱尉佗。用晦身在南海使院，故云然。

寄郴州李相公

高樓王與謝。逸韻比南金。不遇銷憂日。埃塵誰復尋。曠懷澹得喪。失意縱登臨。彩檻浮雲迴。綺窗明月深。虬龍壓滄海。鵷鸞思鄧林。青雲傷國器。白髮軫鄉心。功高恩自洽。道直謗徒侵。應笑靈均恨。江畔獨行吟。

（校）

△器　全唐詩校：『一作語。』

（注）

△郴州　即今湖南郴縣治。

△王與謝　謂自晉以後之王謝兩族也。兩族世代簪纓，亙及南朝而弗替；故言望族者，輒推王謝。劉禹錫烏衣巷詩：『舊時王謝堂前燕，飛入尋常百姓家。』

△南金　詩魯頌泮水：『大賂南金。』傳：『南謂荆、揚也。』疏：『荆、揚二州，於諸州最處南偏，又此二州出金；今云南金，故知謂荆、揚也。』賈島投李益詩：『已將書北嶽，不用比南金。』溫庭筠寄渚宮遺民弘里生詩：『他時因詠作，猶得比南金。』按賈、溫詩皆以南金喻美才也。

△虬龍壓滄海鵷鸞思鄧林　埤雅：『有角曰虬龍。』鵷，鵷鶵；鸞，鸞鳥，皆鳳屬也。王逸離騷章句：『虬龍鸞鳳，以託君子。』滄海，大海也。范寧穀梁傳序：『孔子覩滄海之橫流，迺喟然而歎。』疏：『滄海是水之大者；滄海橫流，喻害萬物之大。』鄧林即桃林，鄧、桃音近，蓋即楚之北境。見畢沅山海經校注。一說鄧猶木也。見淮南子墜形訓『是爲鄧林』句注。列子湯問：『夸父不量力，欲追日影，云云。道渴而死，棄其杖，尸膏肉所浸，生鄧林，鄧林彌廣數千里焉。』按蜀志郤正傳：『方今朝士山積，髦俊成羣，猶鱗介之潛乎巨海，毛羽之集乎鄧林。』許詩

意蓋本此。

△國器　漢書韓安國傳：『惟天子以爲國器。』注：『國器者，言其器用重大，可施於國政也。』

△軫　音診，傷也，痛也。

△靈均行吟二句　楚辭漁父：『屈原既放，游於江潭，行吟澤畔，顏色憔悴，形容枯槁。』靈均，屈原號也。

和賓客相國詠雪

近臘千巖白。迎春四氣催。雲陰連海起。風急度山來。盡日隋堤絮。經冬越嶺梅。艷疑歌處散。輕似舞時迴。道韞詩傳麗。相如賦騁才。霽添松篠媚。寒積蕙蘭猜。暗漲宮池水。平封輦路埃。燭龍初照耀。巢鶴乍裴回。簷日瓊先掛。牆風粉旋摧。五門環玉壘。雙闕對瑤臺。綺席陵寒坐。珠簾遠曙開。靈芝霜下秀。仙桂月中栽。卷幌書千帙。援琴酒百桮。垂休編太史。呈瑞表中台。皓夜迷三徑。浮光徹九垓。玆辰是豐歲。歌詠屬良哉。

(注)

△四氣　四時之氣也。春秋繁露：『喜氣爲暖而當春，怒氣爲清而當秋，樂氣爲太陽而當夏，哀氣爲太陰而當冬；四氣者，天與人所同有也。』

△隋堤絮　隋煬帝開通濟渠，沿渠築堤，世稱隋堤。絮，謂柳絮，隋堤多柳，故云。杜甫隋堤柳

詩：『夾岸垂楊三百里，只應圖畫最相宜。』按花之色白而輕輭者曰絮，此以喻雪也。

△越嶺梅　羅鄴梅花詩：『繁如瑞雪壓枝開，越嶺吳溪不用栽。』

△道韞詩傳麗　晉書謝道韞傳：『謝安嘗內集，俄而雪驟下，安曰：「何所似也？」安兄子朗曰：「撒鹽空中差可擬。」道韞曰：「未若柳絮因風起。」』蘇軾謝人見和雪夜詩：『漁蓑句好眞堪畫，柳絮才高不道鹽。』

△相如賦騁才　詳蒙河南劉大夫見示與吏部張公喜雪酬唱輒敢攀和詩『梁王酒』句注。

△篠　音小，小竹也。爾雅釋草：『篠，箭。』郝懿行義疏：『篠，說文作筱，云：「箭屬，小竹也。」蓋篠可爲箭，因名爲箭。』

△猜　懼也，見玉篇。

△輦路　卽輦道，閣道可乘輦而行者。李頎送李回詩：『千巖曙雪旗門上，十月寒花輦路中。』

△燭龍句　山海經海外北經：『鍾山之神，名曰燭陰，視爲晝，瞑爲夜，吹爲冬，呼爲夏，身長千里，人面蛇身，赤色也，又名燭龍。天不足西北，無陰陽消長，故有龍啣火精以照天門。』楚辭天問：『日安不到，燭龍何照。』注：『天之西北，幽冥無日之國，有龍銜燭而照。』

△五門　周禮天官閽人：『王宮之中門。』注：『鄭司農云：「王有五門，外曰皐門，二曰雉門，三曰庫門，四曰應門，五曰路門。」』王建宮詞：『閑著五門遙北望，拓黃新帕御牀高。』

△玉壘　山名，在四川理番縣東南之新保關。奇石千尺，屹立城表。李白上皇西巡南京歌：『地

轉錦江成渭水，天迴玉壘作長安。』杜甫登樓詩：『錦江春色來天地，玉壘浮雲變古今。』

△太史　官名。三代已有之，爲史官之任，而兼掌星曆。魏、晉以降，修史之職，別以他官領之，太史惟知占候而已。

△中台　古以三台喩三公之位，中台謂司徒也。後漢書郎顗傳：『白虹貫日，以甲乙見者，則譴在中台，宜黜司徒，以應天意。』白居易司徒令公分守東洛移鎭北都寄獻詩：『天上中台正，人間一品高。』蓋亦以星象爲比。

△九垓　淮南子道應訓：『吾與汗漫期於九垓之上。』注：『九垓，九天也。』按漢書禮樂志郊祀歌作九閡，注引淮南作九陔；說文引國語九垓，八極地也；而今本作九畡，訓爲九州。

奉和盧大夫新立假山

巖谷留心賞。爲山極自然。孤峯空迸筍。攢萼旋開蓮。黛色朱樓下。雲形繡戶前。砌塵凝積靄。簷溜掛飛泉。樹暗壺中月。花香洞裏天。何如謝康樂。海嶠獨題篇。

（注）

△假山　以玲瓏之石，疊成小山，謂之假山。皮日休詩：『兒童不許驚幽鳥，藥草須教上假山。』

△壺中月　雲笈七籤：『施存，魯人，學大丹之道，遇張申，爲雲臺治官，常懸一壺，如五升器

大，化爲天地，中有日月，夜宿其內，自號壺天，人謂曰壺公。』

△洞裏天　道家謂神仙所居之地，率在名山洞府之中，而各以天名；如十大洞天，三十六小洞天等皆是。見雲笈七籤。

△謝康樂　南朝宋謝靈運襲封康樂公，世稱謝康樂。按靈運陽夏人，玄孫。少博學，工書畫，詩文縱橫俊發，獨步江左。性奢侈，車服鮮麗，多改舊制。初爲永嘉太守，縱情山水，不理政務，免歸。隱會稽東山，作山居賦以自明。尋爲臨川內史，放浪猶昔，爲有司所糾，徙廣州；後有言其謀叛者，拘斬之。

奉命和後池十韻

疊石通溪水。量波失舊規。芳洲還屈曲。朱閣更逶迤。浴鳥翻荷葉。驚蟬出柳絲。翠煙秋檜聳。紅露曉蓮披。攀檻登樓近。停橈待客遲。野橋從波沒。輕舸信風移。竹韻遷棋局。松陰遞酒卮。性閑鷗自識。心遠鶴先知。應想秦人會。休懷越相祠。當期穆天子。簫鼓宴瑤池。

（注）

△秦人會　史記廉頗藺相如傳：『秦王使使者告趙王，欲與王爲好，會於西河外澠池，趙王畏秦，欲毋行，廉頗、藺相如計曰：「王不行，示趙弱且怯也。」趙王遂行，相如從。云云。遂與秦

王會澠池。云云。秦王竟酒，終不能加勝於趙，趙亦設盛兵以待秦，秦不敢動。既罷歸國，以相如功大，拜爲上卿。』盧諶覽古詩：『爰在澠池會，二主克交歡。』

△越相祠　用晦賀少師相公致政詩：『門臨二室留侯隱，棹倚三川越相歸。』越相，謂范蠡也。詳該詩注。高啓詩：『范蠡祠前春意動。』

△穆天子宴瑤池二句　穆天子傳：『觴西王母於瑤池之上。』按瑤池，仙境也，相傳爲西王母所居。神仙傳：『崑崙閬風苑有玉樓十二層，左瑤池，右翠水。』穆天子，卽周穆王，名滿，昭王子。卽位後，乘八駿馬西征，樂而忘返，諸侯多朝於徐；王恐，長驅而歸，使楚滅徐。尋征犬戎歸，荒服者自是不至。在位五十五年崩，謚曰穆。

送從兄別駕歸蜀 幷序

從兄彥昭與桂陽令韋伯達。貞元中。俱爲千牛。伯達官至王府長史。長慶中。非罪受譴。前年會赦復故秩。詔未及而已歿。從兄自蜀而南。發旅櫬歸葬。塗上旣而西旋。因成十韻贈別。

聞與湘南令。童年侍玉墀。家留秦塞曲。官謫瘴溪湄。道直姦臣屛。冤深聖主知。逝川東去疾。霈澤北來遲。靑漢龍髯絕。蒼岑馬鬣移。風淒聞笛處。月慘罷琴時。客路黃公廟。鄉關白帝祠。已稱鸚鵡賦。寧誦鶺鴒詩。遠道書難達。長亭酒莫持。當憑蜀江水。萬里寄相思。

（校）

△絕　全唐詩校：『一作去。』

△岑　全唐詩校：『一作山。』

△移　全唐詩校：『一作悲。』

△莫持　全唐詩校：『一作重違。』

（注）

△貞元　唐德宗年號。

△千牛　官名。後魏有千牛備身，掌執御刀，因以名職。隋置左右備身府。唐曰左右千牛衞，爲禁衞之一，有上將軍、大將軍、將軍等官，所屬有千牛備身，掌執御刀、宿衞侍從等。

△長史　官名。漢書百官公卿表：『文帝二年，置一丞相，有兩長史。』蓋諸史之長也，職無不監；其後太尉、司徒、司空諸公府皆有長史。魏、晉以後，刺史多帶將軍開府者，亦置長史，歷代因之。

△長慶　唐穆宗年號。

△玉墀　文選顏延之宋文皇帝元皇后哀策文：『灑零玉墀，雨泗丹掖。』向注：『玉墀、丹掖，皆宮殿之間也，而以玉丹飾也。』賈至早朝大明宮呈兩省僚友詩：『劍珮聲隨玉墀步，衣冠身惹御爐香。』

△逝川　論語子罕：『子在川上，曰：「逝者如斯夫！不舍晝夜。」』李白古風：『逝川與流光，飄急不相待。』

△霈澤　喻恩澤也。按霈，雨盛貌。澤，雨露也。恩逮於下，如雨澤之潤物，故云。

△青漢龍髯絕　史記封禪書：『黃帝采首山銅，鑄鼎於荊山下，鼎既成，有龍垂胡髯下迎黃帝，黃帝上騎，羣臣後宮從上者七十餘人，龍乃上去；餘小臣不得上，乃悉持龍髯，龍髯拔墮，墮黃帝之弓；百姓仰望黃帝既上天，乃抱其弓與胡髯號。』

△馬鬣　書言故事墳墓類：『稱墳曰馬鬣封。』按馬鬣之上其肉薄，封形似之，故云。李賀王濬墓下詩：『耕勢魚鱗起，墳科馬鬣封。』白居易詩：『馬鬣新封四尺墳。』

△黃公廟　黃滔黃山道中詩：『千章秀木黃公廟，一點飛雲白塔山。』按黃山在安徽黟縣西北，接太平縣界。相傳黃帝與容成子、浮丘公嘗合丹於此，故名。

△白帝祠　唐書蕭遘傳：『（遘）過峽，經白帝祠。』峽，謂三峽也。耿湋詩：『白帝祠堂枕古逵。』

△鸚鵡賦　詳途經李翰林墓詩『禰生』句注。

△鶺鴒詩　鶺鴒，即脊令，水鳥也。詩小雅常棣：『脊令在原，兄弟急難，每有良朋，況也永歎。』箋：『脊令，水鳥，而在原，失其常處，則飛則鳴求其類，天性也，猶兄弟之於急難。』故事成語考鳥獸：『兄弟似鶺鴒之相親。』

△長亭　白帖：『十里一長亭，五里一短亭。』世常用爲送別之詞。王褒詩：『河橋望行旅，長亭送故人。』朱慶餘詩：『短亭分袂後，倚檻思偏孤。』王昌齡詩：『西陵俠少年，送客短長亭。』朱松詩：『挽衣共酹東西酒，折柳送行長短亭。』

贈蕭鍊師 幷序

鍊師貞元初自梨園選爲內妓。善舞柘枝。宮中莫有倫比者。寵錫甚厚。及駕幸奉天。以病不獲隨輦。遂失所止。洎復宮闕。上頗懷其藝。求之浹日。得於人間。後聞神仙之事。謂長生可致。乞奉黃老。上許之。詔居嵩南洞清觀。迨今八十餘矣。雪膚花顏。與昔無異。則知龜鶴之壽。安得不由所尚哉。因賦是詩。題於院壁。

曾試昭陽曲。瑤齋帝自臨。紅珠絡繡帽。翠鈿束羅襟。雙闕胡塵起。千門宿露陰。出宮迷國步。回駕軫皇心。桂殿春空晚。椒房夜自深。急宣求故劍。冥契得遺簪。暗記神仙傳。潛封女史箴。壺中知日永。掌上畏年侵。莫比班家扇。寧同卓氏琴。雲車辭鳳輦。羽帔別鴛衾。網斷魚遊藻。籠開鶴戲林。洛煙浮碧漢。嵩月上丹岑。露草爭三秀。風篁共八音。吹笙延鶴舞。敲磬引龍吟。旄節纖腰舉。霞杯皓腕斟。還磨照寶鏡。猶插辟寒金。東海人情變。南山聖壽沈。朱顏常似渥。綠髮已如尋。養氣齊生死。留形盡古今。更求應不見。雞犬日駸駸。

（校）

△齋　全唐詩校：『一作階。』

△胡　全唐詩校：『一作朝。』

△宿露　全唐詩校：『露，一作霧。』

△女史　全唐詩校：『一作玉女。』

△開　全唐詩校：『一作閑。』

△露草　全唐詩校：『露，一作霧。』

△如　全唐詩校：『一作加。』

（注）

△梨園　唐書禮樂志：『明皇既知音律，又酷愛法曲；選坐部伎子弟三百，教於梨園，號皇帝梨園弟子；宮女數百，亦稱梨園弟子。』後世稱演劇之所曰梨園，又稱優伶曰梨園子弟，皆本此。按梨園故址在今陝西長安縣。

△柘枝　舞名。按唐教坊曲有柘枝引。詞譜云：『此舞因曲爲名，用二女童，帽施金鈴，抃轉有聲。其來也，藏二蓮花中，花坼而後見，對舞相占，實舞中雅妙者也。』

△駕幸奉天　唐德宗建中四年，節度使朱泚反，入長安，帝幸奉天；興元初，李晟收復京師，始還；是其事也。按奉天故城即今陝西乾縣。

△浹日　浹，周帀也；自甲至癸周帀十日，謂之浹日。國語楚語：『遠不過三月，近不過浹日。』

△黃老　謂黃帝、老子也。黃、老爲道家之祖，世因謂道家曰黃老。史記申不害傳：『學本黃老而主刑名。』漢書竇田灌韓傳：『竇太后好黃老言，而嬰、蚡等務隆推儒術，貶道家言，是以竇太后滋不悅。』

△昭陽　殿名。三輔黃圖：『漢武帝後宮八區，有昭陽殿。』按成帝時，趙飛燕女弟爲昭儀，居昭陽舍，卽此。

△千門　史記孝武帝紀：『作建章宮，度爲千門萬戶。』千門萬戶，言屋宇之深廣也。按通鑑唐文宗開成元年：『流血千門。』注：『漢武帝起建章宮，度爲千門萬戶，後世遂謂宮門曰千門。』

△國步　猶言國運。詩大雅桑柔：『於乎有哀，國步斯頻。』傳：『步，行也。』

△桂殿　唐明皇溫泉詩：『桂殿與山連，蘭湯湧自然。』

△椒房　漢書車千秋傳：『未央椒房。』注：『椒房，殿名，皇后所居也，以椒和泥塗壁，取其溫而芳也。』按後漢書第五倫傳：『竇憲椒房之親。』注：『后妃以椒塗壁，取其繁衍多子，故曰椒房。』

△故劍句　漢書外戚傳：『皇曾孫立爲帝，是時霍將軍有小女，公卿議更立皇后，上乃詔求微時故劍，大臣知指，白立許倢伃爲皇后。』北史隋煬帝愍皇后傳：『后爲述志賦以自寄曰：「感懷舊

之餘恩，求故劍於宸極。」』

△遺簪句　遺，亡也。韓詩外傳：『孔子出遊少原之野，有婦人中澤而哭，其音甚哀，孔子使弟子問焉，曰：「夫人何哭之哀？」婦人曰：「鄉者刈蓍薪，亡吾蓍簪，吾是以哀也。」弟子曰：「刈蓍薪而亡蓍簪，有何悲焉？」婦人曰：「非傷亡簪也，蓋不忘故也。」』

△神仙傳　書名。凡十卷。晉葛洪撰。是編因其弟子滕升問仙人有無而作。所錄凡八十四人，證以諸書所引，確爲古本。漢魏叢書別載一本，所錄凡九十二人，乃與太平廣記鈔合，多勦取他書以足數。

△女史箴　晉書張華傳：『張華懼后族之盛，作女史箴。』玉海：『裴頠亦有女史箴，皇甫規有女史箴。』按女史，官名，以婦女曉書者爲之。周禮天官：『女史掌王后之禮職，掌內治之貳，以詔后治內政。』箴，文體之一種，以寓規戒之意者，故名。

△壺中句　詳移攝太平寄前李明府詩及茅山贈梁尊師詩注。

△班家扇　文選班婕妤怨歌行云：『新裂齊紈素，皎潔如霜雪，裁成合歡扇，團圓似明月；出入君懷袖，動搖微風發；常恐秋節至，涼飇奪炎熱，棄捐篋笥中，恩情中道絕。』按班婕妤，漢成帝宮人。賢才通辯，雅擅詩歌。自趙飛燕入宮，被譖，乃退侍太后於長信宮。王昌齡長信怨：『奉帚平明金殿開，暫將團扇共徘徊。玉顏不及寒鴉色，猶帶昭陽日影來。』即詠此事。徐陵裴使君誌：『鮮雲靄靄，披王安之衣；明月團團，似班姬之扇。』李嶠禁苑遇雪詩：『光含班女扇，

韻入楚王絃。』

△卓氏琴　琴集：『司馬相如客臨邛，富人卓王孫有女文君新寡，竊於壁間見之，相如以琴心挑之，爲琴歌二章。』按歌之一曰：『鳳兮鳳兮歸故鄉，遨遊四海求其凰。』云云，後人因名其曲曰鳳求凰。伏知道詩：『長卿琴已弄，秦嘉書未來。』盧綸詩：『惟應對楊柳，暫醉卓家琴。』

△雲車　仙人以雲爲車，故曰雲車。博物志：『漢武帝好道，七月七日夜漏七刻，西王母乘紫雲車來。』

△鳳輦　天子之車駕也。唐制有大鳳輦。錢起和李員外扈駕幸溫泉宮詩：『未央月曉度疏鐘，鳳輦時巡出禁中。』

△羽帔　見聞釋子栖玄欲奉道因寄詩注。右英夫人詩：『朱煙纏旆旄，羽帔扇香風。』

△鴛衾　即鴛鴦衾。陳子昂鴛鴦篇：『聞有鴛鴦綺，復有鴛鴦衾，持爲美人贈，勖此故交心。』司空圖詩：『卻笑誰家扃繡戶，正薰龍麝暖鴛衾。』杜牧爲人題贈詩：『和簪抛鳳髻，將淚入鴛衾。』

△三秀　楚辭九歌山鬼：『采三秀兮於山間。』注：『三秀，謂芝草也。』張衡賦：『冀一年之三秀兮，道白露之爲霜。』嵇康詩：『煌煌靈芝，一年三秀，予獨何爲，有志不就。』沈約詩：『眷言采三秀，徘徊望九仙。』

△八音　周禮春官大師：『播之以八音，金、石、土、革、絲、木、匏、竹。』注：『金，鍾鑄

也；石，磬也；土，塤也；革，鼓鼗也；絲，琴瑟也；木，柷敔也；匏，笙也；竹，管也。』

△辟寒金　述異記：『三國時，昆明國貢魏嗽金鳥，鳥形如雀色，常翱翔海上，吐金屑如粟，至冬，此鳥卽畏霜雪，魏帝乃起溫室以處之，名曰辟寒臺，故謂吐此金爲辟寒金也。』酉陽雜俎：『宮人相嘲弄曰：「不服辟寒金，那得帝王心。」』

△東海句　神仙傳：『麻姑謂王方平曰：「接侍以來，已見東海三爲桑田；向到蓬萊水淺，淺於往者會時略半也；豈將復爲陵陸乎？」方平笑曰：「東海行復揚塵耳。」』今謂世事變遷之速曰滄海桑田，或曰滄桑，均本此。

△南山句　詩小雅天保：『如月之恒，如日之升，如南山之壽，不騫不崩，如松柏之茂，無不爾或承。』序曰：『天保，下報上也。君能下下以成其政，臣能歸美以報其上焉。』王融三月三日曲水詩序：『上陳景福之賜，下獻南山之壽。』張正見侍飲詩：『願薦南山壽，明明奉萬年。』李白春日行：『小臣拜獻南山壽，陛下萬古垂鴻名。』

△朱顏常似渥　詩秦風終南：『顏如渥丹。』箋：『渥，厚漬也，顏色如厚漬之丹，言赤而澤也。』按朱顏，喩少年時也。李端詩：『勿以朱顏好，而忘白髮侵。』

△綠髮　見送人之任邛州詩注。

△尋　八尺也。國語周語：『不過墨丈尋常之間。』注：『八尺爲尋，倍尋爲常。』

△養氣　道家鍊氣，謂之養氣。五代史前蜀世家：『衍旣立宗壽爲太子，奉朝請，以煉丹養氣自

娛。』鮑照代淮南王樂府：『淮南王，好長生，服食鍊氣讀仙經。』

△鷄犬日駸駸　神仙傳：『淮南王白日昇天，餘藥器置在庭中，鷄犬舐啄之，盡得昇天。』駸駸，馬行疾貌。詩小雅四牡：『載驟駸駸。』傳：『駸駸，驟貌。』按段玉裁云：『駸駸，馬捷步貌。』按亦以言凡行之疾者。梁簡文帝納涼詩：『斜日晚駸駸。』

（箋）

△柳亭詩話：『許郢州贈蕭鍊師二十韵有云：「曾試昭陽曲，瑤齋帝自臨。急宣求故劍，冥契得遺簪。」興以鳳輦鴛衾，比以南山東海，殆女冠而供奉內廷，若冠天師之類者，鼎湖一去，遂放還山耳。此首爲丁卯集中之冠。』

【按以上補遺詩皆錄自全唐詩第八函第八冊，尚有五律西園一首，全唐詩注：『一作姚合詩』，重經姑蘇懷古二首，全唐詩注：『一作杜牧之詩』，又七絕越中一首，五律卜居招書侶、西山草堂、贈隱者、寄小弟（一作寄兄弟）、秋日、石池、惜春、留題李侍御書齋、行次白沙館先寄上河南王侍御、紫藤（一作綠蘿）、不寢、暝投靈智寺渡谿不得卻取沿江路往、送荔蒲蔣明府赴任、懷政禪師院、秋夕有懷、秋霽寄遠、鴛鴦、聞雁、宿東橫山、贈遷客、過鮑溶宅有感等二十一首，七律經古行宮、貴游、聞開江宋相公申錫下世二首、贈別、寄遠、新柳、送別、秋晚懷茅山石涵村舍、秋夜與友人宿、將赴京留贈僧院、雁、寄湘中友人、江上逢友人、金谷懷古、經行廬山東林寺、出關、旅懷作、途中逢故人話西山讀書早曾游覽、將赴京題陵陽王氏水居等二十首，並

見於杜牧集中，眞贋莫辨，聊付闕如。】

中華語文叢書

許渾詩校注

作　　者／江聰平　校注
主　　編／劉郁君
美術編輯／鍾　玟

出 版 者／中華書局
發 行 人／張敏君
副總經理／陳又齊
行銷經理／王新君
地　　址／11494 台北市內湖區舊宗路二段181巷8號5樓
客服專線／02-8797-8396　　　傳　　真／02-8797-8909
網　　址／www.chunghwabook.com.tw
匯款帳號／華南商業銀行　西湖分行
179-10-002693-1　中華書局股份有限公司

法律顧問／安侯法律事務所
製版印刷／維中科技有限公司　海瑞印刷品有限公司
出版日期／2018年7月再版
版本備註／據1973年3月初版復刻重製
定　　價／NTD 350

國家圖書館出版品預行編目（CIP）資料

許渾詩校注 / 江聰平校注.— 再版.— 臺北市：
中華書局，2018.07

面；　公分. —（中華語文叢書）

ISBN 978-957-8595-44-6(平裝)

851.4418　　　107007999

NO.H2053
ISBN 978-957-8595-44-6（平裝）